青岛市社科规划项目

『青藜馆集』诗校释

张晓明 ◎ 著

中国社会科学出版社

图书在版编目(CIP)数据

《青藜馆集》诗校释/张晓明著.—北京：中国社会科学出版社，2016.12
ISBN 978-7-5161-8867-5

Ⅰ.①青… Ⅱ.①张… Ⅲ.①古典诗歌-诗集-中国-清代②古典散文-散文集-中国-清代③《青藜馆集》-注释 Ⅳ.①I214.92

中国版本图书馆CIP数据核字(2016)第213349号

出 版 人	赵剑英
责任编辑	任　明
特约编辑	李晓丽
责任校对	李　莉
责任印制	李寡寡

出　　版	中国社会科学出版社
社　　址	北京鼓楼西大街甲158号
邮　　编	100720
网　　址	http://www.csspw.cn
发 行 部	010-84083685
门 市 部	010-84029450
经　　销	新华书店及其他书店
印刷装订	北京市兴怀印刷厂
版　　次	2016年12月第1版
印　　次	2016年12月第1次印刷
开　　本	710×1000 1/16
印　　张	14.75
插　　页	2
字　　数	242千字
定　　价	68.00元

凡购买中国社会科学出版社图书，如有质量问题请与本社营销中心联系调换
电话：010-84083683
版权所有　侵权必究

前　言

（代序）

"青藜馆集诗"是《青藜馆集》中所收诗作之谓。《青藜馆集》是明神宗万历年间国子监祭酒周如砥的诗文合集。"青藜"一词，出自《三辅黄图·阁·天禄阁》[①]。本指青藜仗，后借指夜读所用之烛火。唐代之后，"青藜"指博学之士[②]。周如砥未显之时，"披吟昼夜不辍，于是遂无所不窥"[③]；中进士之后，选为庶吉士，"入馆后，惟闭户，事觚椠"[④]。时有"即墨言语文章遍于天下"之谓[⑤]。周如砥之子周燝以"青藜"命名其父诗文集，可谓实至名归。

作为明清即墨周氏的代表人物，周如砥的研究尚有巨大空白需要填补，尤其是文献的整理和研究。本书正是基于此而形成的。

一

周如砥（1550—1615），字季平，号砥斋，明即墨张嘉埠（今山东省即墨市段泊岚镇西章嘉埠村）人[⑥]。其生平见《明史》列传第104卷《唐

[①] 《三辅黄图·阁·天禄阁》："刘向於成帝之末，校书天禄阁，专精覃思。夜有老人，著黄衣，植青藜杖，叩阁而进。见向暗中独坐诵书，老父乃吹杖端，烟然，因以见向，授《五行洪范》之文。恐词说繁广忘之，乃裂裳及绅以记其言，至曙而去。请问姓名，云：'我是太乙之精，天帝闻卯金之子，有博学者，下而观焉。'"（何清谷校注：《三辅黄图》，三秦出版社，1995年10月第1版，第326页。）

[②] 宋刘克庄《徐复除秘书少监制》："尔昔为青藜学士，今为白头老监，岂非馆阁之嘉话，朝廷之盛举欤？"

[③] 公鼐《大司成即墨砥斋周先生集叙》。

[④] 董其昌《周如砥本传》。

[⑤] 公鼐《大司成即墨砥斋周先生集叙》。

[⑥] 据清同治十一年（1872）《即墨县志》标注"张家埠"。其本为明成祖永乐二年（1404）张姓始建。清光绪三十四年（1908）《即墨县乡土志》改标为"章家埠"，沿用至今。

文献传》以及《青藜馆集》中同年进士董其昌和后学黄景昉所撰本传。其门生公鼐、通家晚生王思任为《青藜馆集》所撰叙录以及清同治十一年《即墨县志》中，也记载了其部分生平。

周如砥家族所属"章家埠周"和"留村周"共同构成即墨周氏主干，是明清时期即墨五大望族之一①。明思宗崇祯十五年（1624），后金兵困即墨城，章家埠周氏谱牒毁于战火。清乾隆十年（1745），章家埠周氏重修谱牒，然已无法溯其源。据该谱载："吾家谱创始于先工部。"此处"工部"指周如纶（1552—1601），字叔音，号日观，周如砥从弟，明万历十四年（1586）丙戌科进士，曾任工部都水司主事，故名。据《山东即墨周氏族谱》②，周如砥直系世系如下：

> 周氏一世祖为周伯荣，于明成祖永乐年间（1403—1424）迁入即墨城北张家埠村；
> 二祖周𬸦：有五子，周赟、周环、周可、周建、周昶；
> 三祖周赟：有一子，周尚美；
> 四祖周尚美：有四子，周国、周邦、周民、周赋；
> 五祖周赋：有三子，周如珠、周如砥、周如京；
> 六祖周如砥：有三子，周士皋、周燦、周熠。

周如砥祖父共有四子：长子周国，有四子，周壁、周瑕、周如锡、周如金；次子周邦，有四子，周莹、周如璋、周如璜、周如环；三子周民，有二子，周如纶、周如锦；四子周赋，有三子，周如珠、周如砥、周如京。

---

① 明清时期，即墨有"周黄蓝杨郭"五姓，皆因科举名噪一时，才俊辈出，显赫数世。周氏主要有"章家埠周""留村周""流亭周""雄崖周"和"鳌山卫周"五支。其中"章家埠周"和"留村周"两支最为显赫。前者代表人物为周如砥、周如纶、周如京等；后者有周鸿图、周泓谟。黄氏主要有"青州支系""鳌山卫百户直系"等五支，其中"青州支系"最著，代表人物有黄作孚、黄嘉善、黄宗昌、黄培等。蓝氏主要有"盟旺山支""瑞浪支""石门支"和"百里支"四支，其代表人物有蓝章、蓝田、蓝润等。杨氏主要有"灵山支"和"城里支"两支，其中"城里支"最著，代表人物有杨良臣、杨玠等。郭氏主要是"城西支"，代表人物有郭琇。

② 该谱先后于清乾隆十年（1745）、嘉庆六年（1801）、道光二十一年（1842）、同治八年（1869）、民国十三年（1924）和2015年，共有六次修订。

章家埠周氏第五世和第六世是其最为耀眼的世系。两代人的努力彻底改变了周氏世代耕种的生活常态，开启了诗书持家、科举名世的家族传统。

据史载，周如砥生于明世宗嘉靖二十九年（1550）。嘉靖三十八年（1559），周如砥九岁。是年九月二十日，其父周赋辞世，其母于氏哀悼过度，十日之后亦辞世①。周如砥兄妹四人自此受抚于伯父周民和伯母孙氏。周民（1523—1579），字振卿，号陵东。明穆宗隆庆元年（1567），为岁贡生。周民自小聪慧，七岁工诗对仗；就学外师，读书过目不忘，日记诵千言。优学，补弟子员，郡评高等。其本可以之授官。但其弟辞世之后，专心致力抚养周如砥姐弟四人，终身未入仕。周民之妻孙氏（1520—1593），同邑名家女，抚养侄女和侄儿，如己出。对于伯母养育之恩，周如砥曾云："儿昔匍匐欲死，母抚之生，儿则生矣。"（《祭伯母》）

在伯父伯母的教养之下，周如砥兄弟学业有成，名动成均。其中，周民长子、周如砥从弟周如纶，万历十四年（1586）中丙戌科进士，初为湖北襄阳县令，升工部都水司主事，终任山西代州同知，著有《什一草》（1卷）②。周如珠，周赋长子、如砥长兄，字季光，号娟泽，湖广安陆县知县，敕授忠勇校尉、神机营把总，敕赠文林郎。周如砥弟周如京，万历七年（1579）壬午科举人。周民次子、周如砥从弟周如绵，万历二十八年（1600）选贡，著有《紫霞阁文集》（13卷）③。

在诸兄弟中，周如砥尤为瞩目。其与弟如京同年中举（万历七年己卯，1579）。周如砥更于万历十七年（1589）中己丑科进士，授庶吉士。同科进士有焦竑（一甲第1名）、吴道南（一甲第2名）、陶望龄（一甲第3名）以及董其昌（二甲第1名）、蔡献臣（二甲第6名）、包见捷（二甲第22名）、徐维新（二甲第23名）、黄辉（二甲第24名）、朱国桢（三甲第4名）、区大相（三甲第160名）、傅新德（三甲第183名）、冯从吾（三甲第226名）、高攀龙（三甲第279名）等。万历二十年

---

① 清同治《即墨县志》卷九《人物志·列女》云："于氏，赠中允周赋妻。夫卒，泣涕治丧。不半铺者，两月余。及穴，亲厝夫柩，自触于圹。姊妯掖出，蓬跣归，遂绝粒，逾旬而殁，年二十九。时嘉靖三十七年十月初一日。后次子如砥成进士，官检讨，疏与朝得旌焉。"

② 明刻本，已佚。今存民国十四年（1925）石印本。

③ 国家图书馆藏明崇祯十七年（1644）刻本。周氏后人周正臻藏民国十四年（1925）石印本。

(1592)，授翰林院简讨、纂修官；二十九年（1601），掌国子监司业（国子监副长官）；三十五年（1607），升祭酒。期间历任太子学官右赞善、左赞善、右中允、左中允、左谕德、右谕德、右庶子及经筵学士等职。

周如砥前后入仕20多年，多在京师国子监任职。在任期间，克己复礼，尽忠职守，倾力培养后学之士，如公鼐等人，有"徒半天下"（黄景昉《周如砥本传》）之誉。其任国子监司业时，复建"射亭"，考论古制、匡校文艺，士风和文风，因之一新。与此同时，周如砥分别在万历二十三年（1595）和二十九年（1601）分较礼闱（参与会试阅卷），并在三十一年（1602）出任南京会试副主考，其多取醇雅之文、淳厚之士。担任国子监官职之外，周如砥曾在万历二十年（1592）和三十三年（1605）两次奉旨到河南和山东谕示明宗室藩王，拒收大小馈送，人敬其廉，愿得其著为荣。

万历二十年（1592），周如砥宣抚河南道，回归即墨故里探望抚养自己的伯母孙氏，未曾想到孙氏病重辞世。周如砥上疏请归治葬，因无前例而未准。二十三年（1595）春，其待春闱评卷完毕，驰归故里，为伯母孙氏执孝，守制三年，筑室故宅之东，号曰瓦庄楼。周氏以著述和教授本族子弟为业，偶游崂山名胜，辞绝官场来往。丧制已满，周如砥于万历二十六年（1598）复朝，深存归隐之志。自三十五年（1607）起，周如砥连续上疏50多道，乞归故里，皆未允准。三十六年（1608），其归乡之请终获允准。归乡后，周氏定居即墨城（今山东省青岛市即墨市）。四十三年（1615）冬，周氏居家端坐而逝，享年65岁。赠礼部右侍郎，谥文穆。万历四十五年（1617）四月十五日，谕赐祭葬于即墨城北二里河南之阡，首癸趾丁（东南西北向），墓前树立神道碑和"大司成坊"。"文革"期间，墓及墓园被毁。

周如砥有三子，即周士皋、周燝和周熠。长子周士皋（1575—1611），原名燿，字子寅，号明崖。明万历三十八年（1610）庚戌科三甲第68名进士，授都察院观政，有《溟崖诗稿》《雅音汇编》行世（二书于清代中期已佚）。其有二子：周蕃、周颜仁。次子周燝（1578—1650），字子微，号方厓，恩贡生，以父荫为刑部郎官，官至南雄（今广东省韶关市南雄县）知府。有《玉晖堂随笔》《玉晖堂诗文集》等。原刻本已佚，今存民国十四年（1925）石印本。其有二子：周昌胤、周世德。三子周熠（1586—1657），号月崖，附贡生。其有二子：周英、周茂。其中，周爆孙第九世周亮采一支最为瞩目。周亮采，字会畴，康熙四十三年（1704）正贡生，河南临颍（今河南省漯河市临颍县）县令。有四子，周蒿龄、周岱龄、周眉龄、周昆龄。其中，周眉龄一支先后有三位进士。周眉龄，字山眉，庠生，河南临颍县令，敕赠文林郎。其有三子，周联馨、周来馨、周迪馨。第十一世周来馨，字偕芳，雍正八年（1730）庚戌科三甲第33名进士，河南临颍县令，有集《楚中草》（清代已佚）。周联馨子，第十二世周志让、周志闇二人，曾中进士。周志让，字芸恭，号抑斋。清乾隆三十二年（1767）明通进士，曾任广东三水（今广东省佛山市）县令，转任广东新会（今广东省江门市）县令，有《六息轩诗集》。周志闇，字叔和，号北阜。清乾隆四十年（1775）乙未科三甲第68名进士，先任陕西澄城（今陕西省澄城县）县令，属留坝（今陕西省留坝县）同知。乾隆五十三年（1788），周志闇主陕西乡试，所拔多为寒士，后告归，留有《北阜诗稿》①。

统观周如砥家族，明清两代共出进士8人，举人10人，贡士27人，可谓文才聚门。

2015年3月28日，在即墨市段泊岚镇西章嘉埠村，周氏举行了宗亲祭祖大典。这次盛典，不仅汇聚了全国各地180多位周氏宗亲，而且重修了新祖谱。据新谱记载，即墨章家埠周氏至今已传23代，人员分布在青岛、潍坊、烟台、胶州、东北三省等地区。②

二

周如砥一生兴趣广泛，著述颇丰。据《四库全书存目丛书目录》《中国古籍善本书目》《山东文献书目》载，其现存有《论语讲义》（1卷）、《国史漕运志》（2卷）、《周太史文集》（32卷）、《道德经集义》（2卷）、《至性文章》（1卷）、《青藜馆法帖》（4卷）、《周氏管见》和《青藜馆集》（4卷）等。具体存现情况如下：

《论语讲义》（1卷），据《中国古籍善本书目》著录。此本即墨市图

---

① 有关周亮采、周眉龄、周来馨、周志让、周志闇等五人生卒年，即墨周氏祖谱未载，其他资料也很匮乏，故缺。

② 《集体寻根近千周氏祭先辈》[ED/OL]，http：//www.jimo.ccoo.cn/news/local/3576438.html，2015年3月31日。

书馆藏明抄本残卷，为孤本。国家图书馆、山东省图书馆有微缩制品。

《国史漕运志》（2卷），据《山东文献书目》，原为2卷，今已佚，仅《胶州志》中录有部分文段。

《周太史文集》，《千顷堂书目》作《周如砥太史集》，32卷。国家图书馆藏明熹宗天启元年（1621）刻本，题为《周季平先生文集》，10卷，4册。又据《中国古籍善本书目》，北京大学图书馆、吉林大学图书馆、青岛市博物馆均有藏本，题《周季平先生文集》，32卷，10册，明熹宗天启元年（1621）刻本。周氏族人周正臻藏有民国十三年（1924）《周太史文集》石印本。

《道德经集义》（2卷），据《中国古籍善本书目》著录，明崇祯九年（1636）周燝、周熠刻本，藏于南京图书馆、中国科学院图书馆、青岛市博物馆、南京博物馆，其中南京图书馆藏本有清丁丙跋。今有《四库未收书辑刊》丛书本，六辑第19册收入，据崇祯九年刻本影印。

《至性文章》（1卷），据《山东文献总目》，今山东省图书馆藏1册（1夹）。

《青藜馆法帖》（4卷），本为周如砥为翰林院庶吉士时所留翰墨精品，并附有座师和同年的题跋。明末镌为刻石，长方形、高尺余、宽约二尺、厚一寸余，初嵌于即墨城南亭街周氏祠堂碑廊，后被毁。2009年，周氏族人发现《青藜馆法帖》一、二卷拓片和《大司成书法》拓片残卷。

《周氏管见》，清代中期已佚。据目前所见，未有相关信息。

《青藜馆集》（4卷），见《四库全书存目》，明崇祯十五年（1642）周燝刻本。清初为禁书，乾隆三十七年（1772）入《四库全书存目》。《四库全书总目提要》有其书提要。该集是周如砥诗文合集，共4卷。卷一收录赋4篇，诗105首，制草37篇；卷二收录序28篇，疏3篇，议5篇，碑志2篇；卷三收录论2篇，表2篇，策3篇，志铭9篇，传3篇，墓表1篇，神道碑1篇，行状3篇；卷四收录祭文3篇，记3篇，箴1篇，铭1篇，颂3篇，说1篇，解1篇，露布1篇，杂著3篇，启11篇，书38篇。今传世皆为明崇祯十五年周燝刻本，国家图书馆、吉林省图书馆和即墨市图书馆有收录。1997年7月，齐鲁书社影印《四库全书存目》出版发行，其中《青藜馆集》以别集类"集172"顺次发行。

由上可见，经、史、子、集，周如砥皆有涉猎，其中儒家与道家用功最多。就《青藜馆集》而言，其诗题材广泛，其文诸体皆善。

三

从现存诗作来看，周如砥诗歌创作取得了较高的成就。

就题材而言，周如砥诗作大体可以分为祝颂诗、别情诗、述志诗、咏史怀古诗、山水诗、酬答诗和题赠诗等。这些诗作从一个侧面记录了诗人所处的明朝万历中后期的风云际会，真实地反映了诗人的情怀和艺术特质。

其祝颂诗主要描写了明神宗祭祀、朝会、题训以及彰表孝子节妇等内容，抒写了诗人颂赞帝后鸿德、朝堂清明气象、圣训昭彰和孝子节妇高洁品行的情怀。如《庄诵宣宗御制翰林院箴有述》《皇极门早朝》《孟夏陪祀太庙恭述二首》《河间孝子歌》和《李母慈节》等。《庄诵宣宗御制翰林院箴有述》是诗人在翰林院诵读明宣宗《翰林院箴》有感而作，属于翰林院诗歌馆课范畴。这首诗可分为三部分。前八句追溯前代明君与良臣相互警诫，高风亮节垂范后世；但君王之义蹉跎，几乎熄灭无迹，而查遗补阙的诤臣也渐次罕见，匡谏职责的官箴更无从复作。中间十四句颂赞明朝匡复君王之义、良臣之道，宣宗更以三十五篇官箴厘定职官职责，镌刻官署，而翰林院箴更是字字珠玑、言言药石，如同日月当空、莲炬灿烂。后八句是作者所感，颂赞宣宗官箴深意，并与翰林同侪共勉。在这类诗歌中，最富有情感的则是颂赞慈母孝子的诗篇。这与周如砥的成长背景密不可分。如《李母慈节》：

> 庭前春雨秀琼枝，却忆萧萧徙舍时。
> 五夜泪从机杼尽，半生心许柏舟知。
> 鸾书日月明贞洁，象服山河羡委蛇。
> 翻笑下官双义士，当时犹自属须麋。

这是一首彰表李母慈爱节义的诗作。首联以今时明媚春景、堂前树生新枝与往昔徙家而居、家徒四壁的情形相对比。引出颔联清寒家境中持节教子的李母形象。诗人以孟母断杼教子和共姜矢志守节，比况李母慈节的美德。颈联描述了李母守节情态和高义。李母坚守婚书之嘉义，坚贞高洁之品行，天地可证；身着礼服之形态，心静神宁之情态，山河艳羡。尾联则以史实印证李母慈节足以流芳百世。这首诗作塑造了一位家境贫寒却能忠贞守节、教养子女的李姓母亲的形象。在诗篇中，诗人极力颂扬李母感天动地，可入祭祖庙贞节之义。

其别情诗主要是送别友人之作。这些诗作对友人的遭遇给予深切同情，委婉地批评朝政失措、政局斗争的万历朝堂生态。如《送董思白谪楚学宪》《送罗龙皋给谏被谪》《送许公归田四首》和《送曾石甫》等。《送董思白谪楚学宪》就是诗人送别友人董其昌所作：

> 汉家才俊何纷纷，簪笔侍从如烟云。
> 禁闼颇饶中视草，外藩不惜出衡文。
> 去年延寿归天水，子渊十载犹旄麾。
> 三策从来羡董生，只今又趣江都辔。
> 升沉那不沐皇灵，可怜白璧飞青蝇。
> 金马门前几人在，相看落落如晨星。
> 迢遥汉水碧萦回，云梦潇湘秀色开。
> 先生别有烟霞意，长揖青宫归去来。
> 都门白酒为君沽，君抱萧然水在壶。
> 欲烦更出橐中颜，勒作春明送别图。

诗篇起首四句明写汉朝文士满朝堂之盛典，实则叙写明神宗万历中期文士荟萃的盛况。"去年"以下八句叙写焦竑、张仲深、董仲舒不同人生际遇，感喟雷霆雨露皆为君恩，劝慰友人不必挂碍仕途暂时的沉浮。"金马"二句则是收束上文，以汉代文士才俊待诏之地——金马门为典。往昔待诏之人，今时如晨星寥落。物是人非之感，跃然笔端。"迢遥"以下八句是诗人送别友人的殷勤嘱托之语。诗人以"汉水"和"潇湘"之景，描摹楚地秀美风光，以之劝慰友人；又以"烟霞""青宫"和"归去来"等语辞，叙写友人早有归隐之意，此去楚地定无远谪之悲。"都门"二句，一方面描写了诗人沽酒送别友人，借此消解别离愁绪的举动；另一方面描写了友人神情淡然、以壶盛水的情形，为下文打下伏笔。"欲烦"二句，则承"水在壶"之意，诗人恳请友人再出"橐中颜"，画成"春明送别图"，以志今日之情。整首诗作，借古喻今，描写前代文士才俊不同的升黜境遇，劝慰友人莫因贬谪而意气沉沦；又借楚地风光和友人夙愿，安慰友人临别之际应洒脱自若。

其述志诗表达了人生壮怀、政治诉求和人生感悟。如《和渊明九日闲居》《击剑篇》《王明吾使辽过里诗以讯之》《苦旱》和《叹白二首》等。《击剑篇》是最能代表其壮志的诗作：

> 我有欧冶剑，昔磨若水溪，十年未曾试，出匣风凄凄。
> 铁英金款何奇特，绿龟文绕青蛇色。
> 宝锷直冲牛斗寒，神光响兴秋霜逼。
> 长安击剑多侠斜，相看瑞气生明霞。
> 万道虹霓忽舒卷，缤纷乱落芙蓉花。
> 还如飒沓奔流星，晴空隐隐来风霆。
> 荆玉骊珠自掩暎，晦冥上下迷苍青。
> 鼓橐当年亦自劳，勾践目动荆卿游。
> 何当抵掌向伊吾，断蛟瀚海澄波涛。
> 盛世由来重干羽，萧曹带剑揖明主。
> 我亦于中悟草书，不羡区区浑脱舞。

这是一首咏物诗。诗人描述了出匣宝剑的名称和来历，其中"铁英"以下十八句具体描绘了宝剑质地、外饰、颜色和剑气。在此基础上，诗篇描绘了长安配剑之人的英气，尤其以"万道"四句叙写了聂政刺韩傀、要离刺庆忌之典，叙写了宝剑出匣的惊天之效。"荆玉"以下四句，一方面叙写宝剑曾埋没尘世，另一方面追溯锻炼宝剑之辛劳、曾引勾践注目、荆轲佩戴等故实。"万道"四句与"荆玉"四句形成对比，以宝剑光华世间与淹没尘世的不同命运，暗示人事的不同际遇。"何当"二句则是诗人生发的宏愿，希冀剑艺能再现世间，得意于"伊吾"和"瀚海"，平定异域、海内晏清。诗篇最后四句，诗人由宝剑的盛衰变迁，兴发盛世不忘武备之礼、重臣明主豪气满朝堂的感情。

其咏史怀古诗，追昔抚今，抒发物是人非、沧桑之感。如《蓟门早秋》《黄金台怀古》《渡黄河》《陈留怀古》《尉氏怀古》和《咏史四首》等。这几首咏史怀古诗多是诗人游览京师胜地和宣诏河南所作。如《黄金台怀古》就是诗人游览战国时期燕昭王所筑黄金台所作。诗人登临黄金台，追忆燕昭王之时黄金台的盛况以及燕国鼎盛时期的情形，深慨用贤以义与以利的巨大差异。《渡黄河》《陈留怀古》和《尉氏怀古》则是诗人宣诏河南地所作。如《尉氏怀古》：

> 晋代风流阮步兵，人传麴蘖是生平。
> 自缘疏放还真趣，转向酕醄见独醒。
> 荆棘铜驼随雨暗，竹林野鹤向人鸣。
> 谩将当日穷途哭，认作猖狂醉里声。

诗人行经尉氏，追思阮籍一生，抒写其疏放的真性情和众人沉醉唯其独醒的行为。追古抚今，深慨阮籍醉里之声、猖狂之态，不为好酒只因人生困顿而发狂态。又如七绝《咏史四首》则分别以汉文帝时贾谊献《治安策》、汉武帝时宠童韩嫣以金丸弹射为戏、董仲舒献《贤良文学对策》、李广命运不奇的史实，感慨人事难料，盛衰无则。

其山水诗借游览山水丽景，抒写风土人物和求仙问道的人生旨趣。如《早登望岱》《颜神山中》《春日偕江健吾孙肖溪游含风岭》《游仙人洞二首》和《白云庵二首》等。其《早登望岱》：

> 曙色初回日观峰，开门犹未动晨钟。
> 松涛十里来秦树，云盖孤飞是汉封。
> 谁向翠微看系马，我从夭矫见蟠龙。
> 无端长路萦征客，虚负名山一度逢。

诗篇描写了诗人清晨登攀泰山，一路所见所闻所感；面对长阶，诗人兴发倦客之叹。首联描绘朝霞初现日观峰，诗人推门启程，晨钟尚未敲响的情形。颔联中描述诗人登爬途中所见林木之感。松涛十里，原是秦时之树；云盖孤飞之状，皆为汉时之封。颈联抒写诗人追昔抚今之感。翠微掩映之处，昔日何人系马？屈伸枝条之形，往昔曾见蟠龙。尾联抒写登山长阶之叹。漫漫无极，触发诗人征客之感，倦客之心恐负名山相逢意。而《游仙人洞二首》和《白云庵二首》则是诗人描绘道家胜地，抒写求仙问道之旨趣。

其酬答诗多描写友人之间互相酬唱和交游的生活和情谊。如《冯宫詹邀同焦漪园夜饮遇雨呈谢四首》《黄平倩病起偕区用孺林咨伯过访留饮四首时食蜀鱼》《赠崔昌平四首》和《于毂峰老师赠诗四首和韵称谢》等。

其中，《黄平倩病起偕区用孺林咨伯过访留饮四首时食蜀鱼》就是诗人与两位友人探望大病初愈的黄平倩，主人盛情挽留并以蜀鱼招待诗人一行。为答谢主人款待之情，诗人作诗酬答。如其四：

贳酒恰燕市，论文况北扉。月看三峡近，鱼带锦江肥。
夜色开轩霁，秋声出树微。从来愁肺病，饮此忽忘归。

这首诗叙写友人月夜饮酒论文，尝食蜀鱼，意气风发的情形。首联描写了友人饮酒论文之痛快淋漓的情形。燕市赊酒而饮，豪壮之气充盈座席；论文者皆为翰林学士，超卓不凡。颔联抒发友人黄辉望月思乡、睹物思人的情感。明月当空，映照宇内，三峡仿佛犹在目前；宴席中，素鳞肥美，味带锦江之感。颈联描写夜来微雨停歇，秋声生发树梢的情境。尾联以诗人劝慰黄氏作结。

其题赠诗是诗人为绘画作品或为友人府邸所敷写，多抒写了诗人的人生感悟。如《题王念野云耕山房二首》《题郑公招隐图》等。在这些诗作中，诗人或观图所绘，领悟画中真谛；或题写友人府邸，寄托诗人情志。其《题郑公招隐图》：

君家谷口旧风流，招隐当年托倦游。
暗水自缠花径曲，闲云深护竹窗幽。
诗成倡和闻黄鸟，机尽徜徉对白鸥。
几欲想从便归去，一瓢同醉海天秋。

这是一首题画诗。首联点题，诗人叙写了昔日郑公隐居山谷，朝堂征召托辞不就的风流倜傥之举。颔联描绘了招隐图的具象内容。潜水暗淌，曲折绕流；百花丛生，曲径通幽。闲云飘荡，深谷护佑；竹林青翠，户窗幽静。颈联则抒写郑公隐居生活。作诗唱和，时见《黄鸟》意；机矢深藏，漫步白鸥伴。尾联则抒写诗人观感和情志。赏观《招隐图》之后，诗人兴起欲从郑公归隐之意，瓠酒人生，寄情天地。该诗在描绘画中隐士所居之地的幽静环境和精神气质的基础上，抒发了诗人欲与之同归的情志。

周如砥的诗歌创作多基于自身经历，大体围绕诗人的两个人生阶段而展开：京师为官和归乡持孝。前者多反映其馆课、读书、交游、宣诏等经历；而后者多是抒写其游览家乡名胜和访道寻仙的闲趣。在周氏诗作中，留存有思想性较高的作品。如《苦旱》就较为客观地描述了大旱之中民生的疾苦，可见诗人对当时社会底层民众的真实生活有一定的认识。又如《黄石宫二首其二》描写了诗人登临黄石宫，思及正在朝鲜半岛上进行的明朝与日本入侵军久持不下的战争，表达了深切忧虑。但是这类诗作所占比重并不高，周氏诗作更多是反映士大夫阶层的生活内容和精神特质。这点从其诗作中存现大量赠别诗和酬答诗可见一斑。即使是其咏史怀古诗作，也更多是感慨前代名士的人生际遇，较少深入触及政治斗争和社会冲突等方面，缺乏批判精神。对此，我们应有客观认识。

从艺术方面而言，周如砥的诗作具有情志高古、诗体类型多、用典繁复和语辞古朴与华美相兼等特征。

首先，周氏诗作具有情志高古的艺术风格。如其乐府诗作《君子有所思》：

　　吴峰高参差，汉水横长渡。有怀同心人，高歌向岩户。
　　兰蕙发幽婉，秀色含霜露。双飞未可凭，至精谁从悟？
　　流光自荏苒，美人叹迟暮。聚散悲浮云，翩翩感庭树。
　　晓望在崖间，苍茫起烟雾。

面对艰难前路，诗人并不畏惧，而是高歌而行、志存高远。面对兰蕙幽婉却遭寒霜欺凌的景象，诗人以此比况自身高洁品行却时遭迫害的现状，深感与同道之人难以伴行，而世人谁能同悟至道？面对时光消逝，诗人顿生迟暮之叹；面对浮云聚散、高鸟翻飞的景象，感喟人世无常、漂泊无定；高崖远眺、苍茫烟雾，满怀惆怅。诗人抒写了高远的人生志向，自怜高洁品行遭受非议的处境；眼前浮云聚散、飞鸟难落的景象，又触发漂浮无定的悲慨；更以高崖望断、烟雾苍茫的具象描写，抒发了前途迷茫的心绪。这与《诗经》和《古诗十九首》中抒写士子情怀十分相近。不仅如此，诗人运用"香草美人"的象征手法使诗篇带有明显的楚辞特色，更具古雅之美。

其次，周如砥诗歌创作诗体类型多，各体皆善。除歌行体之外，古体、乐府、近体，都有佳作；五言、七言得心应手，各有成绩，尤长于五律和七律。从《青藜馆集》诗现存情况而言，其五律有32首，占全部诗作的34%；七律有44首，占全部诗作的46%，二者相加占到全部诗作的80%。周氏近体诗创作不仅数量多，所反映的生活内容也较为广泛。如祝颂，则有七律《孟夏陪祀太庙恭述二首》《李母慈节》等；咏史怀古，则有七律《黄金台怀古》《陈留咏古》；赠别，则有五律《赠崔昌平四首》、七律《送许相公归田四首》；山水诗，则有五律《游仙人洞二首》、七律《白云庵二首》等。由此可见，周如砥的近体诗创作成绩较为突出。

再次，用典繁复是其较为鲜明的艺术技巧。如《冯宫詹邀同焦漪园夜饮遇雨呈谢四首其三》中"钟分长乐殿，人醉草玄亭"二句，就使用了西汉长乐宫钟磬繁盛之象和西汉末年扬雄撰写《太玄》的典故。又如《黄平倩病起偕区用孺林咨伯过访留饮四首时食蜀鱼其一》中"金茎露欲满，蜀客渴初除"二句，则借用了西汉武帝时期建章宫前伫立的手捧承露铜盘仙人之典，和身患消渴疾的蜀人司马相如之典。从类型而言，周氏诗作引用的有地名典故、人事典故、文学典故和文化典故。地名典故，如"易水"（《送邢水部迎养之南都二首其一》）、"南垓"（《送邢水部迎养之南都二首其二》）、"无定"（《送乔裕吾给谏二首其一》）；人事典故，如"呼嵩"（《皇极门早朝》）、"桂玉"（《雨渡胶莱河宿河东坏馆夜坐即食》）；文学典故，如"击壤"（《皇极门早朝》）、"归鸿"（《送邢水部迎养之南都二首其一》）；文化典故，如"榖洛"（《是夜五鼓复雨达旦不止独坐即事》）、"宾雁"（《九日饮兴德寺池台二首其一》），等。

最后，周如砥诗作语言具有朴质无华与丽藻繁辞并存的特点。朴质语辞的运用，诗人在古、近体中各有不同。在古体诗和乐府诗中，因其体制特点，无论是摹景、叙事、抒情，其语辞平淡但并不流于浅俗。如"鸡鸣桃李多新栽，二月东风吹未开"（《《送傅汤铭之南都司业兼怀焦漪园》），"去住自非我，遑暇问征路"（《荥泽雨坐即事用壁间韵》），"五马渡江水，百年成丘墟"（《观运甓图有感馆课》）。而在五、七近体诗中，朴质语辞的运用多用于抒情，如"剑花十载拂征尘，赢得胡儿作比邻"（《塞下曲四首其四》）。摹景构境，诗人多使用丽藻繁辞。如"芳径斜随烛，征衣翠染萝"（《淄川月夜朱海曙邀饮王氏图亭四首其二》）、"翠柏丹枫相映新，清波白石故粼粼"（《白云庵二首其二》）。《皇极门早朝》鲜明地体现了这种特性。在这首诗中，诗人大量运用典故，如"长乐""呼嵩""南山""击壤""横汾"等，使诗作富有雅趣之美。不仅如此，诗人还浓墨重彩地敷陈了皇极门早朝盛况。如其描绘君王车驾、仪仗、服饰的诗句：

鸣珂白暎螭头月，宝扇光摇雉尾云。
烟傍衮衣常飘渺，草承委佩欲缤纷。

分别敷写了月色中玉石相击而鸣、白玉装饰螭龙头像的君王车驾；云气中珍宝制成的长扇、珠光宝气摇曳雉尾扇的仪仗；君王身着衮服，青烟袅绕、常生缥缈之态和青草承照委佩之光、希冀缤纷灿烂的服佩之形。

作为封建士大夫阶层的一员，周如砥诗作多为颂赞、寄赠、酬答、登览等内容，主要反映了其为官和乡居的生活，缺乏对封建政治生态的多方位描写和批评，也缺少对底层民众生活的细致观察和深切同情。在艺术上，周氏诗歌创作中追步高古风范、大量使用典故、辞藻偏于华丽的特征，与其作为国子监祭酒的身份相符。

四

周如砥诗作的情感内涵与艺术特色的形成，既与其人生经历有关，也与其思想渊源有紧密关联。

周如砥出生在世代耕种家族，在四祖周尚美之前的谱牒记载中，未有闻达之人。其伯父周民始转家风，但因如砥兄妹少失双亲，周民居家抚养、教导周如砥兄妹等人，终身未达。其伯母孙氏，将如砥兄妹4人与自己所生4个孩子一起抚养，其中最大的周如珠（如砥兄）仅11周岁。周如砥曾在《陈情疏》中深情地追述了伯母孙氏对其兄弟姐妹的辛苦抚养之情形及其恩义：

臣故贫家，门以内无他婢媪，一切缝纫澣濯舂杵炊爨，咸臣伯母焉任。而臣兄弟襁褓待哺者，匍匐须顾后者。齠龀而就塾，而需束脩之资，膏油之费者，又逯杂于前。而臣伯母方时为臣辈栉发沐面，着衣履，时寝卧。又远游则为之聚粮，旬日一不见，则为之涕泣；疾痛，则为之慰抚，美滋味以斳，无犯其所忌。而其大者，葬臣父母毕。臣暨臣兄弟婚、嫁臣妹、为臣兄弟延师。自始祖竟讫，无一毫厌心，讫不遗一毫余力。

周如砥以家贫无婢，叙写孙氏操劳家事亲力亲为；以其兄弟年小之状，描写孙氏抚养子侄之辛苦；以孙氏尽心照顾其日常起居的情形，状写久而不见的思念情感；周如砥病时，伯母细心慰抚、精心做食的细节，深情地塑造了一位慈母形象。正如周如砥所言："臣伯母之于臣，虽伯母，母也！"不仅如此，周如砥还高度赞颂了孙氏的大义：葬如砥之父母、婚嫁其兄弟幼妹、延师授学。其《祭伯母》文中，更是详细追忆了孙氏抚养自己的恩情：

> 儿幼樱重疾，淡食竟三岁，麦菽米肉醢盐之属，一入口辄犯。而母时时市他甘美，藏以啖儿，助之，无犯医禁。其啖儿也，即吾姊、吾弟，有不令之知者，三年如一日焉。母恩之高，高于天；厚，厚于地。

周如砥还提及自身初具"友爱之心"时，云："儿幼时愚顽，其与伯弟纶稍左。母叱吾弟，且以慰儿。从之使儿愧而感，感而自省，友爱之心，隐然如萌。"（《祭伯母》）正是在这样的家庭氛围和孙氏无私抚育之下，周如砥虽少失双亲，但未失教；家贫寒，但并不缺乏亲情。更重要的是，伯父与伯母的抚养之情和身教之形，深刻影响了周如砥的人生观和创作，如七言律诗《李母慈节》和七言古诗《河间孝子歌》就是借"李母"和"河间孝子"诉说自我价值。不仅如此，周如砥曾撰写《孙母戴氏祔葬墓志铭》《茂才汪君配孺人潘氏墓志铭》《刑部尚书刘公暨配王夫人墓志铭》等文，更是高度彰表了文中提及的女性持家、教子等方面的功绩。

出仕之后，周如砥于万历二十年（1592），授翰林院简讨、纂修官。其受命撰敕诰，制词庄严，文辞独创，用典雅正，一改因袭之旧习。如《制草四川重庆府推官高折枝》云："勅曰：昔人论战，至狱大小，以情，曰忠之属也。可以一战。今属非用兵时与？朕每念其地，司理之臣，宜有推情于狱者。今日之事，庶几赖之尔。"周氏以《左传·庄公十年》中所记鲁庄公与曹刿对答的典故，引出下文中高折枝断案"引经以断，得情笔下之单词，使狱怨免束手"。彰表其"深味乎平之义，无内亏，无外溢"，可谓"天下理官"之典范。而在《制草直隶广平府推官胡东渐》云："勅曰：朕闻昔时欧阳氏为理官，观书为狱求生。朕甚慕焉。今之理官，有若人与庶几藉之以风天下耳。"周氏以欧阳修为西京（洛阳）留守推官与梅尧臣、尹洙文学交好，以《尚书》治狱之典，引出对胡东渐"茂明秀品，渊懿奇才，擢万言以起家，操三尺而佐郡"的为官经历和评价。两篇制草皆为推官而作，但因描写个体不同，行文铺辞不因陈辞，用典也恰切。万历二十三年（1595）和二十九年（1601），周如砥两次分较礼闱，三十一年（1602）副主京畿试。周如砥曾上《应天府乡试录后序》，云：

夫言扬，匪古制也哉。文，取正，其遗意也；顾国家取士，将有以用之。华之采、实之遗，其焉攸用。虽然，华非实也。今日之实，又非异日之实也；使今日之实，不能为异日之实。虽实可收乎，使能为华之心；即能为实之心，虽华采矣。桃李必有可说之华于先，乃有可啖之食；于后华之不可撷实之先吐邪？诗曰：倬彼云汉为章于天。又曰：上天同云雨雪雰。能为云雨之云为章于天之云也。政事之士，文学之士也。

这是周氏继陶望龄倡荐进文士应以实用为主、为文应以清新自然为主的主张之后，申而言之，更以薛登《选举议》中慎选人才、奖掖德才兼备之人。周氏选材崇儒重雅，力推德才兼备之人。万历二十九年（1601）掌国子监司业，三十九年（1611）升祭酒。周氏掌国子监事务之后，重刻中秘府所藏儒家经籍、建"射亭"、考古制、校文艺，士风焕然一新，其《刻中学始肆序》和《刻射礼仪节序》即为其证。其为官不事干进，但在大是大非面前，却不惧权势。据《明史》列传第104卷《唐文献传》记载，时任宰辅的沈一贯借"妖书"构陷礼部尚书郭正域，周如砥与翰林院同侪唐文献、杨道宾、陶望龄往见沈一贯。在唐文献与陶望龄大义申诉之下，郭案得以缓解。周如砥虽未直言求情，"然文献等以是失政府意"。周氏并不是没有意识到直言申诉当朝一品宰辅会带来如何的后果，但在大义与私利的抉择上，周氏选择了前者。

为伯母守葬和辞官归乡之后，周如砥与次子周燨居于即墨城。周氏虽闭门谢客，但故里有事，莫不尽心为之。如《即墨重修先师殿碑》就是重修颓败的即墨夫子庙而撰写的。碑文有两部分组成：序和铭文。碑序中先追叙了即墨夫子庙自明洪武年间复修以致万历年间的历史，虽有修葺，但"未能恢拓其制度"以至于"俎豆尘土"。周氏又记叙了万历年间以劳山佛寺寺材修葺夫子庙的来龙去脉，描绘重修后的情形："弘敞壮丽，几倍畴昔，肖貌俨然。"面对恢弘的夫子庙新貌，周氏深慨："吾夫子之道，常道也。君臣、父子、夫妇、兄弟、朋友，开辟与俱，千古犹昨，果且有新乎哉。示我周行，如日中天，果且有故乎哉！"在碑序结尾处，面对恢弘新立的夫子庙，周氏描绘了郡中子弟恭敬情态："诸士唯唯，盖莫不有荡淬濯袭，无负于斯庙之意。"在铭文中，周氏描述故里"近圣人之居，渐厥遗风"，又颂赞明朝"皇代崇儒，列序如林"，故而"有庙隆隆于海之濒"。紧接着，周氏描绘了修葺之后的夫子庙的盛况："金碧清黄，灿灿其美，岿若灵光宛焉。"《驳迁即墨营于胶州三议》则是驳斥乡里为避日炽的倭寇侵扰欲将即墨营迁至胶州营的动议而作。周如砥关心乡里，却不避嫌疑的做法，正如董其昌所言："桑梓利弊，辄昌言中窾。"这都体现了周氏心系民生、肩负大道的儒生情怀。这种情怀在同一时期的山水诗作中也有鲜明体现。周氏乡居，曾多次游历故里山水，其中尤以寻访佛寺和道观最多。《山亭樵语》《溪桥烟柳》《游法海寺二首》《黄石宫二首》等，都真实地反映了周氏这一时期的人生经历。这些诗作既有倦游归乡之情，又更多是借寻道探幽抒写对政局的见解。前者如《山亭樵语》就是诗人初春踏青所见溪桥烟柳的景色，抒发了诗人喜春而忘归的情形；后者如《黄石宫二首》就是诗人游览崂山黄石宫而作，诗人描绘黄石宫胜景，追忆黄石公授书张良之事，抒写了欲寻黄石书以解当下时局困境的心愿。

从周如砥诗歌创作实际来看，其人生轨迹与儒家、道家思想都对其产生了影响。周如砥有《论语讲义》（1卷）、《刻射礼仪节序》《癸卯应天第二问》《癸卯应天第四问》《代策三问》等文，其论理、策对、辨事，无不带有儒家思想色彩。在其诗歌创作中，"尧忧一口榇，有年胜讴歌"二句（《奉诏修省》）正是其政治理想的具象描写。周如砥渴望帝王以民生为重，百姓安居乐业，胜过万千歌功颂德文辞。但是，现实政治生态却是"大雅久不作，吾道蹉陆沉"（《清秋瀛洲亭讲业作》）。诗人追昔抚今，高歌儒家前贤：

卓彼河汾子，登坛称素臣；高踪蹑百代，余辉耀千春。
如何济南生，九十诵古文；石渠连汉苑，日星隐浮云。

周氏追慕隋末王通毕生研学"六经",思慕孔子遗风,续《六经》、聚徒讲学的大义之举,颂赞其光耀千秋的精神;敬服西汉伏生一生不改崇儒之志,九十始传今文《尚书》,山东诸儒无不涉其教的事迹。这无疑是将前贤当作人生榜样。

除儒家思想对其创作产生影响之外,道家思想也在其诗作中留有印记。周如砥曾作《道德经集义》(2卷)以及代神宗撰写《刻太上感应篇序》,是其道家思想的集中体现。与此同时,周氏还创作了一批游仙、求仙诗。如《游仙人洞二首》《白云庵二首》《曹南仙桐》等。周如砥诗作中不仅出现了大量的道家名胜、人物和典故,如"仙人洞""黄石公""阊阖"等,还将道家旷达疏放心态摄入其诗歌创作之中,如《仙人洞二首其一》:"悠然俯人世,即此是蓬莱。"诗人登览仙人洞,面对羊须小路、蜗盘登山之径,天光忽现忽隐的景象,风高爽气生的感受,心境豁然开朗:若有心缘,人间处处是蓬莱。

慈孝持家的家风,培育了周如砥忠孝品行;诗书兴家的现实,奠定了周如砥及其家族显赫乡里的历史。其深植国子监、执掌祭酒之位,力倡道德文章、教导济世之才。其交游多为道德之士、意气之杰、强项之臣。周如砥与此等才俊相交深厚,同朝为臣,共同绘写铮铮铁骨画像。归乡家居,虽闭门谢客,但不忘乡情,呼告奔走,心怀里忧。周如砥一生,以儒立身,与太玄同游,具有典型的封建士大夫思想形态。

五

文学创作不能独立于社会存在而存现,周如砥的诗歌创作也不例外。自万历十七年(1589)中进士至万历三十七年(1609)归乡,周如砥历仕20年。这一时期,明神宗朱翊钧倦政日久、朝堂纷争不断、边患不息、诸藩异动,明政权处于风雨飘摇之中。

万历十五年(1587),为躲避朝政,明神宗宣布"静摄",殆政日显。万历十七年(1589)正月初一,明神宗以日食为由,免去群臣元旦朝贺;十八年(1590)正月初一,又自称腰疼脚软,行立不便。自此,明神宗出现不出宫门、章奏留中不发、不郊、不庙、不朝、不见、不讲的殆政行为,更是拒见朝臣,内阁出现"人滞于官"和"曹署多空"的局面。尤为后世诟病的是,明神宗自万历十八年(1590)至万历四十八年(1620)去世,竟三十年不朝群臣、不出宫门,乃有"明之亡,实亡于神宗"

（《明史·神宗本纪》）的历史评判。周如砥《皇极门早朝》和《孟夏，陪祀太庙，恭述二首；时上从在静摄，天仗一出，群情忭舞》二首诗作，大致应创作于万历十七年（1589）。此时，周如砥刚中进士。此后，周氏诗作中再无此类题材的出现。

明神宗的殆政行为直接导致了大部分政事久拖不决、群臣倾轧异己，朝堂纷争愈演愈烈。其中，国本之争和东林党争最具代表性①。与群臣类似，周如砥也不可避免地卷入朝堂纷争之中。《代许相公建储疏》就是周如砥为时任内阁次辅、武英殿大学士许国上疏请求早立国本而作；《送董思白谪楚学宪》就是送别曾为太子朱常洛讲官，而在争立国本中被贬的董其昌而作。周如砥有多首诗作与于慎行有关，这不仅因为于氏是其同乡前贤，更是因其敬佩于氏学问、政治清誉和人格魅力。于慎行（1545—1608），字可远，号毂峰。山东东阿（今属山东省聊城市东阿县）人。《明史》有本传。在穆宗时期，于慎行就以疏谏其座师张居正"夺情"；又在万历时期，于氏不惧祸灾、公开为张居正鸣冤。万历初期，面对爆发的"国本之争"，身为礼部尚书的于慎行首当其冲。于氏虽为万历帝师，但因与其意见相左，被迫归隐乡居。周如砥的《于毂峰老师赠诗四首和韵称谢》和《过东阿为于毂峰老师祝寿四首》，不仅是两人情谊体现，更是周如砥对于氏的致敬之作。

周如砥入仕初期，明朝边患骤急。自万历十七年（1589）至万历二十七年（1599）止，在西北地区、西南边疆和朝鲜（今朝鲜半岛，时为

---

① 明朝万历"国本之争"指自万历十四年（1586）至万历二十九年（1601）间，围绕册立太子而产生的明神宗与文臣集团的政治事件。这次事件，文臣以"长幼有序"为由，拥立明神宗长子朱常洛为太子，取得了"国本之争"的胜利，但也埋下了明神宗与文臣集团对立的祸根。东林党争是指以高攀龙为首，以无锡东林书院讲习而形成的在野文人群体，主张开放言路、实行改良政策的政治主张，被称为"东林党"。与此同时，以浙江宁波人内阁首辅沈一贯为首的在朝文人，逐渐形成了"东林党"的反对派，被称为"浙党"。不仅如此，以湖北黄冈人曾为太常寺少卿官应震为主的楚党，和以山东莱芜人亓诗教为首的齐党皆依附于浙党，合称"齐楚浙党"。其他以地缘关系结成的党派还有以安徽宣城人南京国子监祭酒汤宾尹为首的宣党和以江苏昆山人曾为翰林编修的顾天峻为首的昆党。宣党、昆党、楚党、齐党、浙党与东林党人相互攻击，"东林党争"绵延数十年，几无宁日。

明朝属国），明朝有三次重大军事行动，史称"万历三大征"①。三次军事行动，明军都取得了最终胜利，但也消耗了大量的财货，对晚明的财政造成了相当大的负担。除此之外，明成化年间（1465—1487）被明军重挫的建州女真，在努尔哈赤的领导下，重新崛起，逐渐成为明朝新患。《王明吾使辽过里诗以讯之》《春日送李百原侍御阅关》《送李霖寰辽东开府二首》《塞下曲四曲》等，都在一定程度上反映了明朝这些重大的军事行动。周氏"露布"体文《拟庚寅御房大捷》就是为颂赞明军的"宁夏之役"而创作。

万历年间，明宗室人口"固千古所未有也"的程度②。明藩王分封之地，多为土地肥沃、人口集中、经济较为发达地区，导致明朝省级行政区域内出现多位藩王共存的局面。这种现象尤以河南地区最为突出。从明朝开国初至万历年间，河南地区亲王共有八位③。据王世贞《弇山堂别集》卷一"皇明盛事述一"记载，至明穆宗朱载垕隆庆年间，河南布政司统辖地区共有亲王5人、郡王81人、镇、辅、奉将军1635人、中尉将军

---

① 这三次军事行为分别为：万历二十年（1592）二月至八月，李如松平定蒙古人哱拜叛乱，收复宁夏镇（今宁夏回族自治区银川市）的"宁夏之役"；万历二十年（1592）始，万历二十六年（1598）终，李如松、麻贵等先后两次援朝击倭（日本）的"朝鲜之役"；自万历二十七年（1599）至万历二十八年（1600），李化龙平定播州（今贵州省遵义市一带）杨应龙之叛。

② 明王世贞：《弇山堂别集》卷一"皇明盛事述一"记载，截至明神宗万历二十三年（1595），明宗室册封在录，计：郡王251人，镇、辅、奉国将军共7100人，镇、辅、奉国中尉共8951人，郡主、县主、郡君、县君共7073人，庶人625人，共24000人；而未有封号的，但有明确档案记录的尚有133000人，明宗室人口共计157000人。（明王世贞撰，魏连科点校：《弇山堂别集》，中华书局1985年12月第1版，第6页）。

③ 这八位亲王分别为：周王朱橚（1361—1425），明太祖朱元璋第五子，就藩开封（今河南省开封市）；唐王朱桱（1386—1415），明太祖朱元璋庶二十三子，就藩南阳（今河南省南阳市）；伊王朱㰘（1388—1414），明太祖朱元璋第二十五子，就藩河南府（今河南省洛阳市）；赵王朱高燧（1383—1431），明成祖朱棣第三子，就藩彰德府（今河南省安阳市彰德古城）；郑王朱瞻埈（1404—1466），明仁宗朱高炽第二子，宣德四年（1428）初就藩凤翔府（今陕西省凤翔县），正统九年（1444）移藩怀庆府（今河南省焦作市）；崇王朱见泽（1454—1505），明英宗朱祁镇第六子，就藩汝宁府（今河南省汝南县）；徽王朱见沛（1459—1506），明英宗朱祁镇第九子，就藩钧州府（今河南省禹县）；潞王朱翊镠（1586—1614），明穆宗朱载垕第四子，就藩卫辉府（今河南省卫辉市）；福王朱常洵（1586—1641），明神宗朱翊钧第三子，就藩洛阳（今河南省洛阳市）。

2698人、郡县主君1640人、庶人23人，共计6082人①。这并不包括无名禄的宗亲人数。明朝藩王宗亲不仅消耗大量的国库收入，更有多次夺嗣谋反之举。因此，明世宗朱厚熜嘉靖四十四年（1565），出台《宗藩条例》，以之规范和加强宗室管理。隆庆、万历年间，明朝更是进一步加强了宗室管理力度，其中，中央派员按察成为定规。周如砥《早登望岱》《渡黄河》《陈留咏古》《尉氏怀古》等作，即与其在万历二十年（1592）和三十三年（1605）两次奉旨到河南和山东谕示明宗室藩王的经历有关。

1572年（明穆宗隆庆六年），十岁的朱翊钧即位。次年（1573），明神宗改元万历，开启了长达四十八年的执政历程。万历元年（1573）至万历十年（1582），因朱翊钧年幼，其母李太后听政、张居正主持朝政，采取了"一条鞭法"等新政，社会经济有较大的发展，史称"万历中兴"。自万历十年（1582）至万历十四年（1586），朱翊钧亲政，尚能勉力政务。自万历十四年起，因"国本之争"，朱翊钧与内阁文臣长期对立，竟达十五年之久，更是出现了长达三十年不临朝的殆政行为。周如砥正好在此时入仕（1589），"万历中兴"的局面尚有余绪，但因君臣开始了持久的对立，文臣集团也存在互相倾轧的政治斗争，以及"三大征"为代表的军事行为，都在一定程度上消耗了"万历中兴"所积聚的国力，尤其是明神宗殆政行为和君臣对立的现实，导致明朝国势出现了巨大的转迁。正如《明史·神宗本纪》所言："明亡，实亡于万历。"周如砥适逢其会，诗作也将这一时期的政治生态和国家大事纳入描写的题材之中。

结　语

万历二十七年（1609），周如砥终获恩准，返乡归隐；四十三年（1615），周如砥辞世。这一时期，周如砥虽远离朝争，但对乡里政事多发议论；即使是登览之作，也多深含对时局的关注。

统观周如砥诗歌创作实际，积极入世的人生观、关心朝政时局的责任感、交游深切的同道之谊、访道寻仙的闲适情怀，都折射出其为封建士大夫的典型情感世界。其诗，情志雅正、用典繁复、辞藻华美、体式兼备，更是文人诗作的典型代表。

---

① 明王世贞：《弇山堂别集》卷一"皇明盛事述一"，第6—9页。

凡　例

一、本书共收周如砥诗作101首。其中，《青藜馆集》卷一所录有105首；《山左明诗抄》所录有8首。删其重复，共有诗作110首[①]。

二、目次编订依《青藜馆集》旧例和目次。《山左明诗抄》亦依《青藜馆集》旧例，但目次与《山左明诗抄》不同，且未归入《青藜馆集》相同体类之中，而是单独编目。《青藜馆集》目录中所录诗题与诗集中所录诗题存在省题和异题的现象。本书目次中所列诗题，从诗集中所录诗题。

三、本书所列董其昌与黄景昉所撰《周如砥本传》原在《青藜馆集》卷尾，今调整至诗作释读正文前。公鼐所撰《大司成即墨砺斋周先生集叙》和王思任所撰《周季平先生青藜馆集叙》原在《青藜馆集》开卷之处，今调至董传与黄传之后。

四、本书释读诗作由三部分组成：原诗、注释和简析。

五、附录一《周如砥年谱简编》、附录二《周如砥诗作所见人名索引》，主要为研读其诗作提供资料方便。

---

① 周如砥诗作主要收于《青藜馆集》《山左明诗抄》和《周太史文集》中。其中，《青藜馆集》收录105首；《山左明诗抄·卷二十三》收录8首；《周太史文集》收录346首。《青藜馆集》入《四库全书存目》"集部"之"别集"类，《山左明诗抄》入《四库全书存目》"集部"之"总集"类，二者皆经四库馆臣核验，属于官方流传体系。《周太史文集》虽早于《青藜馆集》，但始终处于民间流传的状态。本书囿于研究对象，选录周氏诗作以《青藜馆集》收入诗作为主，兼采《山左明诗抄》。

目　　次

周如砥传（董其昌）…………………………………（1）
周如砥传（黄景昉）…………………………………（3）
大司成即墨砺斋周先生集叙（公鼐）………………（5）
周季平先生《青藜馆集》叙（王思任）……………（7）
《青藜馆集》四卷……………………………………（9）
《青藜馆集》诗………………………………………（10）
　五言古诗……………………………………………（10）
　　庄诵　宣宗御制翰林院箴有述馆课……………（10）
　　观运甓图有感馆课………………………………（13）
　　赠周用修…………………………………………（15）
　　君子有所思………………………………………（20）
　　代凛凛岁云暮……………………………………（21）
　　和渊明九日闲居…………………………………（23）
　　清秋瀛洲亭讲业作………………………………（25）
　　奉诏修省…………………………………………（28）
　　荥泽雨坐即事用壁间韵…………………………（31）
　　颜神山中…………………………………………（32）
　七言古诗……………………………………………（34）
　　送董思白谪楚学宪………………………………（34）
　　送傅汤铭之南都司业兼怀焦漪园………………（36）
　　击剑篇……………………………………………（38）
　　送罗龙皋给谏被谪………………………………（41）
　　河间孝子歌………………………………………（43）
　　春日偕江健吾孙肖溪游含风岭…………………（46）

五言律诗 …………………………………………………………… (51)
　　冯宫詹邀同焦漪园夜饮遇雨呈谢四首 ……………………… (51)
　　山行拟访周荇浦不果。已而，过其先中宪廉宪二公所建塔庙，
　　　读遗碑及荇浦所撰新碑有感却寄二首 …………………… (55)
　　喜张怀海山人造访瓦庄四首
　　　——山人，故诸生；精地理卜算之术 …………………… (56)
　　蓟门早秋 ………………………………………………………… (60)
　　黄平倩病起，偕区用孺林咨伯过访留饮四首，时食蜀鱼 …… (61)
　　得区林二丈邻居诗，独恨敝居之远，奉和自慰 ……………… (65)
　　九日饮兴德寺池台二首 ………………………………………… (66)
　　崔昌平公精医善诗胶东之世族也；谢政东归后，复归道京，
　　　叙别。因感旧雅得诗四首赠焉 …………………………… (67)
　　淄川月夜朱海曙邀饮王氏图亭四首 …………………………… (71)
　　晓发金乡，望光善寺塔东桂徵室 ……………………………… (74)
　　游仙人洞二首 …………………………………………………… (75)
　　于毂峰老师赠诗四首和韵称谢 ………………………………… (77)
七言律诗 …………………………………………………………… (81)
　　送许相公归田四首 ……………………………………………… (81)
　　黄金台怀古 ……………………………………………………… (86)
　　早登望岱 ………………………………………………………… (88)
　　渡黄河 …………………………………………………………… (89)
　　陈留咏古 ………………………………………………………… (90)
　　尉氏怀古 ………………………………………………………… (91)
　　过东阿为于毂峰老师祝寿四首 ………………………………… (93)
　　题赵相国灵洞山房古洞栖霞 …………………………………… (98)
　　梵刹钟声 ………………………………………………………… (99)
　　山亭樵语 ………………………………………………………… (100)
　　溪桥烟柳 ………………………………………………………… (101)
　　游法海寺二首 …………………………………………………… (102)
　　黄石宫二首 ……………………………………………………… (104)
　　白云庵二首 ……………………………………………………… (106)
　　曹南仙桐 ………………………………………………………… (108)

题王念野云耕山房二首 …………………………………… (110)
王明吾使辽过里，诗以讯之 …………………………… (112)
孟夏，陪祀太庙，恭述二首；时上从在静摄，天仗一出，
　群情忭舞 ………………………………………………… (113)
李母慈节 ………………………………………………… (115)
送曾石甫 ………………………………………………… (117)
春日送李百原侍御阅关 ………………………………… (118)
送王念夔按楚 …………………………………………… (120)
送包大瀛还贵州时省疏公为首云 ……………………… (121)
文安姜蒲翁中丞，余弟叔音座师也。中丞抚楚，值余弟令襄。
　乃兹相继二年，俱作异物矣。中丞讣来，余南向望哭之。
　乃余之泫然，则又不独为中丞也 …………………… (123)
苦旱 ……………………………………………………… (124)
朝之前一日宿孙却浮给谏宅作 ………………………… (125)
送齐捧御书山东者 ……………………………………… (127)
送李霖寰辽东开府二首 ………………………………… (128)
送乔裕吾给谏二首 ……………………………………… (131)
题郑公招隐图 …………………………………………… (134)
送邢水部迎养之南都二首 ……………………………… (135)
五言排律 ………………………………………………… (138)
　雨渡胶莱河宿河东坏馆夜坐即食 …………………… (138)
　是夜五鼓复雨达旦不止独坐即事 …………………… (140)
七言排律 ………………………………………………… (143)
　皋极门早朝 …………………………………………… (143)
七言绝句 ………………………………………………… (146)
　咏史四首 ……………………………………………… (146)
　塞下曲四首 …………………………………………… (151)
　叹白二首 ……………………………………………… (154)
《山左明诗抄》八首 …………………………………… (156)
　蓟门行 ………………………………………………… (156)
　送冯仲好侍御 ………………………………………… (161)
　送冯琢菴学士归省 …………………………………… (166)

再过含风岭 …………………………………………………………（168）
送袁玉蟠册封楚府便归省亲 ……………………………………（169）
击剑篇 ……………………………………………………………（170）
蓟门早秋 …………………………………………………………（171）
黄平倩病起，偕区用孺林咨伯过访留饮，时食蜀鱼 …………（171）
附录一　周如砥年谱简编 ………………………………………（172）
附录二　周如砥诗作所见人名索引 ……………………………（200）
参考文献 ……………………………………………………………（204）
后记 …………………………………………………………………（205）

周如砥传

董其昌①

　　大司成周公名如砥，字季平，砥斋，其号也。公少起孤露，力学自奋。每试必压其曹。已卯，举于乡。又十年，成进士，选读中秘书。辛卯，授检讨。壬辰，奉使荣藩。乙未，分较礼闱。旋移疾归里。戊戌，补原官，兴撰诰，敕迁左赞善。辛丑，复入闱。未几，以中允署司业事。癸卯，副考南畿。甲辰，晋左谕德。丙午，颁诏齐鲁。丁未，进右庶子，推祭酒。己酉，投劾归。迄乙卯，遂不起，赠礼部右侍郎。此公历官始末也。

　　公为人严重，寡言笑，不妄许可。入馆后，惟闭户事觚椠，耻见要路人。既居讲筵，随时启沃，多所补益。当四明盛时，能奔走天下士，公旅谒外，不一造膝，同馆区宫赞辈，以忤时被诎，公独讼言其枉。以是不为政府喜，虽循资序迁，名尝居殿，公夷然不屑也。乡会三收士，必取闳正端雅者，树为仪的，至今颂得人焉。两典胄子首闲四维，旁蒐六艺，人谓履德清淑如刘智，设科有法如胡瑗，经圣人师，一时标誉。此公立庙大节也。

---

① 董其昌（1555—1636），字玄宰，号思白、香光居士、思翁。明代书画家。华亭（今上海市松江区）人。明万历十七年（1589）己丑科进士，初选庶吉士；二十二年（1594），任东宫讲官；次年为南宫同考官；二十五年（1597），主考江西；后为湖广按察副使，移疾辞归；三十一年（1603），至南京，任主考官；次年，擢为督湖广学政；三十四年（1606），以湖广提学副使致仕；四十一年（1613），起用为河南参政，不赴。明熹宗天启二年（1622），征召为纂修官，奉旨修《神宗实录》；次年，擢礼部右侍郎，协理詹事府事，转左侍郎；五年（1625），拜南京礼部尚书，逾年告归。明思宗崇祯六年（1633），拜礼部尚书，掌詹事府事。次年，上疏乞休，加太子太保致仕。九年（1636）八月，去世，卒谥文敏。董其昌与周如砥为同科进士，周氏有《送董思白谪楚学宪》诗。

公里居之日，绝迹城市；都邑大夫，罕识其面。然桑梓利弊，辄昌言中綮。倭警骤闻，有欲迁即墨营城避之者。公条指要害，保障所关，轻动非策，议遂寝。昨岁登寇，猝起犹倚恃焉。

文庙圮，公请劳山废材为饬顿，还旧观。岁俭，道殣相望。公首发粟，倡赈所全活，无簪墨地瘠，赋繁，每代旁邑，偿羡公，屡请清额以甦穷黎。故人子有客死辇下者，既归其骨复厚恤其家；同年生得罪上官，将罗织致辟，亡命诣公；公审其冤，避室居之。因力营解人，又谓孔文举孙宾硕不过也。乡贤毛文简公有定策功，子孙单微，无叙及者。公白之于朝，遂获世荫。塾师纪翁亡三十年，周其家终身。公既伏阙，陈情上母于安人，节孝事。有旨旌表其宅，复为伯母孙孺人服心丧三年，在南闱日，念弟纶方殡。即昼夜驰归，克袭乃事。弟妹早世，抚其孤至成立。此公内行大凡也。公入仕几三十年，城居迄无一椽，尝积俸置粮粥产。因有力者争畔，遂让为瓯脱。生平与原配张安人相庄如宾，傍无姬媵，布衣蔬食，萧然如寒生，其学以不欺幽独为主，以简默坐忘为乐，不标名，不树异，视荣枯进退如四时，寒暑之序，淡如也。公官至国师，寿几稀筭；身没之日，朝野惋惜。以位不配德，年未酬庸，终致憾于霖雨之不澍者，亦可以知公品望系人思者，远矣。公长子士皋甫登第，即卒；次燦、次熠，皆翩翩名士，能世公之家。

史氏曰："元和六学士，五相一渔翁。"达如白传亦作斯语耶。余榜同馆者二十二人，大拜者两人而已，其践卿二者五人。然冯仲好、包汝钝，自以外迁。至余亦以藩臬入。馀仅三泰，端寀三掌成均，皆不及中寿，如我季平，名位年齿，又侪辈中之特出者也。忆任馆下时，息影花砖，见季平僴僴，独步私相目属此。异日正色立朝者，乌知修文谢世已二十往哉。对此茫茫，奚但山阳陨涕而已。虽然，老子曰："死而不亡者寿。"请与公所著窥一斑见公之全耳。

崇祯六年，岁在癸酉十月之望。

赐进士出身，资善大夫，礼部尚书兼翰林院学士，掌詹事府事，实录副总裁年弟董其昌撰

周如砥传

黄景昉①

大司成即墨周砺斋先生，没有年。华亭、蒙阴二宗伯业为传，不啻详矣。贤子京兆君，复持见委。余生稍晚登第后先生三纪，馀愧不任。传即传，何敢望二宗伯而先进？衣冠之慕，私自耿然。聊复掇所传闻，附见焉。

传称先生举南宫，最为许文穆激赏。俛首多士，自王文肃、李文节而下，咸重先生。独沈文恭弗善也。穷其故，先生实迹绝相门，又同馆庄、区二公见诎，啧啧不平，隙愈著。余按，区海目得谴，略以诗酒过，性亦疏脱。详董华亭别记中。若长沙庄公，天合官少詹，骎向用矣。属有白云慕自讲筵，特请急归，不审所见，诎何等也。词林不轻诣政府，礼数固然。沈虽睚眦，或不应苛细至是。然考沈在事时，先生久不调，泊如落落，难合颇亦有端乎？

其后，王文肃再召自田间，李文节继相，二公故先生知己，意拾级同升之际矣。无乃攻文节者，沸起；寻，波及焉。呜呼！世路巇危，夷于荆棘，其弗善先生者。既足滞先生飞腾，而其雅善先生者亦无能为力。且贻之累，云浮泡沫，复何足云？然观先生，所交游取舍若是，稜稜风节具见矣。先生于载籍，鲜所不窥。诗若文，质温厚，苍然古色。同时，于东阿文定、冯临朐文敏，并以娴博著齐鲁间。先生与相鼎立，无愧。

性至孝，少孤，育伯母孙孺人所。既贵，即疏扬母节并及孙孺人劳困

---

① 黄景昉（1596—1662），明末福建晋江东石人，字太稚（穉），号东厓（崖）。明熹宗天启五年（1625）乙丑科进士，选庶吉士。明思宗崇祯元年（1628），授翰林院编修，官庶子、直日讲，参修《熹宗实录》；十一年（1639），任詹事府少詹事；十四年（1641），以詹事兼掌翰林院，任学士；十五年（1642），为相；次年，加太子少保，改户部尚书。清康熙元年（1662），卒于家。黄景昉著有《馆阁旧事》《东崖诗稿》《读诸家诗评》等。

状。情词酸楚，几轶。李令伯而上之。余谓先生集，最多兹疏。岳岳第一云，先后凡三衡。棘试。再长成均，学徒半天下；侍讲崦，尤多所发明。念既以翰墨为职，即有奇案施，乃阴为德。与其乡，甚力。岁俭，首发粟，倡赈仓。倭警，或议徙即墨营城，避之。先生不可，躬上记主者，条折要害，且谓墨地瘠赋繁，不宜代他邑偿羡。又为之请劳山废寺材，拓新文庙。里中，士感，倍刺骨乃一二；豪有力，犹有以数亩宅，龃龉先生者，亦可笑也。

先生故严重，生平无惰容、戏语。端坐，嗒然。或竟日不一闻声，侍者咸自废。而蒙阴宗伯又云先生，虽恂恂儒者，过缓急，乃奋然有烈士伟丈夫之概。如代毛文简后人讼，功及脱同年骆生忘命中事，咸在特将无一露其衡气机乎。惟冯文敏称周季平是圣贤地位人。季平，先生字也。冯素善持论。闻之焦弱侯、冯少墟二公，亦谓信然。余于是折衷群说，特用国史例。书曰：万历某年某月，国子祭酒周如砥，卒赠礼部右侍郎。如砥，山东即墨人。繇己丑进士，改庶吉士，历今官，笃学，渊修确然，醇正，尤勇于蹈义，世恒以大用期之。位不配德，与论惋痛。

论曰："读国史，至万历、戊申、巳酉间，未尝不三叹也。"与李文节何仇？群攻之，至累百疏，并南北二司成，亦在螫中。南为余乡林文简，北则先生。或以枌榆，或以衣钵抱蔓归，无一免者。卒之身后，论定何如哉？文简遂起家至大宗伯，惜先生止是。抑考先生同馆，秩纶扉，惟崇仁。

乌程两公耳，亦拂郁，不甚行。其志士君子，树立哀然，勖名气寄焉者矣。

余故详叙先生事而于东阿、临朐、蒙阴三君子，遗旨亦间录焉。夫诚海岱灵淑之气，骈锺非偶而已也。近乃不数见，何与？是在后之君子哉。或曰子视子乡前辈良愧甚毋多言。则余过也夫！则余过也夫！

赐进士出身左春坊左谕德兼翰林院侍读纂修实录管理文官
诰敕编纂六曹章奏克
召对记注
起居注
经筵日讲官闽晋江后学黄景昉顿首拜譔

大司成即墨砺斋周先生集叙

公　鼐[①]

昌黎韩子曰："仁义之人，其言蔼如。"是语也，闻之矣，未见其人也。於以求诸古，惟颜子足以当之。颜子以知十之资，几庶之炤，发而为言，固足以经纬二仪，旁罗万象，何所不具？而颜子无是也。其在圣门，请试弥勇，而常苦仰钻瞻忽之艰，所见既卓而欲从末繇之叹退焉。如有所未逮者，岂非若无、若虚、如愚？非助之，真体也。后世学术有几与是者，惟汉黄叔度。时所推为颜子而独隤然其处。顺，渊乎其似遗。言论风旨，罕所传闻，故处古文之际。班张马郑之流，辞赋章句，骛长竞华，谓烨自表。而叔度闷然其间，间出片词。诸子相顾詟服，无能加其上。何也？叔度之异与诸子者，有意无意之间也。

余于是而有感于吾师即墨周先生之文也。先生天质粹美，敦笃沉睿，其授简缀文之初，人皆目为任长孙王仲宣之俦。及长，博记群书。家故富缣缃，连屋克栋。先生寝处其中，披吟書夜，不辍。于是遂无所不窥。得第后，入承明著作之庭。朝省洪篇大制率就。先生以为粉黼词林，前后莫不延仁，而推逊之。繇是即墨言语文章遍于天下。余虽及门甚久，而于宗庙百官之观，盖阙如也。先生既没，其文之留传大者，远者，故以沾溉宇内。而其仲子取笥中所遗藏于家者，间以示余。余收而卒业抚膺叹曰：吾师，泰山梁木之思，意在兹乎！意在兹乎！盖思其德而知其文之必肖。

[①] 公鼐（1558—1626），字孝与，号周庭，青州蒙阴（今山东省蒙阴县）人。明代著名诗人，万历前期"山左三大家"（于慎行、冯琦）之一。万历二十九年（1601）辛丑科进士，选翰林院庶吉士，授编修。后迁国子监司业，累年为左春坊左谕德，为东宫讲官。泰昌元年（1620）八月，明光宗即位，诏拜公鼐为国子监司业。明熹宗天启元年（1621），公鼐进詹事；寻迁礼部右侍郎，协理詹事府，充实录副总裁。因魏忠贤乱政，公鼐引疾归。崇祯初，复官职，追封礼部尚书，谥文介。

今读其文而益信其德之无涯也。夫先生之学，广大精微，如邓林杞梓于材，无所不备；如武库戈戟于用，无所不精。而又运以班轮郢匠之巧，风胡熊渠之技，安所不穷其瑰玮，极其犀利者？而先生之意，勿宁而也。今观其所为，诸体虽靡所不有而一发于性灵。大率先生以孝友之，性沉挚之诣，多与人为善。且凿凿悉经济石画，然而含蓄雍容坦夷简旷。此虽精能之至，复与平淡。抑亦颜氏之善言德行也。

夫昔临朐冯宗伯每谓余曰："君师之文，冲而不盈，淡而甚远，遂为一代贵重之品。"余深服其言。则韩子所谓蔼如之言，舍先生其谁与？归哉！余于是益幸其得为颜氏之徒，而几不欲复立文字也。

　　赐进士出身通议大夫礼部右侍郎兼翰林院侍读学士
　　两朝实录副总裁
　　经筵讲官前詹事府詹事掌府事国子监祭酒司业门生东蒙公鼐顿首拜撰

周季平先生《青藜馆集》叙

王思任[①]

神庙己丑，南宫得士最盛。尔时天都许文穆公柄衡。放榜前一夕，梦五色云中，须菩提数人以阿罗诃下界。觉而诧之，语副考王忠铭先生，具云所弋必异。是以，人伦冠冕，则有白下焦弱侯；制义首衮，则有吾乡陶周望。一时履奎簪盍，尽在木天。座中最噪，乃余座师南充黄昭素、云间董玄宰、长沙庄冲虚、关中冯少墟，而三齐则周季平先生更提牛耳。

余奉先生之教，则在南充师座，又时共酒于玄宰斋，先生若有深器焉者。癸卯南畿之役，先生副周望柄衡，而余以分房侍几砚。旧给谏郝中兴得张宾王卷上之，先生阅诗，大为欣赏，芝解矣。而余得王圣俞卷上之先生，即以解易王，不忤也。

程式首篇出先生手，大约谓帝王之道，统即其相传之学术，道统于圣，而圣承于天，遂开七千君子光明眼藏。表策工丽博赡，如龙珠眩海，凤绣摩霄，刷工未完，写断洛阳之纸。南国人士私相语曰：此真洋洋大国之风欤。

先生赋貌惆惆便便，言笑不苟，立朝止有正色，不能威施。首秉循次，至国子祭酒，天下望其大拜。会师相李文节公见愠，多口攻之自端，

---

① 王思任（1575—1646），字季重，号遂东，山阴（今浙江省绍兴市）人。万历二十三年（1595）乙未科进士；次年，选为兴平（今陕西省兴平市）县令；二十七年（1599），其除服，任当涂（今安徽省当涂县）县令；三十一年（1603），主应天乡试房考官；三十四年（1606），任湖广清吏司；三十七年（1609），任山西按察司知事；三十八年（1610），任青浦（今上海市青浦区一带）县令；四十一年，因受攻陷，罢官。崇祯二年（1630），授松江教授；次年，升任国子监助教；四年（1631），升任南京工部营缮司主事；七年（1634），任江州兵备。南明弘光元年（1645），因才名起复，任詹事府少詹事、礼部侍郎；隆武二年（1646）六月，清兵攻破绍兴城；九月，王思任绝食而死。有《王季重十种》。

遂波及门生,竟以此椵揆瞽,事在黄宫论传中。

余垂考过岭南,晤哲嗣凌江太守,出遗文征。余视先生为师执,夙辱知交,即弗文弗辞也。魏文帝曰:富贵年寿皆有穷尽,惟文章经国大业,不朽盛世。而子建亦言:吾道不行,采庶官之实录,汇时俗之得失,穷仁义之里,成一家之言。虽未能藏之名山,将以传之同好。曹氏兄弟各有肺肠,而其言文者,似皆殊途合辙。近代文字见馆课,则谓其绘无神也,肥郁无骨也,堆沓可厌也。于是,山人墨子,怀其酸馅,被其结鹑,以相标榜,俨若走高清之路。自余视之,其为风马牛不相及也。若先生之文,庄严有体,化裁以法,赋准洛卢,诗根骚选,律在开元、大历之间,古则太白、少陵之际。王言典重,不以甘字酬金;朋序芬葩,每用他山攻玉。其它说议记解之确,铁画不移;箴铭志表之精,珠琲共贯。即长书短札,爽过苏黄;哀命招些,伤同景宋。余所心醉者,建本论列,鬑戟雄张,表节陈情,肝花尽裂,则先生大孝大忠之气,行江河而烁日月者也。至于为友情深,居乡德厚,推迁城之狂吠,扩新朝之文颜,先生盖大有气义、大有经济者,使得尘毡夏而恭密勿,必当保泰运以福振亨。夔龙周召,何能多让。然而,位不至宰相,寿不登耄期,则造物忌才,谓其大业具在矣,岂不惜哉?余闻之:佛说四果预流。先生仁盎功圆,乃斯陀含之二果,一来不再,须菩提入梦,先生一人矣。是时东阿于毂峰、临朐冯用韫两宗伯者,皆当代钜才,至先生同朝分鼎足。岱秀插天不千里,而齐鲁之境,青竟未了。带暎兹集有以夫。

赐进士第封政大夫修正庶尹奉
敕整饬饶南九江兵备江西按察司佥事通家晚侍生山阴王思任撰

《青藜馆集》四卷

江苏巡抚采进本

明周如砥撰。如砥，字季平，号砺斋，即墨人。万历己丑进士，官至国子监祭酒。是集刊于崇祯壬午。诗不及一卷，馀皆杂文，多馆课及应酬之作，如太上感应篇之类，亦备录不遗。编次殊为芜杂。前有王思任、公鼐二序。思任序，多称其制艺；鼐序，多称其德。量其微意可思矣。

《青藜馆集》诗

五言古诗

庄诵　宣宗御制翰林院箴有述馆课[1]

我闻古明良，交警流徽音[2]。臣规而主勑，高风并所钦[3]。
王路蹉陵夷，此道几陆沉[4]。亡从镜衮阙，遑复及官箴[5]。
我明启历祚，章圣杨芬馨[6]。爰及辅导义，譬彼砺与金[7]。
厥职一以旷，天工孰与任[8]？奎文揭清署，臣鹄见皇心[9]。
言言垂药石，字字披球琳[10]。想知地天泰，皎如日月临[11]。
飞白谁谓荣，莲炬谁谓璨[12]。大哉此王言，睿旨渊以深[13]。
睠兹经术士，蜉蝣出以阴[14]。愿言相勉旃，名实镌鼎鬵[15]。
永与圣人谟，千年重禁林[16]。

注释：

[1] 庄：严肃、态度恭谨。宣宗，即明宣宗朱瞻基（1398—1435），明朝第五位皇帝，明仁宗朱高炽长子。洪熙元年（1425）即位，在位期间政治较为清明，人才荟萃，社会经济有长足发展，百姓乐业，朱瞻基与其父统治期间被称为"仁宣之治"。宣宗御制翰林院箴：这是指明宣宗宣德七年（1432）夏六月御制官箴三十五篇之一。《翰林院箴》原文为："廷有司言，自周则然，后世袭用，愈密而重。策命所出，讲学所资，几务之严，于度于咨。代有贤哲，博闻明识，克励翼之，用光厥职。咨尔儒臣，朝夕左右，必端乃志，必慎乃守。启沃之言，惟义与仁，尧舜之道，邹孟以陈。词尚典实，浮薄是戒，谋议所属，出懿乎外。必存大公，罔役于私，昔人四禁，汝惟励之。献纳论思，以匡以益，以匹前休，钦哉无斁。"馆课：馆，学馆，此指周如砥初选庶吉士之后，于翰林院进一步学

习的功课。翰林馆课主要是培养庶吉士和高级文官的公私道德、文章写作能力和治国经验的课程，可分为文类馆课和诗歌馆课两大类。与此同时，翰林院还有相应的考试制度，并依此分上类卷、中类卷。

[2] 明良：典出《书·益稷》："元首明哉，股肱良哉，庶事康哉！"指贤明君主和忠良臣子。交警：交，互相；警，警诫。徽音：出自《诗·大雅·思齐》："大姒嗣徽音，则百斯男。"东汉郑玄笺云："徽，美也。嗣大任之美音，谓续行其善教令。"徽，美好、美妙；音，音响、乐调，借指善政。

[3] 规：相劝、劝谏。勅：同"饬"，整顿。高风：高尚的风尚。钦：钦佩。

[4] 王路：典出《书·洪范》："无偏无陂，遵王之义……无有作恶，遵王之路。"指先王的法度和规则。蹉：失足摔倒。陵夷：本意指山陵变为平地。此处指政局由盛到衰。典出《汉书·成帝纪》："帝王之道日以陵夷。"唐颜师古注："陵，丘陵也；夷，平也。言其颓替若丘陵之渐平也。"几：将近、差一点。陆沉：埋没，泯灭不知。典出《庄子·杂篇·则阳》："仲尼曰：'是圣人仆也。是自埋于民，自藏于畔。其声销，其志无穷，其口虽言，其心未尝言，方且与世违而心不屑与之俱。是陆沈者也，是其市南宜僚邪？'"晋郭象注云："人中隐者，譬无水而沈也。"

[5] 亡从：无从。镜：《玉篇》云："鉴也。"此处指明察。衮阙：指帝王职事的缺失。语出《诗·大雅·烝民》："衮职有阙，维仲山甫补之。"遑：闲暇。及：赶上、顾虑。官箴：语出《左传·襄公四年》："昔周辛甲之为大史也，命百官，官箴王阙。"晋杜预注云："阙，过也。使百官各为箴辞，戒王过。""箴"至汉代发展成为一种文体，以告诫规劝为主旨，如汉扬雄《九州箴》。这种文体可分为官箴和私箴两种类型。前者是官方正式文体，或是百官对帝王的劝诫，或是做官的规矩和禁忌，如周如砥提及的明宣宗《三十五官箴》；后者是朋友之间互相勉励、警诫的文字，如唐韩愈《五箴》。

[6] 启祚：开创帝业，建立新朝。宋王禹称《圣人无名赋》云："宁钻燧以启祚，岂巢居而建号。"章：彰显。杨：显扬。芬馨：芳香。

[7] 爰：引、引用。辅导：本义指辅佐引导，此处指辅导之官员。《陈书·孔奂传》："如臣愚见，愿选敦重之才，以居辅导。"明方孝孺《代董学士表》："幸蒙高皇帝之知，忝拜左春坊之命，任臣以两宫辅导之职，称臣为三叶帝王之师。"譬：犹如。砺：本义为磨刀石，此处用如动词，指用磨刀石研磨。

[8] 厥：其。一以：一旦。旷：松懈。天工：天的职责。古人认为帝王应效法天的规则而建立官职，代天而行职官之事。《汉书·薛宣传》："帝王之德莫大于知人，知人则百僚任职，天工不旷。"孰与：谁能。任：胜任。

[9] 奎文：指明宣宗御书翰林院箴。揭：揭开。清署：本指地位高显且重要的官署，此处指翰林院。鹄：音 gǔ，实为"鹄的"的简称，本义是箭靶的中心。语出《礼记·射义》："故射者各射己之鹄。"此处指人的中正心志。见：同"现"，显现。

[10] 言言：字字、句句。垂：赐予。药石：原指古时治病时使用的药物和砭石，其后比喻规劝他人改过向善的良言和行为。如《左传·襄公二十三年》："季孙之爱我，疾疢也；孟孙之恶我，药石也。美疢不如恶石。夫石犹生我，疢之美，其毒滋多。孟孙死，吾亡无日矣。"晋杜预注云："常志相违戾，犹药石之疗疾。"字字：同"言言"。披：穿戴。球琳：语出《书·禹贡》："（雍州）厥贡惟球琳琅玕。"孔安国传："球、琳，皆玉名。"二者都是明玉的名称，后泛指美玉，此处指劝人向善的良言。

[11] 想知：料想。地天：犹言天地。泰：交融。皎：皎洁。临：到来。

[12] 飞白：即"飞白书"。这是一种特殊的书法。唐张怀瓘《书断》云："飞白者，后汉左中郎将蔡邕所作也。王隐、王愔并云：飞白变楷製也。本是宫殿题署，势既径丈，字宜轻微不满，名为飞白。"这种书法，笔画中丝丝露白，像枯笔所写。汉魏宫阙题字，曾广泛采用这种笔法。荣：兴盛。莲炬：莲花形状的蜡烛。璨：璀璨。

[13] 大：壮、美。王言：指明宣宗翰林院官箴。睿旨：通达的君主心志。渊、深：深厚。以：且。

[14] 睠：同"眷"，眷恋、流连。经术士：指翰林院诸人。蜉蝣：一种虫子。《诗·曹风·蜉蝣》："蜉蝣之羽，衣裳楚楚。"《毛传》："蜉蝣，渠略也，朝生夕死。"其后比喻微小、短暂的生命。出以阴：出，出现；以，依赖；阴，太阳晒不到的地方。这是蜉蝣的习性。

[15] 勉旃：语出《汉书·杨恽传》："方当盛汉之隆，愿勉旃，毋多谈。"旃，语气助词，之焉的合音字。勉励、努力。镌：镌刻。鬵：《说文》："大釜也。一曰鼎大上小下若甑曰鬵。"《诗·桧风·匪风》："谁能亨鱼，溉之釜鬵。"鼎、鬵，都是国家重器，只有重要内容才能镌刻其上。

[16] 谟：教训、教导。禁林：本指皇家园林。汉班固《西都赋》："命荆州使起鸟，诏梁野而驱兽，毛群内阗，飞羽上覆，接翼侧足，集禁

林而屯聚。"后世指翰林院的别称。唐元稹《寄浙西李大夫》诗："禁林同直话交情，无夜无曾不到明。"

简析：
　　这是诗人在翰林院诵读明宣宗《翰林院箴》有感而作，是其在翰林院继续学习的功课之文。这首诗可分为三部分。前四句为第一部分，诗人追溯前代明君与良臣得配、政清人和、国运昌盛的情形。"我闻"二句，叙写明君与良臣相互警诫，德音美政广播流传。"臣规"二句则抒写臣子忠心尽责、君主克己复礼，君臣高风亮节垂范后世。"王路"以下十八句为第二部分，诗人感喟王道久熄，盛赞宣宗《翰林院箴》重张王道之深意以及深远影响。"王道"四句承前启后。诗人感喟王道之义蹉跎，几乎熄灭无迹，而查遗补阙的诤臣也渐次罕见，匡谏职责的官箴更无从复作。"我明"四句叙写明朝建立，恢复儒家道统，再建君臣职分的情形。诗人描述明朝承天开创国运，昭彰儒家圣贤、显扬嘉行美德。匡扶儒家道统，延及臣职，二者如同"砺"与"金"，互相砥砺、互相成就。"阙职"四句盛赞明宣宗三十五官箴的用意。诗人称言职官之责无有松懈之时，否则无以代天而行职官之事；三十五官箴高悬清明官署，臣子之责深见帝王之深意。"言言"六句盛赞官箴的意义。字字珠玑、言言药石，其义顺应天地之气、明净如同日月当空，就连飞白之书、莲花之炬都毫无色彩。"大哉"以下八句为第三部分。诗人颂赞官箴深意渊厚，劝诫沉溺经书之士、小年之人和小智之徒，应以官箴为诫。诗人更是发言与同侪共勉，希冀名号与事迹镌刻国之重器、永同圣人教训、千年重视翰林之责。

观运甓图有感馆课[1]

青山入官舍，苍蔼护庭除[2]。当轩伊何人，运甓良勤渠[3]。
五马渡江水，百年成丘墟[4]。言回西流光，生色落焌余[5]。
世人久疎旷，浮云自卷舒[6]。未能蹑高步，对此空踟蹰[7]。

注释：
　　[1]甓：砖。运甓：典出《晋书·陶侃传》："侃在州无事，辄朝运百甓於斋外，暮运於斋内。人问其故，答曰：'吾方致力中原，过尔优

逸，恐不堪事。'其励志勤力，皆此类也。"后世以"运甓"指立志建功立业而刻苦自励。陶侃（259—334），字士行（或作士衡），鄱阳（今江西省鄱阳）人，后徙庐江寻阳（今江西省九江西）。东晋初期名将，大司马。初为西晋县吏，渐至郡守。西晋怀帝永嘉五年（311），任武昌太守；西晋建兴元年（313），任荆州刺史。东晋成帝咸和四年（329），因平定苏峻之乱有功，授侍中、太尉、荆江二州刺史、都督八州诸军事，封长沙郡公。东晋成帝咸和九年（334），陶侃去世，获赠大司马，谥号桓。有文集二卷，其曾孙为著名田园诗人陶渊明。陶侃精勤吏职，不喜饮酒、赌博，为人称道。

[2] 霭：云气。护：包围、萦绕。庭除：庭院与台阶。

[3] 轩：此处指屋檐。《集韵》："轩，檐宇之末曰轩，取车象。"良：非常。勤渠：犹言殷勤。

[4] 五马：汉代太守出行乘坐用五匹马驾辕的车仗，其后借指太守。东晋陶侃曾为荆州、江州二州刺史，品秩略同汉代太守之职。渡江水：此处是指陶侃经略新野、襄阳之事。丘墟：废墟、荒地。《后汉书·窦融传》："自兵起以来，转相攻击，城郭皆为丘墟，生人转入沟壑。"

[5] 言：言谈间。回：回首。流光：流动的日光。炤：同"照"，日光。

[6] 疎旷：疎，同"疏"，疏放；旷，旷达。浮云：浮动的云彩，此处比喻飘忽不定，人生未知去处。卷舒：卷起与展开。此处犹言进退、仕隐。

[7] 躐：踏、追随。高步：犹言高蹈，指隐居。踌躇：犹豫、徘徊。

简析：

这是诗人欣赏官舍中《运甓图》有感而作并作为馆课内容。诗篇分为三部分，首四句为第一部分，描绘了《运甓图》画面内容。"青山"二句渲染了官舍静谧的环境。青山影入官舍，苍烟漫染庭除。官舍远离喧闹人境，青山相伴；苍烟时来，轻绕庭院与台阶。"当轩"二句引出画中人物形象。官舍屋檐之下，何人运甓殷勤多？"五马"四句为第二部分，面对《运甓图》，诗人追述陶侃事迹。其人曾为两州刺史，北渡江水击溃江州后将军郭默叛乱、西进收复后赵占据的襄阳，巩固了东晋长江中游的防线。然百年之后，其江州和襄阳已成废墟，就连长沙城外彰表功绩的石碑，也泯然不存。"言回"二句则叙写诗人感慨。观图思人、谈古论今间，日渐西垂、图染余晖生新色。最后四句为第三部分，诗人委婉地批评了当下明哲保身的士风。"世人"二句描写了当下士风以疏旷、寄情山水自放为尚的现状。"未能"二句，面对当今士子未能追踪陶侃运甓自励的事迹，诗人满怀忧愁。

赠周用修[1]

周用修谒其父太霞先生祠于真阳，涉河游塞下，意倦图归；迂道访余。太霞终襄王纪，善获交李王诸名家；用修肖焉，又曾有护田事，为士林所推。余以雅慕且值岁杪，为赋此留之[2]

六合寄萍梗，一投澹胶漆[3]。倾盖白日暮，解佩西风急[4]。
青灯笑著化，金卮媚生色[5]。意气何慷慨，世路良偪侧[6]。
龟阴君自薄，卞璞谁能识[7]。行矣南辞楚，驾言北游息[8]。（息邑名即真阳）
甘棠多遗爱，庙貌崇明德[9]。俎豆讵有涯，文章故无敌[10]。
曳裾失应刘，余波荡藉湜[11]。片言已不朽，千秋况血食[12]。
东郡罢趋省，蓼莪生感泣[13]。邑人去见思，游子情何极[14]。
游说百不成，还家复相历[15]。嵩少拭目存，河洛沾襟湿[16]。
死者如何起，隶也实不力[17]。语发泪随零，听之不能毕[18]。
蹉余从伏枕，闻君忽倒屣[19]。爱人及屋乌，睹毛见池鬲[20]。
夙钦纪善名，早入济南室[21]。有子不落寞，有交为斥责[22]。
霜重草带丹，月冷松笼碧[23]。岁晚应须留，人生尽为客[24]。
且浮绿醑春，共醉红炉夕[25]。郭外田单垒，海上秦皇石[26]。
明发请从游，逍遥话千鬲[27]。

注释：

[1] 周用修：因材料所限，未详其人。
[2] 谒：谒坟，拜谒坟墓。真阳：即真阳县，今河南省驻马店市正阳县。迂道：绕道。善：素来。交：交游。李王：指李梦阳与王世贞。肖：相像。护田事：士林：士大夫阶层。雅慕：一向仰慕。岁杪：应为

"岁杪"，年底、岁末。

［3］六合：上、下以及东、南、西、北四方，即天地和四方，泛指宇宙之间。语出《庄子·齐物论》："六合之外，圣人存而不论；六合之内，圣人论而不议。"成玄英疏："六合者，谓天地四方也。"寄：托身。萍梗：萍，浮萍；梗，断梗。比喻人生如浮萍断梗一般，行无定踪。一投：一旦投身。澹：水流缓慢的样子。胶漆：胶，《说文》云："昵也。作之以皮。"徐铉注云："昵，黏也。"漆，本指一种漆科落叶乔木，割取其树皮可获天然漆。二者都是黏结的事物。此处喻人生之路陷入困境，挣扎不动。

［4］倾盖：尽心竭力。此处指尽心职责。白日：本指太阳，此处指时光。暮：晚，日光将尽。解佩：解下佩饰。此处指脱去朝服辞官。鲍照《拟古》："解佩袭犀渠，卷袠奉卢弓。"李周翰注："佩，文服也；犀渠，甲也；袠，书衣也；卢弓，征伐之弓。"西风：从西而来的风，多指秋风。此处借指诗人在政治上遭受的打击。急：迅猛、气势强。

［5］青灯：本指光线青荧的油灯，借指清寂、孤苦的生活。笑：嘲笑。著化：著，通"着"，燃烧；化，通"花"，灯花。金卮：金制酒器。媚：取媚。生色：流动光彩。

［6］意气：志气与气概。何：何其，多么。慷慨：激昂。世路：人世经历。良：的确。偪侧：同"逼侧"，狭窄。此处指人生之路艰难、狭窄。语出《后汉书·廉范传》："成都民物丰盛，邑宇逼侧，旧制禁民夜作，以防火灾。"

［7］龟阴：古城邑名。故址在今山东省新泰市西南，因其坐落于龟山之北，故称。《春秋·定公十年》云："齐人来归郓、欢、龟阴之田。"孔颖达疏："山北曰阴，田在龟山北，其邑即以龟阴为名。"薄：轻视。卞璞：指和氏璧。典出汉焦赣《易林·渐之萃》："西行求玉，冀得卞璞。"识：辨识。

［8］行矣南辞楚：此句取屈原《九章·思美人》："独茕茕而南行兮，思彭咸之故地"之义。屈原（前340—前278），战国时期楚国人。屈原身处楚怀王和楚顷襄王时期，国内楚君昏聩、党人当政、群贤踬蹶，国外强秦不断蚕食楚国国土，楚国外交多次遭受重大挫折。面对如此局面，屈原力图通过"美政"道路来改变，但前后两次被流放，身处沅、湘之地二十余年，最终自沉汨罗江以洁其志。在其代表作《离骚》中，面对楚国黑暗的现实环境，曾流露出"远游"（离开楚国）的想法，但"恋国"

的思想最终促使屈原坚守初心。驾言北游息：此句取陶渊明《归去来兮辞》中"归去来兮，请息交以绝游；世与我而相违，复驾言兮焉求"之义。陶渊明（352—427），东晋人。陶渊明曾短暂出仕，最后为彭泽令，八十多天之后即辞官归乡，从此隐居田园，创作了大量田园诗作，是我国古典诗史中第一位田园诗人，被称为"古今隐逸诗人之宗"（钟嵘《诗品》）。其作《归去来兮》有"归去来兮，请息交以绝游。世与我而相违，复驾言兮焉求？"

[9] 甘棠：指《诗·召南·甘棠》篇。该诗以"赋"法谋篇。诗人目睹甘棠（棠梨树）想起召伯循行南国，推行文王之政，曾在树下听男女之讼的史实，深感召伯爱民之举。遗：遗留。爱：爱惜民众。庙貌：指《诗·周颂·清庙》篇。该诗以"赋"法谋篇，描写了周天子在祖庙祭祀先祖、公卿助祭、颂赞周文王之德的场景。《毛诗序》云："《清庙》，祀文王也。"郑玄笺："庙之言貌也，死者精神不可得而见，但以生时之居，立宫室象貌为之耳。"后世借称庙宇及神像为庙貌。崇：推崇、崇尚。明德：美德。

[10] 俎豆：俎，切肉、盛肉的案子；豆，盛肉的器皿，形状如高脚盘。二者都是古代祭祀时使用的礼器。典出《论语·卫灵公》："俎豆之事则尝闻之矣，军旅之事未之学也。"讵：岂。有涯：有边际。文章：本意指杂错的色彩。此处指礼乐制度。《论语·泰伯》："巍巍乎其有成功也，焕乎其有文章。"朱熹集注："文章，礼乐法度也。"故：因此、凭此。无敌：无与匹敌。

[11] 曳裾：提着衣襟、裙裾而行，形容谦卑的神态。语出《汉书·邹阳传》："饰固陋之心，则何王之门不可曳长裾乎？"后以"曳裾王门"比喻在王侯权贵门下做食客。失：失去。应刘：指三国曹魏时期依附曹氏集团的应玚、应璩兄弟和刘桢。余波：本指江河的余绪和末流。此处指事件存留的影响。荡：激荡、促动。藉湜：指唐代文学家张藉和皇甫湜的并称。

[12] 片言：简练的文辞。已：已经。不朽：存现、永不磨灭。千秋：千年，形容岁月久远。况：况且。血食：指受享祭品。春秋时期杀牲取血以祭，故称。《左传·庄公六年》："若不从三臣，抑社稷实不血食，而君焉取余？"《汉书·高帝纪下》："故粤王亡诸世奉粤祀，秦侵夺其地，使其社稷不得血食。"颜师古注："祭者尚血腥，故曰血食也。"其后以

"血食"借指国家、宗族延续。

　　[13]东郡罢趋省：此句本杜甫《登兖州城楼》中"东郡趋庭日"。东郡：指兖州。罢：停。趋庭：语出《论语·季氏》"鲤趋而过庭。"本是指孔子教导儿子孔鲤应学《诗》和《礼》，后世借指子承父训。省：减、省去。蓼莪：指《诗·小雅·蓼莪》。该诗以比兴起篇，诗人自感其身不如抱娘蒿，而是零散生长的蒿草，由此引出无法终养辛勤父母的哀伤情感。生：促生。感泣：感动。

　　[14]邑人：同邑之人。去：离开。见：同"现"，表现。思：思乡、思亲。游子：游宦在外的士子。情：情感。何极：何，怎能；极，极尽。此处以反问的语气表现诗人思乡、思亲的情感无有终极。

　　[15]游说：本指战国时期策士谋臣周游列国、劝说诸侯以获取实现政治理想的行为。其后泛指劝说别人采纳政见和主张的行为。百不成：多次失败。还家：回家、回到故乡。复：又一次。相：察看，审视。历：经历之事。

　　[16]嵩少：嵩山与少室山的合称。唐贾岛《永福湖和杨郑州》："嵩少分明对，潇湘阔狭齐。"拭目：本指擦拭眼睛，此处指殷切期待。存：存现。河洛：黄河与洛水的合称。沾襟：本指泪水浸湿衣襟，此处指伤心过度。湿：浸湿。

　　[17]死者：逝去的先贤。隶也实不力：此句本文天祥《正气歌》："嗟余遘阳九，隶也实不力。"这是指面对国家颓败的局面，个人无能为力的哀叹。

　　[18]零：零落。毕：控制。

　　[19]伏枕：伏卧在枕上。语出《诗·陈风·泽陂》"寤寐无为，辗转伏枕。"其后借指因体衰、病弱而长久卧床不起。倒舄：倒，颠倒；舄，鞋子。犹言"倒履"，着急出迎而将鞋子穿倒。形容心情急切、热情待客。

　　[20]睹：目睹。翮：鸟的羽毛。

　　[21]夙：早。钦：钦佩。纪：记载。善名：好名声。室：家。

　　[22]子：对人的尊称，指周用修。落莫：冷落、寂寥。交：交游，指同道中人。斥责：本意指责骂，此处指直言。

　　[23]带：显现。丹：红色。笼：笼盖。碧：青色。

　　[24]岁晚：本指年末，此处指人生晚年。浈：古同"润"，水流动

的样子。留：停留。人生：犹言一生。尽：完全。客：游子。

[25] 浮：饮。绿醑：美酒。春：指春天。红炉：烧得很旺的火炉。夕：日落。

[26] 郭：外城。田单垒：此处用燕乐毅攻齐，破城70余座，唯莒、即墨二城未下的典故。乐毅围攻二邑，前后整一年时间都未能攻克。于是解除大规模军事围困手段，仅在离外城九里之处设置垒监视，但经过三年时间，二城仍未攻破。齐将田单乘机运用反间计，促使燕惠王撤换乐毅，从而导致燕国之后的失败。秦皇石：指秦始皇东巡刻石。公元前221年，秦始皇统一六国之后，数次巡幸各地，群臣颂其武功、昭示万代而刻石铭记，前后共有七处，后世称为"秦刻石"。

[27] 发：启程。游：游历。逍遥：从容的样子。话：交谈。干：同"岸"，河岸。鬲：即鬲津，古水名。《书·禹贡》所云古黄河下游"九河"之一。故道在西汉鬲县（今山东省平原县西北）一带，东流渤海。

简析：
这是诗人酬答友人探访之情所作。该诗可分为三部分。

起篇八句为第一部分。"六合"二句描绘了萍梗寄身六合之间、遇水则胶的生活情景，暗示诗人辞去官职归居家园的现实。"倾心"二句述说诗人为国尽心竭力，可惜年岁渐高；辞官之后，却遭受各种政治迫害。"青灯"四句，面对各种非议和打击，诗人尽管以青灯相伴、借酒抒怀，一笑了之的态度对待，但也蕴含慷慨意气，终无奈当今人世道路狭窄的现实。

"龟阴"以下三十二句为第二部分。在这一部分，诗人大量运用典故。如"龟阴"二句，诗人以国之重宝无人识别的典故，暗示贤能之人不得赏识的现实；如"行矣"二句，诗人以屈原行吟沅、湘和陶渊明驾言北游息的典故，暗示其避世隐居的想法。"甘棠"四句，以《诗经》中《甘棠》和《清庙》之典，颂赞周代礼乐制度的典范性，折射出诗人欲实践儒家礼乐制度的政治理想。"曳裾"四句，以三国应氏兄弟、刘桢和唐代文学家张籍、皇甫湜的典故，肯定其反映儒家思想的片言只语的价值；"东郡"四句用杜甫《登兖州城楼》引《论语·季氏》"鲤趋而过庭"之典和《诗·小雅·蓼莪》之诗旨，引发诗人怀念双亲却无法奉养的痛苦；"游说"四句，借用战国纵横家之事迹和化用贾岛诗句，暗示诗人多年宣讲政治主张、为国奔波，只换取满襟泪水；"死者"四句，诗人追忆先贤和引用文天祥诗句，反映了诗人面对国事衰败态势却无能为力的心境；"嗟余"四句，由古及今、由人及己，诗人身心疲惫、伏枕不起，但听闻周用修到访，则倒履相迎，这都是因为敬仰其父周太霞先生而推及周用修之身；"凤钦"四句，诗人早已听闻周用修良好声誉，今日相见，诗人视之为同道中人。

"霜重"以下十句为第三部分。这是诗人与友人道别之辞。"霜重"二句，描绘了深秋景色，进而兴发"岁晚"二句，诗人感慨年高之人应如静止水流一般宿止，但人生却总在颠沛。"且浮"二句描写了诗人与友人围炉共饮的场景。此六句，面对深秋景色、人生宿命和即将的别离，诗人借酒消解离别的愁绪。"郭外"四句，诗人邀约友人明朝共游田单垒和秦皇石，在鬲水倘佯、共话友情。

君子有所思[1]

吴峰高参差，汉水横长渡[2]。有怀同心人，高歌向岩户[3]。
兰蕙发幽婉，秀色含霜露[4]。双飞未可凭，至精谁从悟[5]。
流光自荏苒，美人叹迟暮[6]。聚散悲浮云，翩翩感庭树[7]。
晓望在崖间，苍茫起烟雾[8]。

注释：

［1］有所思：汉乐府古题，属"汉铙歌十八曲"之一。汉乐府《有所思》表现了一位女子听闻男子有异心之后的心路历程。诗人借汉乐府古题表现君子内心历程。

［2］吴：吴地，今江苏省南部和浙江省北部一带。汉水：长江支流，发源于陕西省西南部宁强县北的米仓山，东南流经陕西省南部、湖北省西部和中部，在武汉市入长江。横：横亘。

［3］怀：感怀。同心人：同道中人。高歌：歌高之意，表现意气风发的样子。岩户：岩，山岩；户，人家。此处指前行的目标。

［4］兰蕙：兰草和蕙草，二者皆为香草。《尔雅翼》云："一榦一花而香有馀者兰，一榦数花而香不足者蕙。"屈原《离骚》云："予既滋兰之九畹兮，又树蕙之百亩。"后多连用比喻贤能之士。霜露：本指寒霜和

露水，此处借喻艰难苦痛。

［5］凭：凭借。至精：指我国古代哲学观念中一种极其精微神妙而不见形迹的存在。《吕氏春秋·君守》："天无形而万物以成，至精无象而万物以化。"

［6］流光：本指日光，此处指时光、岁月。荏苒：时光流逝。美人迟暮：本指美人自叹年老色衰之情。典出《楚辞·离骚》："惟草木之零落兮，恐美人之迟暮。"其后借指流光易逝，盛年难再。

［7］聚散：指聚合与离散。悲：深慨。翩翩：指飞鸟上下翻飞的样子。感：感慨。

［8］晓：清晨。崖：陡立的山边。苍茫：辽远空旷的天际。

简析：

这是诗人借汉乐府古题《有所思》抒发君子情怀。该诗可分为三部分。起篇四句为第一部分，"吴峰"二句描摹了吴峰险峻、汉水广深的景象，暗示前行之路的艰难。面对坎坷前程，诗人兴发"有怀"二句。他呼唤同道中人，高歌前行。其后六句为第二部分，诗人描叙前行之路的艰难与迷惘。诗人以"兰蕙"自喻，但多遭霜露；与同伴高飞，却无所凭借，而天地之至精谁能真正领悟？岁月流逝、韶华易老，壮志难酬之感顿生。最后四句为第四部分，面对浮云聚散、飞鸟翻飞，诗人感慨人世无常。"晓望"二句描绘诗人清晨伫立山崖远眺，烟雾弥漫，折射出前途未明的惆怅。

代凛凛岁云暮[1]

沧海为桑田，桑田复白波[2]。相思动经岁，人生知几何[3]。
忆从塞侥来，兰麝飞衣罗[4]。良人重远游，光景成蹉跎[5]。
岂无青鸟翼，当天悬明河[6]。含情幽窗下，竟夕理寒梭[7]。
疏棂回皎月，清影摇婆娑[8]。绿绮未敢弹，悲声伤我和[9]。
徘徊向晓镜，掩泪怜修蛾[10]。

注释：

［1］代：拟，模仿。《凛凛岁云暮》本为汉代文人五言诗"古诗十九

首"之一。原诗抒发了游子思妇的情感。

[2] 复：又一次。白波：原指白色波浪。语出《庄子·外物》："白波若山，海水震荡。"此处指沧海。

[3] 经岁：经，历经；岁，岁月、时光。

[4] 蹇修：上古传说中伏羲氏的臣子。屈原《离骚》云："解佩纕以结言兮，吾令蹇修以为理。"东汉王逸注："蹇脩，伏羲氏之臣也。"兰麝：兰草与麝香，二者都是名贵的香料。飞：飘散。衣罗：衣裙、裙裾。

[5] 良人：古代女子对丈夫的称呼。语出《孟子·离娄下》："齐人有一妻一妾而处室者，其良人出，必餍酒肉而后反。"赵岐注："良人，夫也。"重：看重、重视。远游：出外求宦。光景：此处指夫妻家庭生活。蹉跎：虚度光阴。

[6] 青鸟：上古神话传说中服侍在西王母身边的神鸟。汉班固《汉武故事》："七月七日，上（汉武帝）於承华殿斋，正中，忽有一青鸟从西方来，集殿前。上问东方朔，朔曰：'此西王母欲来也。'有顷，王母至，有两青鸟如乌，侠侍王母旁。"后遂以"青鸟"为信使的代称。如李商隐《无题》："蓬山此去无多路，青鸟殷勤为探看。"明河：天河、银河。

[7] 幽窓：幽，僻静；窓，同"窗"。竟夕：犹言通宵。理：整理。梭：织布时往返牵引纬线（横线）的工具，两头尖，中间粗。

[8] 疏樗：疎，同"疏"，枝干扶疏；樗：臭椿树。回：环绕。清影：月影。婆娑：盘旋、舞动。

[9] 绿绮：古琴名。晋傅玄《琴赋》序："齐桓公有鸣琴曰号钟，楚庄有鸣琴曰绕梁，中世司马相如有绿绮，蔡邕有焦尾，皆名器也。"此处泛指古琴。和：谐婉。

[10] 向：面向、朝向。晓镜：明镜。掩泪：拭去掩泪。怜：爱惜、同情。修蛾：本义指修长的眉毛，借指美貌女子。

简析：

这是诗人模仿汉代"古诗十九首"中《凛凛岁云暮》的诗作。该诗分为三个部分。起篇四句为第一部分，诗人叙写沧海桑田、人生短暂却又遭离别的苦痛。"沧海"二句，通过描述沧海桑田的反复变迁，诗人揭示出自然变化无常的态势。"相思"二句，诗人兴发人生一世的感思：短暂人生怎能承担经年累月的相思之苦！其后六句为第二部分，诗人描述了闺中少妇相思的痛苦。"忆从"二句描写了闺中少妇追忆初嫁之时的美好生活。蹇修为良媒，两好得遇；衣裾飘兰麝，琴瑟和鸣。"良人"二句，通过直抒胸臆的方式，直白表达了思妇情怀。丈夫追求人世功名利禄，致使夫妇合宜的时光，渐成蹉跎。"岂无"二句以反诘的口吻叙写了女子相思的无奈。难道青鸟折翼？不再传送相思信笺？举头却见当空高飞。这实则是抒发即使书信往来也难解女子相思之苦。"含情"八句为第三部分，通过描写环境、刻画细节动作等方式，诗人描绘了女子思念远方良人的心境。"含情"二句描写了女子独坐幽窗之下，通宵理织机；"疏棂"二句则以皎月和清影比况女子纯净心迹；"绿绮"二句则言女子未敢援琴发清商，皆因悲音伤我谐婉之声；"徘徊"则以具体动作折射出女子心境，愁绪满腹独向晨镜，掩涕可怜容颜老。

和渊明九日闲居[1]

玉露枫林晚，苍翠相离披[2]。黄花吐冷艳，报我重阳时[3]。
避世怜金马，就幽托东篱[4]。天清鹰声远，人静松阴移[5]。
烟容淡孤岫，霜镜澄秋池[6]。曲江何寥落，龙沙纷旌旗[7]。
山萸寒委佩，落英哜空卮[8]。独怀千古意，细和渊明诗[9]。
萧然短亭上，杳如同风期[10]。

注释：

[1] 和：和作，即依照前人或他人的诗词题材、体裁、声律而作新作。渊明：东晋诗人陶潜的号。《九日闲居》是陶渊明归隐之后，闲居家中所作的一首五言诗。九日：即重阳节。根据《九日闲居》诗前小序和诗意来看，渊明重阳日独坐菊花丛中，因无力购酒，惆怅感伤之际，友人送酒而至；诗人欣喜接受，饮而醉，醉则归，表现了不拘礼仪、纯任自然的个性。

[2] 玉露：指秋天的露水。枫林：枫树林。苍翠：青绿色。离披：指草木分散下垂的样子。《楚辞·九辩》："白露既下百草兮，奄离披此梧楸。"朱熹集注："离披，分散貌。"

[3] 黄花：指菊花。《礼记·月令》："（季秋之月）鞠有黄华。"陆

德明释文:"鞠,本又作菊。"宋李清照《醉花阴·重阳》词:"莫道不销魂,帘捲西风,人比黄花瘦。"吐:绽放。冷艳:形容清雅美好。报:回报,此处指菊花盛开。

[4] 避世:隐居。怜:哀怜。金马:指汉代国家藏书之所。汉班固《两都赋》序:"内设金马石渠之署,外兴乐府协律之事。"此处"金马"借指翰林院。耽幽:耽,同"耽",深陷;幽,安静。托:寄身。东篱:典出陶渊明《饮酒》(其五):"采菊东篱下,悠然见南山。"指种菊之处,后世借指隐居生活。

[5] 清:清澈、高远。远:响亮、传播广远。静:清静,心静。移:移动。

[6] 烟容:云雾弥漫的景象。淡:掩映、若隐若现。孤岫:孤山。霜镜:本指明镜,此处指池水。澄:澄净。

[7] 曲江:即曲江池。在今陕西省西安市东南。秦为宜春苑,汉为乐游原,有河水水流曲折,故名。隋文帝以曲名不正,更名芙蓉园。唐复名曲江。开元年间,其被广为疏凿,成为长安中和、上巳等盛大节日的游赏胜地。何:何其。寥落:本指人烟稀少,此处指冷清、衰败。龙沙:即白龙堆。《后汉书·班超传赞》:"定远慷慨,专功西遐。坦步葱雪,咫尺龙沙。"唐李贤注:"葱岭、雪山,白龙堆沙漠也。"后世泛指塞外漠北之地。纷:纷多。旌旗:本指军旗,此处指边患不断。

[8] 山萸:山茱萸的简称,古人重阳登高饮酒,多佩戴茱萸囊。寒:枯萎。委佩:佩饰。落英:落花。咲:同"笑",嘲笑。卮:酒杯。

[9] 怀:蕴藉。千古意:此处指陶渊明《九日闲居》的诗旨。细和:唱和。

[10] 萧然:萧条的样子。晋陶潜《五柳先生传》:"环堵萧然,不蔽风日。"短亭:南北朝时期,在都邑城外大道旁,距离都邑五里设立的行人休憩和饯别的处所。北周庾信《哀江南赋》:"十里五里,长亭短亭。"杳如:无声无影的样子。风期:犹言风信,指随着季节变化而吹来的风。

简析:

这是诗人唱和陶渊明《九日闲居》之作。该诗可分为三部分。前六句为第一部分,诗人抒发追蹈陶渊明的旨趣,归隐田园的心愿。"玉露"二句点明季节。清露渐显、枫林映夕照;苍翠消褪、草木相分散,一片萧瑟秋景。"黄花"二句点明时令。黄菊吐艳，不畏秋寒，报我重阳来。"避世"二句点明诗旨。诗人本为国子监司业，多次请求归乡为伯母持孝，终获恩准；诗人发愿沉静心境、托志东篱，即追步陶渊明隐居之志向。中间八句为第二部分，将当下隐居生活与远方朝政相对写，抒发了无可奈何的惆怅之情。"天清"四句描述诗人隐居环境和生活。天高气清，飞鹰啼鸣自远；人闲心静，青松阴蔽自来；轻烟弥漫，掩映孤山之形；清霜侵岸，澄净一池秋水。"曲江"二句叙写了盛世难现和边患不断的现实。昔日繁华鼎沸的曲江盛景已然寥落成烟，平静安定的龙沙边塞今时杀气腾腾。"山萸"二句，诗人本欲采撷山萸充实服佩，无奈寒霜满目，落花无数，唯有笑对空杯，无处告诉。最后四句为第三部分，诗人直抒胸臆：愿追步渊明、心怀高洁之志。"独怀"二句，诗人高呼愿怀千古高洁之节操，作诗唱和陶渊明《九日闲居》之古意。"萧然"二句描绘出诗人独立短亭、清风相伴的形象。

清秋瀛洲亭讲业作[1]

瀛洲秋色满，白露生芸荪[2]。萧萧此亭上，幽意独难论[3]。
大雅久不作，吾道蹉陆沉[4]。池水远天净，悠悠见我心[5]。
霜林起寒鸟，井梧极疏阴[6]。鸢鱼自造化，邹鲁空荆榛[7]。
卓彼河汾子，登坛称素臣[8]。高踪蹑百代，余辉耀千春[9]。
如何济南生，九十诵古文[10]。石渠连汉苑，日星隐浮云[11]。
感此重叹息，矫言瞻秋旻[12]。昏衢有华烛，大道无迷津[13]。
前绥如可企，泗上扬清芬[14]。

注释：

[1] 清秋：清净明爽的秋天。瀛洲亭：明翰林院内建筑之一。明正统七年（1442），翰林院在原鸿胪寺旧址上兴建。清代翰林院在其基础上重建。据《北京名胜古迹辞典》记载，清翰林院后堂清秘堂（原为东斋房）前有瀛洲亭，亭下有凤凰池。讲业：授业。

[2] 满：全、满眼。白露：秋露。生：出现。芸：一种香草，又称"芸香"。《说文》云："艸也。似目宿。"荪：一种香草，又名"荃"。《说文》云："香艸也。"

［3］萧萧：凄清冷落的样子。幽意：深意。论：衡量。

［4］大雅：本指《诗·大雅》。汉代经学家继承先秦学者观念，认为"雅"为"正"，即持节中正，是诗歌的正声。如《左传·襄公二十九年》："吴公子札来聘……为之歌《大雅》。曰：'广哉，熙熙乎！曲而有体，其文王之德乎！'"《诗大序》："雅者，正也，言王政之所废兴也。政有小大，故有《小雅》焉，有《大雅》焉。"后世借以指称闲雅淳正的诗篇。作：创作、出现。道：大道，即诗人所秉持的儒家之道。蹉：蹉跎。陆沉：见《庄诵宣宗御制翰林院箴有述》释条［4］。

［5］远天：天远之处。净：清净、洁净。见：同"现"，显现。

［6］起：飞。寒鸟：寒天出没天空的鸟。井梧：井旁的梧桐。极：尽。疎阴：疎，同"疏"，稀疏；阴，罕见阳光。

［7］鸢：一种鸟。其头顶及喉部白色，喙带蓝色，体上部褐色，两翼黑褐色，腹部淡赤，尾尖分叉，四趾都有钩爪，捕食蛇、鼠、蜥蜴、鱼等。鱼：泛指鱼类。自：各自。造化：命运。邹鲁：邹，孟子故乡，今山东省邹城市；鲁，孔子故乡，今山东省曲阜市一带。后世以"邹鲁"指代文化昌盛、礼仪教化之地。空：徒留。荆榛：荆，荆棘；榛，丛生的草木。此处泛指丛生灌木，借以形容荒芜情景。三国魏曹植《归思赋》："城邑寂以空虚，草木秽而荆榛。"

［8］河汾子：指隋末儒家学者王通。王通（584—617），河东郡龙门县万春乡（今山西省万荣县通化乡）人。其家世代以儒学传家。隋文帝仁寿元年（601），王通18岁，举秀才高第；次年，授蜀州司户，辞不就官。仁寿三年（603），王通至长安（今陕西省西安），见隋文帝，上《太平十二策》，文帝大悦，而公卿不悦，故不得用，遂赋《东征之歌》而归。其后，王通守道不仕，躬耕自养。王通隐居河汾十余年间，续修六经，讲学授业，门弟子数百人，开创儒家"河汾学派"。唐初名臣房玄龄、魏徵、李靖、薛收等都从其就学。王通所续六经已佚，但王通与弟子对话录《文中子中说》，则流传至今。王通河汾之学在中国思想史上的主要贡献，是重新发现了失落已久的先秦儒家的人性本善、人性平等的人性思想，和民本民贵君轻、君权有限合法性、君臣关系相对性的政治思想，扭转了汉儒以来性善恶混及人性三等说、屈民伸君说、君权神授说、尊君卑臣说的歧义；重新发现和发展了先秦儒家依据道创造历史新运的自作天命的政治思想；重新发现和发展了先秦儒家道高于君的道统思想。登坛：

登上讲坛。素臣：传统经学认为孔子据鲁国历史而编《春秋》，以"春秋笔法"维护周礼，因此汉代儒者将孔子视为未加冠冕的王，即素王；而鲁国学者左丘明作《左传》，述孔子之道，阐明《春秋》"义礼"之法，后人尊之为素臣。后世即将为儒家经典作传疏的经学家称为素臣。

[9] 高踪：高尚的行迹。蹑：踏、跟随。余辉：前人的光辉风尚。耀：照耀、垂范。

[10] 此二句指西汉儒者伏生之事。伏生，又称伏胜，济南人。本为秦《尚书》博士。秦始皇"焚书"令行，伏生将古文《尚书》藏之壁中。其后，秦末汉初兵燹不断，伏生流亡于外。西汉建立之后，伏生寻其书，惜散佚数十篇，仅得29篇。伏生以此授徒于齐鲁之地。孝文帝时，征寻能治《尚书》者，天下无有；闻伏生能治，欲征召至长安。但当时伏生已九十有余，因年老而不能成行，故命太常使掌故晁错前往济南，亲自接受伏生教诲。

[11] 石渠：石渠阁简称。石渠阁、天禄阁和麒麟阁是西汉皇家藏书和编校机构。三阁位于长安皇家宫城未央宫之中，地位显赫。连：连属、连接。汉苑：泛指西汉宫城建筑。日星：太阳与星辰。隐：遮蔽。

[12] 重：一次次。叹息：哀叹。矫言：假言、虚称。瞻：往上或往前看。旻：天空。《说文》云："旻，秋天也。"

[13] 昏：昏暗。衢：四通八达的大路。华烛：光彩、耀眼的烛火。迷津：本意指寻觅不到渡口，后多借指诗人迷惘的处境。

[14] 前绶：绶，本意丝带。古人多用以系佩饰、勋章和官印等。根据等级、身份等的不同，绶带的颜色也常有差别。企：企望、企盼。泗上：泗，水名，位于今山东省西南一带。春秋时期，孔子在泗上设馆授徒，后世以"泗上"指学术之乡。扬：显扬。清芬：清香，喻高洁的德行。

简析：

这是诗人深秋在瀛洲亭授业时所作。该诗可分为三部分。起篇六句为第一部分，"瀛洲"二句描绘了诗人在瀛洲亭所见深秋景色；"萧萧"四句，绘景而转入抒情，诗人感慨"大雅"久不作，"大道"沦丧。"池水"以下十四句为第二部分，"池水"二句，以清澄池水、澄净天空，暗喻诗人未染杂尘之心；"霜林"二句则以霜林、寒鸟、井梧、疏阴景象，暗示前程之暗淡。"鸢鱼"以下十句,以历代儒家先贤和胜事,勉励自我,不应消沉。"感此"六句为第三部分,诗人追昔抚今,感怀万千;再次聚首远眺清秋之景象,昏暗的路口有华烛照耀,大道方向确定,折射出诗人心中已无彷徨之意;"前绥"二句,表明诗人对儒家道统匡扶充满信心。

奉诏修省[1]

云雨何愆期,民瘼蹉孔棘[2]。九步扬飞沙,陇麦无青色[3]。
悬磬偏穷簾,推沟动宸极[4]。靡爱太乙牲,总减尚方食[5]。
六事桑林情,一怀三叹息[6]。朝议上龙楼,云汉相悠悠[7]。
诏书中禁出,丹陛罗公侯[8]。圣情重股肱,瞪然念交修[9]。
未解挽天意,何以答皇休[10]。戴衮自无关,臣识多愆尤[11]。
斋居向幽窗,窗影摇廻光[12]。对此意耿耿,言念增彷徨[13]。
涓涘亦何补,濡鹈随鹬行[14]。畴能将寸诚,格此万里苍[15]。
半天落余炤,低回羞夕阳[16]。中霄望星河,纵横含晴波[17]。
深潭龙不出,西郊云空多[18]。古人亦有言,人世生天和[19]。
商霖看只尺,大地霶滂沱[20]。尧忧一日穉,有年胜讴歌[21]。

注释:

[1] 修省:"修身反省"的简称。此处指明宣宗下诏责令诗人修身反省。

[2] 云雨:本指云和雨,此处指气候异常,天干地旱。愆期:失期。民瘼:民众的痛苦。蹉:感慨。孔棘:十分紧急、非常急迫。《诗·小雅·采薇》:"岂不日戒,狁孔棘。"郑玄笺:"孔,甚也;棘,急也。"

[3] 九步:形容距离之短。扬:弥散。飞沙:飞扬的沙土。陇麦:陇,同"垄",田垄的小麦。无青色:此处指麦苗尚未返青。

[4] 悬磬:形容极度贫困,一无所有。《国语·鲁语上》:"室如悬磬,野无青草,何恃而不恐?"偏:歪。穷簾:穷,破败;簾,同"帘",门帘。推沟:推入沟壑之中。语出《孟子·万章上》:"思天下之民匹夫匹妇有不被尧舜之泽者,若己推而内之沟中。"后世以"推沟"作为君主怜悯民众之典。宸极:北极星。

[5] 靡爱:靡,奢侈;爱,吝啬。此处是指不吝啬、甚至是奢华。

太乙：指太乙星，我国古代星官之一，属于紫微垣。古人认为太乙有十六神，其中丑神为阳德，主施恩育物事。牲：古代供祭祀宴飨使用的动物，如牛、羊、猪。总：经常。减：消减。尚方：泛指宫廷制办和掌管饮食器物的官署。食：食物。

[6] 六事桑林：典出《荀子·大略》："汤旱而祷曰：'政不节与？使民疾与？何以不雨至斯极也！宫室荣与？妇谒盛与？何以不雨至斯极也！苞苴行与？谗夫兴与？何以不雨至斯极也！'"后世借指君王心怀国事、体恤民生。一怀：一旦想起，指想到商汤六事桑林之情怀。三：多次。叹息：表现无可奈何之情。

[7] 上：登上。龙楼：汉代太子宫门名。《汉书·成帝纪》："上尝急召，太子出龙楼门，不敢绝驰道，西至直城门，得绝乃度，还入作室门。"颜师古注引张晏曰："门楼上有铜龙，若白鹤、飞廉之为名也。"其后借指朝堂。云汉：银河，天河。《诗·大雅·棫朴》："倬彼云汉，为章于天。"《毛传》："云汉，天河也。"悠悠：深远的样子。

[8] 中禁：即禁中，指皇帝所居之地。丹陆：指南方之地。罗：罗列、排列。公侯：此处指朝廷重臣。

[9] 圣情：君王之意。重：看重。股肱：股，大腿；肱，胳膊，后引申为辅佐君王的大臣。《左传·昭公九年》："君之卿佐，是谓股肱；股肱或亏，何痛如之！"睠然：睠，同"眷"，眷恋的样子。念：考虑、惦记。交修：语出《书·说命下》："尔交修予，罔予弃，予惟克迈乃训。"孔传："交，非一之义。"孔颖达疏："令其交更修治己也。"后世以之作为天子要求臣下匡助之词。

[10] 未解：未知。挽：引、沟通。大意：上天旨意，指皇帝心意。答：报答。皇休：皇帝的美德或洪福。

[11] 黼衮：黼，古代礼服上黑与青相间的花纹；衮，古代帝王的吉服。识：见识、政见。愆尤：过错、罪责。

[12] 斋居：闲居。窻：同"窗"。摇：摆动、摇曳。廻光：回旋晃动不定的光线。

[13] 意：内心。耿耿：心中牵挂，无法释怀的样子。言念：思念。言，句首助词，无义。《诗·秦风·小戎》："言念君子，温其如玉。"增：添。彷徨：心神不定、坐立不安的样子。

[14] 涓涘：涓，细小的流水；涘，水边。补：补益。濡鹈：语出

《诗·曹风·候人》:"维鹈在梁,不濡其翼。彼其之子,不称其服。"郑玄笺:"鹈在梁,当濡其翼;而不濡者,非其常也。以喻小人在朝,亦非其常。"后世以"濡鹈"比喻占据高位、享用厚禄,却尸位素餐的人。鹈:上古指与鸾凤同类的鸟。

[15] 畴:田地。寸诚:微小的诚意,极言诚意之小。格:感动、沟通。万里:极言其广。苍:苍天。

[16] 半天:半空中。落:遗留、存留。炤:同"照",日光。低回:亦作"低徊",流连、徘徊。羞:使……难为情。

[17] 中霄:夜半。星河:天河。含:包含。晴波:本指阳光下的水波,此处指星光明亮。

[18] 深潭:深渊。龙:我国古代传说中一种神异动物。《说文》云:"鳞虫之长。能幽能明,能细能巨,能短能长;春分而登天,秋分而潜渊。"我国封建社会多借指君王。空:白白地、徒有。

[19] 人世:人间。天和:天地自然和顺之气。

[20] 商霖:典出《书·说命上》。据记载,商王武丁任用傅说为相时,命之曰:"若岁大旱,用汝作霖雨。"孔传:"霖,三日雨。霖以救旱。"这是武丁将傅说视为执政之重臣。后世以"商霖"借指济世之重臣。只尺:同"咫尺",形容距离之短。霑:浸湿。滂沱:雨势很大。

[21] 忧:愁忧。穄:上古对一种谷物的名称。年:谷物丰收。胜:超过。讴歌:歌功颂德之辞。

简析:

这是诗人奉明宣宗敕令居家修省之作。该诗可分四部分。前四句为第一部分,叙写气候异常造成民生疾苦,尤其是粮食歉收已成定局。此后十六句为第二部分,描述黎民苍生的痛苦触动明宣宗,其以三牲祭祀太乙、消减皇家饮食品种和数量,心怀国事、体恤民生。不仅如此,宣宗更以诏书明告天下,希望群臣匡助君义。再次十二句为第三部分,诗人自述未能领悟君王深意,故而罢官居家。诗人并不恋栈,只感叹政见多招非议。居家难忘国事,每念徒增愁绪。诗人感慨涓流无益久旱,占据朝堂高位多为尸位素餐之徒;诗人愿以尺寸之诚意,感怀万里苍生。最后十二句为第四部分,面对落日余晖、夜半星河,诗人惆怅难安。"深潭"二句,诗人感喟君王之不悟,云多而雨不至。诗人又引用古人言论,认为政通人和,就能生成自然和顺之气，甘霖自会出现。结尾四句，诗人以小喻大，认为霖雨虽只能咫尺亲见，但可想见雨泽大地；帝尧忧心黎民一日之食，企盼丰年足民胜过歌功颂德之举。

荥泽雨坐即事用壁间韵[1]

去住自非我，遑暇问征路[2]。朝日淡霖色，四牡鸣烟雾[3]。
悠悠倦客心，爱此雨中树[4]。题壁者谁子，相对恣倾吐[5]。
我闻桑下宿，淹速亦云数[6]。斯时与斯景，谁令雨相赴[7]。
檐溜淅沥闻，芥舟纵横渡[8]。忽报新晴开，飘然遗所顾[9]。

注释：

[1] 荥泽：上古河流名。据《书·禹贡》记载"导水东流为济，入于河，溢为荥，东出于陶邱北，又东至荷，又东北会于汶，又东北入于海。"又据《晋地道志》曰"济自大伾山（今荥阳广武山汜水口子以西段）入河，与河水斗，南溢为荥泽"。这说明荥泽是济水与黄河交汇，水溢而成。汉时因黄河泛滥和济水泥沙沉积，终而堙塞。雨坐即事：雨中闲坐即景有感。用壁间韵：使用写在墙壁原诗之韵。

[2] 去：去年。住：闲居。遑暇：遑，同"惶"，惶恐；暇：闲暇、空闲。征路：前行之路，此谓仕途。

[3] 朝日：朝阳。淡：减弱、削弱。霖色：霖，久下不停的雨；色，灰暗色。此处指雨色苍茫、灰暗。四牡：典出《诗·小雅·四牡》"四牡骓骓，周道倭迟。岂不怀归？王事靡盬，我心伤悲。"描写了一个下层官吏，因公务缠身驾驶驷马快车奔走在征途之中，而思念故乡和亲人的情感时刻萦绕心间。此处诗人用"四牡"之典，就是暗示自身处境。鸣：啼叫。烟雾：此处指因连绵雨水而形成的烟雾。

[4] 悠悠：悠长的样子。客心：游子之心，意指思乡之情。树：据下文，应为桑树。

[5] 题壁：此处指在墙壁上题诗。谁子：谁家子弟。恣：纵情，无拘束。倾吐：细细倾诉心声。

[6] 闻：听闻。桑下宿：典出《后汉书·郎𫖮襄楷列传》"浮屠不三宿桑下，不欲久生恩爱，精之至也。"此谓浮屠不会在同一棵桑树下停宿

三晚，以示其无爱恋之心。淹速：淹，停留；速，离去。指时间长短。贾谊《鹏鸟赋》云："吉乎告我，凶言其灾，淹速之度，语予其期。"云：称。数：天命。

[7] 斯时：此时。斯景：此景。赴：到，来。

[8] 檐溜：房檐下的流水，此处指沿房檐而下的雨水。淅沥：摹声词，形容细微的风雨声。芥舟：像小草一样的舟。典出《庄子·逍遥游》"覆杯水於坳堂之上，则芥为之舟，置杯焉则胶，水浅而舟大也。"陆德明释文："芥，小草也。"后因以"芥舟"比喻小舟。纵横：无所阻挡。

[9] 报：传来、告知。新晴开：天空放晴。飘然：本为形容飘摇的样子。此处指心情愉悦、轻松。遗：忘却。所顾：所顾忌的事情。

简析：

这是诗人雨中即景之作。该诗分为三部分。首二句为第一部分，诗人感慨去岁自我闲居，心有惶恐而无暇仕进的心境。中间八句为第二部分，诗人抒写雨中即景所感。清晨雨势渐弱，诗人身在旅途、身疲心倦。面对雨中桑树，诗人睹物思乡；又见客舍墙壁上题诗，诗人有他乡遇故知的感受；诗人借桑下宿的典故，述写对前途莫测的心绪。终章六句为第三部分，面对清晨雨景，诗人感慨与谁共赴前程？屋檐下积水，芥草为舟而纵横，暗示诗人不畏浅水而欲一展身手的志向；听闻雨过天晴，诗人久已压抑的心情忽而轻松，暂时忘却了胸中郁结之气。

颜神山中[1]

山裂人踪入，崖悬箭括通[2]。经由是何代，剖判自神功[3]。
曲作黄河折，难应蜀道同[4]。鸟飞霄汉外，客列幛屏中[5]。
但恐前途雨，全回两岸风[6]。蔽亏先得夕，起伏欲成虹[7]。
树杪轮蹄出，岩腰禾黍丰[8]。驱车时转侧，夹路总嵺嵷[9]。
并岭双丹巘，孤窥一碧空[10]。岭嶒疑虎穴，浪洿俯龙宫[11]。
谷口明方漏，关门势转雄[12]。信凭一夫力，天险为齐东[13]。

注释：

[1] 颜神山：山名，在今山东省淄博市博山区西南凤凰山附近。山

脚有颜文姜祠，又名颜神庙，祭祀春秋时期齐国孝妇颜文姜而得名。有关颜文姜的事迹，《齐乘》云："齐有孝妇颜文姜，事姑孝养，远道取水不以寒暑易心，感得灵泉生于室内，文姜常以缉笼盖之。姑怪其需水即得，值姜不在，入室发笼观之，水即喷涌，坏其居宅。故呼为笼水，今孝妇河也，出益都县颜神镇孝妇祠下。"

[2] 山裂：山石崩裂。人踪：人迹。入：进入。崖悬：陡壁悬崖。箭括：本意指箭的末端。此处指道路狭窄。

[3] 经由：犹言经过。剖判：又作"剖泮"。劈开、分开。《韩非子·解老》："唯夫与天地之剖判也具生，至天地之消散也不死不衰者谓常。"神功：天地、神灵的功力。唐黄滔《大唐福州报恩定光多宝塔碑记》："仲氏司徒自清源闻而感，铸而资，虽从人力，悉类神功。"

[4] 曲：弯曲。作：类似。黄河折：黄河九曲十八折的流势。难：艰难。应：与……一样。蜀道：蜀道奇险难绝的山势。同：一致、等同。

[5] 霄汉：本意指天河，后借指天空。客：游客，指诗人等一群人。列：排列。幛屏：本指屏风，此处指山势直立，如同屏风一般。

[6] 恐：担忧。前途：前行之路。雨：降雨。回：回应。风：风声。

[7] 蔽亏：因山势高遮蔽而使景象半隐半现。唐孟郊《梦泽行》："楚山争蔽亏，日月无全辉。"夕：黄昏。起伏：山势起伏。虹：彩虹。

[8] 楢：树木挺拔的样子。杪：树梢。轮蹄：车轮印与马蹄印。出：出没。岩腰：山腰。禾黍：禾，古代指粟（谷子），即小米；黍，黄米，比粟大，煮熟后有黏性。此处是泛指谷类粮食作物。丰：多。

[9] 转侧：转换方向，此处指山路多弯。夹路：两山之间的山路。总：总是。嵝崧：山峰众多、连绵起伏的样子。

[10] 并峙：双峰对峙。巘：大山上的小山。鲁中地区多有此，实则为岗。一：一线，此处指两山相夹而成的一线天景色。

[11] 岭嶆：深邃的样子。扬雄《甘泉赋》云："岭嶆嶙峋，洞无厓兮。"李善注引《埤苍》："岭嶆嶙峋，深无厓之貌。"溟溘：水流弯曲之处。俯：潜伏。

[12] 明：光亮。方：刚。漏：透、露。关门：关隘之门。势：形势。雄：雄壮。

[13] 信：确信。凭：凭借。一夫力：一人之力。天险：地势高险。齐东：齐地之东。此处指颜神山势高险可谓齐东第一。

简析：

这是诗人游览颜神山所作。该诗可分三部分。前八句为第一部分，描绘了颜神山势。诗人从山崖险峻起笔，描摹其间逼仄之处如同箭括之状、曲折之处又如黄河九曲之形、艰险之状犹如蜀道之险；山势之高，飞鸟出没霄汉；山形直立，游客如在屏风之中。中间十四句为第二部分，描摹山中气象。山谷风声相伴、山形起伏晴暗交错、山气变化成虹；山树、车轮、马蹄、禾黍间见；驱车而行，山峰迭现、偶见一线天；深邃山谷犹如虎穴，水流弯曲之处若潜伏龙宫；谷口光线转明，山势雄伟壮观。最后两句为第三部分，诗人赞叹颜神山势为齐东天险。

七言古诗

送董思白谪楚学宪[1]

汉家才俊何纷纷，簪笔侍从如烟云[2]。
禁闼颇饶中视草，外藩不惜出衡文[3]。
去年延寿归天水，子渊十载犹觕麚[4]。
三策从来羡董生，只今又趣江都缮[5]。
升沉那不沐皇灵，可怜白璧飞青蝇[6]。
金马门前几人在，相看落落如晨星[7]。
迢遥汉水碧萦回，云梦潇湘秀色开[8]。
先生别有烟霞意，长揖青宫归去来[9]。
都门白酒为君沽，君抱萧然水在壶[10]。
欲烦更出橐中颜，勒作春明送别图[11]。

注释：

[1] 该诗目录题为"送董思白谪楚学宪"，而诗选则诗题为"送董玄宰谪楚学宪"。今据目录改。董思白：即董其昌。生平事迹见《周如砥传》（董其昌撰）脚注[1]。谪：降职，贬职。学宪：即学政，是"提督学政"的简称，主管一省教育科举的官员。

[2] 才俊：才能之士。纷纷：众多。簪笔：本是一种将毛装在簪头的冠饰，后指将毛笔插在头上，以备记事之需。此处指文学之士。烟云：

本指烟云雾霭，此喻文士众多。

[3] 禁闼：闼，小门。本指禁宫中进出的小门，此处借指宫门。饶：富、多。视草：诏令文本。外藩：与宫禁相对，指分封的诸侯王或地方镇守。衡文：品评文章。

[4] 延寿归天水：典出《汉书·京房传》。延寿，即焦延寿（生卒年不详），字赣，西汉宣、昭时期之人，有《易林》存世。但旧刻《易林》有汉人所序，称其卷首原有西汉古文易学"费氏学"创始人费直之语，明言《六十四卦变占》是王莽时建信（今山东省高青县）天水焦延寿所撰写的。对此，今人余嘉锡《四库提要辨证》卷十三"子部四"有详论，可参阅。子渊：指元代诗人张仲深，字子渊，庆元路人（今浙江省宁波市）。约元惠宗至元中前后在世。有《子渊诗集》存世。根据诗集中所存诗作来看，其常年生活在北地。旃毳：指鸟兽皮毛制成的衣服。

[5] 三策：指西汉董仲舒《举贤良对策》。趣：赴任。江都辔：指董仲舒任江都王国相之事。

[6] 升沉：升，升迁；沉，黜退。那不：哪能不。沐：润泽。皇灵：帝王之恩泽。白璧：本指白色的玉璧，此处指贤能、清白之人。青蝇：指苍蝇。比喻谗巧之人。

[7] 金马门：西汉宫门名。《史记·滑稽列传》："金马门者，宦（者）署门也。门傍有铜马，故谓之曰'金马门'。"西汉时期，曾有诸多先贤待诏金马门，如东方朔、公孙弘等人。落落：寥落。

[8] 迢遥：极远的样子。碧萦回：碧，碧水；萦回，盘旋往复。云梦：上古泽薮名。《周礼·夏官·职方氏》："正南曰荆州，其山镇曰衡山，其泽薮曰云梦。"约在今湖北省潜江市西南一带。

[9] 烟霞：本指云霞，此处指山水、山林之云气。青宫：指太子所居东宫。归去来：指陶渊明《归去来兮辞》，此处指归隐田园之意。

[10] 都门：指京城。萧然：空寂。

[11] 橐：口袋。勒：画。春明：指春明门。唐朝都城长安东正门为春明门，其近兴庆宫，又直通东市、皇城，四方之士多由此进入长安。

简析：

这是一首送别诗。诗人借古喻今，描写了前代文士才俊不同的升黜境遇，鼓励友人莫因贬谪而意气沉沦。诗人又借楚地风光和友人夙愿，劝慰友人临别之际应洒脱自若。

该诗可分为三个部分。前四句为第一部分，诗人借汉室文士才俊满朝堂的故实，描绘了明神宗万历中期文士荟萃的盛况。中间八句为第二部分，诗人先以焦延寿、张仲深、董仲舒三位才俊升黜的不同际遇，感喟雷霆雨露皆为君恩，白璧难免有青蝇停止。此处诗人借古喻今，劝慰友人不必挂碍仕途上暂时的沉浮。"金马"二句则以汉代文士才俊待诏之地——金马门为引子，描写了往昔待诏之人群星璀璨，今时如晨星寥落。物是人非之感，跃然笔端。最后八句为第三部分，描述了诗人送别友人之时殷勤嘱托的情感，呼应诗题。诗人以"汉水"和"潇湘"之景，描摹楚地秀美风光，以之劝慰友人。诗人又以"烟霞""青宫"和"归去来"等语辞，叙写友人早有归隐之意，此去楚地定无远谪之悲。"都门"二句，一方面描写了诗人沽酒送别友人，借此消解别离愁绪的举动；另一方面描写了友人神情淡然、以壶盛水的情形，为下文埋下伏笔。"欲烦"二句，则承"水在壶"之意，诗人恳请友人再出"橐中颜"，画成"春明送别图"，以志今日之情。

送傅汤铭之南都司业兼怀焦漪园[1]

鸡鸣桃李多新栽，二月东风吹未开[2]。
由来霖雨君家事，宁辞暂与濯枝来[3]。
两都相望烟云绕，千旄高暎蓬莱晓[4]。
文章八斗珠玑骈，功名三十皇比早[5]。
秣陵王气日葱葱，词人六代争豪雄[6]。
可能满酌泮池水，倾觚唤起钟山翁[7]。
驱车明日太行西，垂柳夹路闻莺啼[8]。
片帆细雨秋江上，芙蓉倒水沿金堤[9]。
同心昔友今岩居，卷藏大道游空虚[10]。
相逢傥讯余可状，问字无从但叹吁[11]。

注释：

[1] 傅汤铭：即傅新德（1569—1611），字元明，又字汤铭，号商盘。山西定襄（今山西省定襄县）人。明万历十七年（1589）己丑科进

士，三甲第183名，选庶吉士，授检讨，进司业，谕德，迁庶子侍读，累官至太常寺卿署国子监祭酒。去世之后，赠礼部右侍郎，谥文恪。有《傅文恪公集》等。之：赴任。南都：指明朝南都南京。司业：学官名，属国子监，是仅次于国子祭酒的官职，为国子监副长官，协助祭酒主管国子监日常事务。怀：思念、怀念。焦漪园：即焦竑。焦竑（1540—1620），字弱侯，号漪园、澹园，江宁（今江苏省南京）人。明万历十七年己丑科（1589）进士第一，官翰林院修撰，东宫讲官。万历二十五年（1597），主顺天乡试，因受举子文卷中存在有悖时教的文字所牵连而被言官弹劾，贬为福宁州同知，后屏居乡里。万历三十八年（1610），焦竑年七十，起复为南京国子监司业。旋即去职。其著作众多，现存有《瞻园集》（正、续编）、《焦氏笔乘》《国朝献征录》《老子翼》等。

[2] 鸡鸣：指天亮之前的时刻。栽：种植。东风：春风。

[3] 由来：历来，一直以来。霖雨：本指连绵大雨。如三国魏曹植《赠白马王彪并序》："霖雨泥我涂，流潦浩纵横。"其后指甘雨，借喻恩泽之举。濯枝："濯枝雨"的简称，指农历五、六月间的大雨。《初学记》卷二引晋周处《风土记》："六月有大雨，名濯枝雨。"

[4] 两都：指明朝北都北京与南都南京。烟云：本指烟云雾霭，此处意指相隔遥远。旄：古代用牦牛尾装饰的旗幡。暎：通"映"。蓬莱：本指蓬莱山，此处指两都的朝堂。晓：知晓、了解。

[5] 文章：文辞。八斗：即八斗才，古代比喻才高之士。典出宋无名氏《释常谈》："谢灵运尝曰：'天下才有一石，曹子建独占八斗，我得一斗，天下共分一斗。'"珠玑：珠玉。骈：骈文。功名：功业和名声，指科举榜次和官职地位。三十：三十年。唐权德舆《古兴》云："人生大限品百岁，就中三十称一世。"皇比：指科举考试。

[6] 秣陵：指南京。秦朝始置秣陵县，治所在今江苏省南京市。葱葱：本指草木苍翠茂盛，此处借指兴盛。词人：文人。六代：指曾在南京建都的朝代，即三国孙吴、东晋以及南朝宋、齐、梁、陈。

[7] 泮池：古代位于泮宫西门以南的水池，此处借指南京国子监。钟山：即紫金山，在今江苏省南京市东北。

[8] 太行：山名。在今山西省与河北省、河南省交界之处的太行山。

[9] 片帆：只帆、孤舟。芙蓉：荷花。倒水：雨水从荷花中倒流而出。

[10]岩居：山居，指隐居生活。卷藏：卷，书卷；藏，泛指道家、佛教经典的总称。空虚：指空旷冥荒。

[11]怳：怳然，怅然若失的样子。讯：询问、问候。问字：请教学问。典出《汉书·扬雄传》，据史载，刘歆之子刘棻曾拜扬雄为师，学习古字、奇字。后世借以指受教或向人请教学问为"问字"。叹吁：叹息、感喟。

简析：

这是一首借送别之名，抒写怀人之情的诗作。诗人作诗以别即将赴南都（明朝南都南京）的友人，触发诗人对"同心昔友"的怀念。

该诗可分为三部分。起首四句为第一部分，叙写诗人送别友人的时间、事由与感触。天光未明、桃李林旁、东风初起，友人辞别京师赴南都任国子监司业。诗人以"霖雨""濯枝"劝慰友人乐观对待官职的升黜。"两都"以下八句为第二部分。诗人将笔触转而描述友人俊才以及对其南都生活的期许。"两都"二句，诗人将笔触从当下离别之境转为对友人前程的描绘。此二句描摹烟云缭绕的两都之间，朝臣往来不断，朝堂之上众臣彼此知晓。这是诗人劝慰友人不必担心人地陌生。"文章"二句描写了友人才高八斗、皇比早中的人生辉煌；"秣陵"二句则描述了南都文运久长、才俊荟萃的传统；"可能"二句则称言南都国子监诸同僚定会盛情款待友人。此六句，诗人展望友人南都生活。诗人先彰显友人高才，次言南都文运昌盛的实际，再言南都国子监同仁的盛情，三者协和，南都生活定然不会寂寥，友人亦会摆脱仕途暂时的失意。诗篇最后八句为第三部分，描述了友人南行之后诗人的心境。"驱车"以下四句，描写了诗人驱车太行西，沿路垂柳、莺啼；江上片帆、细雨；江畔芙蓉、长堤。美景当前，虽能排遣诗人些许惆怅，但万千思绪仍聚集心头。"同心昔友"点出诗题。"岩居""空虚"暗示友人归隐山林和追慕道家的心志。"相逢"二句，诗人感喟与"同心昔友"长久别离，如若相逢，虽恍然如同隔世，但也有话语可言；只可惜，今时今地，即使向友人求教学问都无机缘，深切的思念之情溢于笔端。

击剑篇

我有欧冶剑，昔磨若水溪，十年未曾试，出匣风凄凄[1]。

铁英金款何奇特，绿龟文绕青蛇色[2]。
宝锷直冲牛斗寒，神光响兴秋霜逼[3]。
长安击剑多侠斜，相看瑞气生明霞[4]。
万道虹霓忽舒卷，缤纷乱落芙蓉花[5]。
还如飒沓奔流星，晴空隐隐来风霆[6]。
荆玉骊珠自掩暎，晦冥上下迷苍青[7]。
鼓橐当年亦自劳，勾践目动荆卿游[8]。
何当抵掌向伊吾，断蛟瀚海澄波涛[9]。
盛世由来重干羽，萧曹带剑揖明主[10]。
我亦于中悟草书，不羡区区浑脱舞[11]。

注释：

［1］欧冶剑：春秋时期越国著名铸剑师欧冶子所铸之剑。若水：古水名，即今雅砻江，为金沙江支流。试：用、使用。匣：收藏宝剑的盒子。凄凄：风云兴起的样子。

［2］铁英：纯净的铁。汉袁康《越绝书·外传记宝剑》："欧冶子干将凿茨山，洩其溪，取铁英，作为铁剑三枚。"金款：金子装饰的外款。文：花纹。

［3］宝锷：宝剑。唐李峤《宝剑篇》："吴山开，越溪涸，三金合冶成宝锷。"牛斗：指二十八星宿中的牛宿和斗宿。"牛斗"之典出自《晋书·张华传》。西晋攻灭孙吴之时，牛、斗之间常有紫气出现。有人认为这是宝剑之气上冲天际，后在豫东丰城得两剑，一为龙泉、一为太阿。其后两剑入平津水，化而为龙。神光：神异的灵光，此处指宝剑的锋芒。响兴：响，指宝剑挥动时的声响，兴，大、高。

［4］侠斜：侠，侠气之人；斜，行为不符礼义之人。此处指依仗气力，行为霸道之人。瑞气：祥瑞云气。明霞：灿烂云霞。

［5］万道虹霓：此处用聂政刺韩傀之典。《战国策·魏策四》记载魏唐雎出使秦国。唐雎称言"士之怒也"时言及"夫专诸之刺王僚也，彗星袭月；聂政之刺韩傀也，白虹贯日；要离之刺庆忌也，仓鹰击于殿上。此三子者，皆布衣之士也，怀怒未发，休祲降于天。"舒卷：张开或卷起。缤纷：繁多。

［6］此句用要离刺庆忌之典。飒沓：形容动作迅速的样子。风霆：

风雷。

[7] 荆玉：即荆山之玉，指和氏璧。此处借指质美之人才。骊珠：上古传说中出自骊龙颔下的宝珠。此处借指珍贵的人物。掩暎：掩，遮掩；暎，光华。晦冥：昏暗。上下：天地之间。苍青：指天空。

[8] 鼓：吹。橐：《说文》云："橐，囊也。"此指煅烧时所使用的鼓风用具。目动："骇心动目"，比喻惊心动目。荆卿：指战国时期燕国侠士荆轲。游：入秦。

[9] 抵掌：击掌，形容神情激奋。伊吾：古代地名，约在今新疆哈密地区。此处借指边疆地区。断蛟：斩断蛟龙，借指擒获异族首领。瀚海：古地名。泛指今内蒙古高原沙漠以北及其以西的广阔地区。澄：澄净、涤清。

[10] 干羽：干，盾；羽，雉羽，是古代供乐舞时所使用。干为武舞；羽为文舞。萧曹：指西汉初期重臣萧何和曹参。

[11] 悟：领悟。区区：形容微不足道。浑脱：指浑脱帽，唐代出现在西域民族中的一种帽子，形制是左右护耳与帽子连为一体，自然垂下，无纬纱，外表涂黑并绘以彩色花纹。唐代盛行一种戴浑脱帽进行表演的舞蹈。唐杜甫《观公孙大娘弟子舞剑器行》序："观公孙氏舞'剑器'、'浑脱'，浏漓顿挫，独出冠时。"

简析：

这是一首咏物诗。诗人借颂赞出匣宝剑的锋芒和征象，表达了盛世更应重视武备的忧患意识。

该诗可分为三个部分。篇首四句为第一部分，描述了宝剑之名和来历，更抒写了虽然宝剑十年未有用武之地，但仍然剑气凌然、动人心魄的气势。"铁英"以下十八句为第二部分。诗人首先描写了宝剑的质地、外饰、颜色和剑气。铁英制成、金质外饰、绿龟花纹、青蛇之色、剑芒直冲牛斗、声响冷彻如秋霜寒气逼人。其次，诗人描写了唐长安携剑意气之人，观剑察气，祥瑞之气呈现灿烂明霞。紧接着，诗人借聂政刺韩傀、要离刺庆忌之典，描写剑锋出匣，惊天动地之效。"荆玉"二句则以美玉宝珠曾被遮蔽光芒的故实，引出宝剑也曾埋没尘世。"鼓橐"二句，诗人追溯当年宝剑锻炼之辛劳，炼成之后曾引勾践注目、荆轲佩戴。此四句与"万道"四句形成对比，以宝剑光华世间与淹没尘世的不同命运，暗示人世的不同际遇。"何当"二句则是诗人生发的宏愿，希冀剑芒能再现世间，得意于"伊吾"和"瀚海"，平定异域、海内晏清。诗篇最后四句为第三部分。诗人由宝剑的盛衰变迁，兴发盛世不忘武备之礼、重臣明主豪气满朝堂的感情。诗人由人及己，深慨于剑舞中领悟中原草书之神韵，而并不钦美异域浑脱之舞的新奇。

送罗龙皋给谏被谪[1]

把酒唏嘘与君别，十载交情两行血[2]。
日隐苍穹氛祲多，云迷青琐封章歇[3]。
由来平地伏含沙，鬼物偏瞰高明家[4]。
君心皎皎霜空月，肯因圆缺生咨嗟[5]。
忆昔中秘称同舍，笑谈珠玉相倾泻[6]。
接席梁园授简时，联床禁雨燃藜夜[7]。
此去矶山翠色秋，回头应复见瀛洲[8]。
试订后期杳无日，长河帆影空悠悠[9]。
河岸参差多绿杨，一枝相赠转心伤[10]。
犹忆去年春苑里，几因折柳谏君王[11]。

注释：

[1] 罗龙皋：指罗大纮（生卒年不详），字公廓，吉水（今江西省吉水县人）。明万历十四年（1586）进士。初授行人司行人，后改任礼部给事中。因触犯明神宗，被贬为庶人。

[2] 把酒：双手端起酒杯。唏嘘：叹息。血：此处指哀痛的泪水。《易·屯》："乘马班如，泣血涟如。"

[3] 日隐：太阳隐藏，此处指帝王恩情被遮蔽。苍穹：苍天。氛祲：又作"祲氛"，指妖异之气。云迷：云层昏暗不清，此处指奸佞当道。青琐：也作"青锁"，本指装饰青色连环花纹的门窗，属于天子之制。封章：古代臣子向帝王进奏机密事之章，依制皆用皂囊重封，故名封章。亦称封事。汉扬雄《赵充国颂》："营平守节，屡奏封章。"

[4] 由来：自古以来。伏：隐藏。鬼物偏瞰高明家：鬼物，本指鬼怪之人与物，此处指宵小之人。此处用"鬼瞰高明"之典。《隋书·裴肃

传》："窃见高䎖以天挺良才，元勋佐命，陛下光宠，亦已优隆。但鬼瞰高明，世疵俊异，侧目求其长短者，岂可胜道哉！"后世指宵小嫉妒贤能之士的举动。

[5] 皎皎：洁净的样子。肯：宁愿。咨嗟：叹息。

[6] 中秘：本指中书省和秘书省，此处指皇家珍藏图书之所。同舍：同居一舍的郎官之职。珠玉：本指珍珠和美玉，后世多指妙辞佳言。倾泻：本指水流从高处倾淌而下，此处指倾吐心声。

[7] 接席：坐席相接，形容关系亲密。三国曹魏曹丕《与吴质书》："行则连舆，止则接席。"梁园：即"梁苑"，本指西汉梁孝王的东苑，此处指明代皇帝的宫苑。授简：与人简札。此处指作文酬答。联床：同处一榻。禁雨：禁，宫禁，指皇宫；雨，下雨。燃藜：指夤夜读书或者勤奋学习。典出晋王嘉《拾遗记·后汉》："刘向于成帝之末，校书天禄阁，专精覃思。夜，有老人着黄衣，植青藜杖，登阁而进，见向暗中独坐诵书。老父乃吹杖端，烟然，因以见向，说开辟已前。向因受《洪范五行》之文，恐辞说繁广忘之，乃裂裳及绅，以记其言。"

[8] 矶山：此处应指位于鄱阳湖畔的大、小矶山。瀛洲："瀛洲亭"简称。见《清秋瀛洲亭讲业作》释条 [1]。

[9] 订：预定、约定。后期：再次相逢之日。杳：杳远。"长河"句化用李白《送孟浩然之广陵》中"孤帆远影碧空尽，唯见长江天际流"二句诗意。

[10] 一枝：折枝。转：转而。

[11] 苑：苑囿，指帝王游乐打猎的园林。几：隐微、借机。《说文》："几，微也，殆也。"

简析：
这是一首送别诗。该诗可分为两部分。前八句为第一部分，描述诗人送别友人之时的情境。"把酒"二句，诗人举酒送别友人，唏嘘不能长言，回想十年深情，不觉留下两行血泪。款款深情，毕现目前。"日隐"二句，诗人由直接抒情转而景物描写。苍穹中太阳被妖异之气所笼罩、浓云遮蔽了宫殿导致封章停歇。借此，诗人描写了当时朝堂政治昏暗的生态。"由来"二句，先由平地伏含流沙之生活哲理，引出高洁贤明之家易招宵小之徒妒忌的现实情形。此四句通过景物描写和人生哲理的感发，诗人暗示出友人被贬的人生际遇是由奸佞当道、宵小嫉妒而致。"君心"二句是诗人宽慰友人之语。诗人称言友人之心志如"皎皎明月",个性坚贞如一,宁肯因"圆缺"而生议论,也绝不会改变初志。"忆昔"以下十二句为第二部分,诗人追忆与友人共事的点滴与情谊。位列郎官,同舍相谈甚欢、妙语连珠、同为心腹;同在国子监,雨夜抵榻而勤奋攻读。此四句,诗人回顾了与友人为同僚之时的生活细节,平淡中凝聚深情。"此去"二句则是诗人遥想友人贬谪之后的生活。友人登矶山、览秋色、回首之处心念瀛洲,折射出其身在江湖、心在魏阙。诗人欲定重逢之期,但人事杳渺;诗人化用李白《黄鹤楼送孟浩然之广陵》的诗句,叙写眼前唯有长河孤帆、悠悠碧空。"河岸"二句以折柳相赠,寄寓诗人依依惜别之情。"犹忆"二句则是追叙去年春苑,友人折柳讽谏之事,暗示出友人被贬的原因。

河间孝子歌[1]

滹沱流水碧如黛,潺湲环抱王城外[2]。
元气鸿濛日夜浮,太古浑灏依稀在[3]。
历山人去几千霜,终身之慕何渺茫[4]。
卓彼八十庐墓者,真令重华生耿光[5]。
八十飘潇嗟白首,上有高堂九十九[6]。
不辞鲐背舞斑衣,笑展庞眉进春酒[7]。
云輀一夕驾秋山,相送双泪纷流涟[8]。
诛茅宁避荆棘底,托身愿在椿萱前[9]。
昔为椿兮发正青,瘠毁酷似衰翁形[10]。
今为萱兮鬓已秃,哀哀却作婴儿哭[11]。
婴儿哭慕何时歇,坟成十指淋漓血[12]。
乳兔宵号原野烟,孤鹤晓唤松楸月[13]。
烟月绵绵几岁年,一苦寒兴水霜坚[14]。
心逐鱼灯焰玄室,梦随鹤驭飞遥天[15]。
天帝闻之亟幽讨,和风敕共祥云绕[16]。
三百周诗失蓼莪,二千汉代重芝草[17]。
君不见,少壮烛武不如人,老向氾南还退秦[18]。

嗟公底事沉沦从，突兀空余孝子身[19]。
龙章赫赫表高门，始信孝子是忠臣[20]。
吁嗟乎，始信孝子是忠臣[21]。

注释：

［1］河间：即河间府，治所在今河北省河间市。

［2］滹沱：即滹沱河，发源于山西省繁峙县，向东流经河北省正定县、无极县等地区，最终流入渤海。潺湲：水流缓慢的样子。王城：指京城，即北京。

［3］元气：指天地形成之前的混沌之气。鸿濛：亦指元气。《庄子·在宥》："云将东游，过扶摇之枝，而适遭鸿蒙。"唐成玄英疏："鸿蒙，元气也。"太古：上古。浑灏：雄浑广大。

［4］历山：上古山名，相传舜曾耕于此山。人：指舜。霜：年。慕：钦慕。何：何其、多么。渺茫：模糊、不清晰。

［5］卓：不平凡、超然。庐墓：结庐守葬。重华：先秦时期，史家颂赞虞舜的词语，认为虞舜继承帝尧而有光华；或认为是虞舜的帝号。《尚书·舜典》："曰若稽古帝舜，曰重华，协于帝。"耿光：光辉、荣耀。

［6］飘潇：应为"飘萧"，头发稀疏的样子。唐杜甫《义鹘行》："飘萧觉素发，凛欲冲儒冠。"

［7］鲐背：古人对年九十之人的称谓。《尔雅·释诂上》："鲐背、耇老，寿也。"郭璞注："鲐背，背皮如鲐鱼。"斑衣：五色彩衣。典出《列女传》。据载，老莱子奉养二亲，行年七十，常着五彩衣，作小儿啼，以乐其双亲。庞眉：眉毛白黑相杂，形容年老之貌。春酒：古人指立春开始酿造直至立冬才成的酒。

［8］挽：同"挽"，牵引。流涟：即"流连"，依依不舍的样子。

［9］诛茅：亦作"诛茆"，去除茅草，此为结庐而居。托身：寄身于世。椿萱：椿，大椿。《庄子·逍遥游》云："上古有大椿者，以八千岁为春，八千岁为秋，此大年也。"后世借指父亲。萱：萱草。《诗·卫风·伯兮》云："焉得谖草，言树之背。"谖草，即萱草。后世借以指母亲。椿、萱连用，借指父母。唐牟融《送徐浩》云："知君此去情偏切，堂上椿萱雪满头。"

［10］发：头发。青：黑色。瘠毁：即"毁瘠"，瘦弱不堪。

[11] 秃：头发掉光。哀哀：语出《诗·小雅·蓼莪》："哀哀父母，生我劬劳。"郑玄笺云："哀哀者，恨不得终养父母，报其生长己之苦。"形容无比悲痛。

[12] 婴儿：作婴儿啼哭状。淋漓：流淌不止的样子。

[13] 乳兔：初生的小兔。宵：夜。号：啼哭。嗥：高亢地鸣叫。楸：《说文》曰："楸，梓也。"

[14] 苫：本指茅草编成的遮盖物。根据古代居丧之礼，孝子以苫为卧息的垫子。坚：坚硬，谓雨水和霜露结冰。

[15] 鱼灯：亦作"鱼镫"，即鱼形烛灯。唐曹邺《始皇陵下作》诗："千金买鱼灯，泉下照狐兔。"玄室：墓室。鹤驭："鹤驭西归"的简称，谓去世。遥天：长空。

[16] 亟：急切、迫切。幽讨：指寻讨隐幽之人事。和风：和煦之风，此指皇帝恩泽。敕：帝王诏书。祥云：祥瑞的云气。

[17] 三百周诗：指《诗经》，该典籍在先秦时期被称为"诗三百"。蓼莪：《诗·小雅》篇名，该诗表达了子女追思双亲抚养之恩德的情感。后世以"蓼莪"指对亡亲的悼念。二千：这是指诗人所处明万历年间（1573—1620）距汉代（公元前202—220）的约数。芝草：灵芝。古人认为其为吉瑞之象征，服之能升仙。

[18] 烛武：指春秋时期郑国圉正烛之武。此句用《左传》（僖公三十年）中"烛之武退秦师"之事。

[19] 底事：何事，为何。唐刘肃《大唐新语·酷忍》："天子富有四海，立皇后有何不可？关汝诸人底事，而生异议！"沉沦：陷入困厄之境。

[20] 龙章：皇帝诏书。赫赫：显赫、荣耀的情形。表：表彰。高门：高大门楼。

[21] 吁嗟乎：感叹词，表示深有所感的情绪。

简析：

该诗是诗人称颂河间孝子而作。诗作可分为三部分。诗篇起首八句为第一部分，叙写河间得天地正气和久有孝行传统的情形。"滹沱"二句描写滹沱河绿水如黛、潺溪而行的情形及其环绕王城的气象；"元气"二句描写了王城周围天地正气"日夜浮"和"依稀在"的情形。此四句着眼全景，点明河间府人杰地灵的缘来。"历山"二句，则借虞舜耕种历山、孝感天地之典，指出河间附近千年以来早有孝行文化传统，然追慕时隔遥远的孝行之举是多么艰难的事情。"卓彼"二句引出当下河间孝子的行为：八十结庐守葬，赓续虞舜孝行。"八十"以下二十句为第二部分，具体描写了河间孝子的行为及其心境变化。双亲在世，孝子八十白首发零落，奉孝九十九的高堂；不辞年高舞彩衣，笑展寿眉奉祝双亲春酒。双亲辞世，孝子双泪涟涟纷流下，除草结庐、寄身双亲墓前。往昔双亲在世，父亲头发黑青，却因生活劳累而成衰弱老人状；今时母亲鬓发稀落，哭泣似婴儿状。此十二句从双亲在世和辞世两个角度，叙写了孝子的行为和心境。而"婴儿哭慕"以下八句，则从环境渲染孝子心境。孝子哭啼无歇，坟成皆由十指血；乳兔夜号、烟笼平野；孤鹤晓啼，月行松梓。如此悲凄烟月之景，陪伴孝子数年之久；枕卧苫席，寒来暑往、酷热寒冰，孝子数年不辍。在此结庐守葬的岁月中，孝子之心似鱼镫辉耀墓室，时刻陪伴双亲；梦随双亲之魂魄，相伴长空。"天帝"至尾句为第三部分，描写天帝诏书表彰孝子之迹和诗人深慨移孝为忠的事宜。"天帝"二句述写天帝听闻孝子之状，下诏彰表，祥瑞之气萦绕王城之象。"三百"二句，诗人认为《诗经》大义虽千古流传，但《蓼莪》之孝义却泯然不显；而两千年之前的汉代重视"芝草"一类的祥瑞。此二句，诗人委婉地表达了对只重祥瑞而忽视孝义的承继和彰表等做法的不满。"君不见"三句，诗人引用《左传》所载"烛之武退秦师"之故实，抒写年老之人仍可力挽狂澜；"嗟公"二句则言及河间孝子不知为何困顿尘世，空身背负孝子之名。"龙章"四句，叙写诏书彰表河间孝子的显赫与荣耀，更是以反复的手法，高声呼告"孝子是忠臣"的感怀。

春日偕江健吾孙肖溪游含风岭[1]

忆昔卜筑山之阿，山青云白相嵯峨[2]。
无端橐笔随鸾坡，晓猿夜鹤奈人何[3]。
东风吹绿春堤柳，遥指春山停四牡[4]。
高阳社畔邀故人，杏花村前载尊酒[5]。
村烟尽处山色明，千岩万嶂色逢迎[6]。
路石时作神羊起，风枝并学仙鸾鸣[7]。
众峰俄从四面集，一踪才可单车入[8]。

犬吠鸡鸣异人世，荆扉茅屋悬天际[9]。
天际烟雾纷横斜，仰蹑虎豹穿龙蛇[10]。
蒙茸芳草盈平沙，欲步每惜青青芽[11]。
一泒寒泉落高岸，奔向桥头忽不见[12]。
沉波伏流二百步，门边突吐清如练[13]。
造化妙理谁能穷，幽人胜地嗟难逢[14]。
三杯咲傲白云中，即此便是蓬莱宫[15]。
蓬莱宫里神仙宅，含风岭外红尘隔[16]。
始信洞天别有天，不知身世谁为客[17]。
渔人好泛武陵舟，落花不惜随东流[18]。
当年奕迹垂千秋，斧柯已烂山东头[19]。
屋前屋后闲云绕，道士相看懒不扫[20]。
高径徹茫杳若蜗，狂客攀萝疾于鸟[21]。
返炤未收皓月来，辉光晃耀金银台[22]。
江淹赋罢呼金罍，酣歌数阕眠苍苔[23]。
一任笔花梦里开，五斗相将寻野梅[24]。
孙登长啸动山河，盈杯旨酒丹颜酡[25]。
螟蛉螺蠃足呵呵，宁辞骂坐婴祸罗[26]。
君不见，朝来白发暎明镜，水萍风絮那能定[27]。
碧山银鱼我欲焚，青樽绿蚁君堪共[28]。
云满岩峦风满林，劝君切莫动归心[29]。
试卜重游知何日，回首涧树生层阴[30]。

注释：

[1] 春日：春天。江健吾、孙肖溪：据诗作，二人为周如砥同乡人，但其人其事不详。含风岭：其地不详。

[2] 卜筑：典出《梁书·处士传·刘訏》："（刘訏）曾与族兄刘歊听讲於钟山诸寺，因共卜筑宋熙寺东涧，有终焉之志。"后世借指择地筑舍，安身处居之意。阿：山脚。嵯峨：形容山势崔嵬。

[3] 无端：没有来由。橐笔：橐，橐囊，以藏书册；笔，毛笔。古代书史小吏，手持橐囊，插笔于发髻，侍立帝王大臣左右，以随时记录言事，称作持橐簪笔。后世借指文人专力创作。鸾坡：翰林院的别称。元张

昱《奉天门早朝次韵》："握兰凤阁舍人贵，视草鸾坡学士闲。"晓猿夜鹤：语出孔稚圭《北山移文》："蕙帐空兮夜鹤怨，山人去兮晓猿惊"。表达对官场深恶痛绝，决意归隐的心情。

［4］东风：春风。春山：春日里的山脉。四牡：原指四匹马所驾车辆。诗人此处用《诗·小雅·四牡》之诗旨。这是一首描述为周王之事奔波四方的辛苦与思乡情感相间的诗作。

［5］高阳：上古传说中部落联盟首领颛顼的号。社：《说文》云："社，地主也。"此处指祭祀高阳的场所。杏花村：本指山西杏花村，盛唐时，杏花村以酿造美酒著名。此处泛指酿造美酒之处。

［6］明：明亮。逢迎：迎接。

［7］时作：时时出现。神羊：即"獬豸"，上古传说中的一种神兽，凭其独角能辨别邪佞。《后汉书·舆服志下》："獬豸神羊，能别曲直，楚王尝获之，故以为冠。"风枝：山风吹动树枝。鸾：鸾鸟，上古传说中与凤凰同类的神鸟。

［8］俄：同"峨"，高耸。一踪：一行人的踪迹。

［9］人世：人世间，尘世。荆扉：柴枝做的大门。悬：高筑。

［10］纷：繁多的样子。横斜：或横或斜，谓方向不定。仰：举头。蹑：追踪、跟随。虎豹：形容怪石的样子。宋苏轼《后赤壁赋》："履巉岩，批蒙茸，踞虎豹，登虬龙。"龙蛇：如同"虬龙"，形容怪石。

［11］蒙茸：蓬松的样子。平沙：平坦、开阔的沙原。南朝梁何逊《慈姥矶》："野雁平沙合，连山远雾浮。"青青：茂盛的样子。

［12］泒：同"股"，量词。落：直落。

［13］沉波，伏流：指泉水随山势隐流。练：白绢。

［14］造化：自然。妙理：玄妙之理。穷：穷尽、明白。幽人：隐居山林之人。胜地：美妙之境。嗟：表示感慨的语气。逢：相遇。

［15］咲：同"笑"。即此：在此，就此。蓬莱宫：指仙人所居之处。

［16］红尘：尘世，借指繁华的人世间。隔：隔绝。

［17］天：天地，不一样的景象。客：寄身于世，旅居他乡之人。

［18］此二句化用陶渊明《桃花源记》之典。武陵舟：是指《桃花源记》中所记晋武陵人缘溪而入桃花源之事，借指诗人一行人对含风岭景色的喜爱。落花：化用《桃花源记》中"芳草鲜美，落英缤纷"句。

［19］奕：光明、美好。三国曹魏何晏《景福殿赋》："郝奕章灼。"

斧柯已烂：斧柯，斧柄。此处用"烂柯"之典。南朝梁任昉《述异记》云："信安郡石室山，晋时王质伐木。至，见童子数人，棋而歌，质因听之。童子以一物与质，如枣核，质含之，不觉饥。俄顷，童子谓曰：'何不去？'质起，视斧柯烂尽，既归，无复时人。"后世以"烂柯"谓岁月流逝，人事变迁之感。

[20] 闲云：悠然轻飘之云。

[21] 高径：高处小径。微茫：微，小路；茫，方向不清。蜗：蜗牛之背壳。狂客：狂放之人。绿：指草木之类的植物。

[22] 返炤：即"返照"，指夕阳。收：落山。皓月：明月。辉光：月光。金银台：传说海上仙山中，仙人所居住的以金银构筑的楼台。

[23] 江淹：（444—505），字文通，济阳考城（今河南省商丘市）人。历仕南朝宋、齐、梁三朝。文学上以赋体创作著名，其《恨赋》《别赋》，将人类抽象情感纳入赋体创作视野，影响较大。金罍：罍，同"櫑"，古时装饰有饕餮纹的盛酒容器。酣歌：高歌。苍苔：青苔。

[24] 笔花：即"五色笔"，五彩妙笔。典出《南史·江淹传》："尝宿于冶亭，梦一丈夫自称郭璞，谓淹曰：'吾有笔在卿处多年，可以见还。'淹乃探怀中得五色笔一以授之。尔后为诗绝无美句，时人谓之才尽。"五斗：即"五斗消酲"，五斗酒醒。典出《晋书·刘伶传任诞》："伶跪祝曰：'天生刘伶，以酒为名。一饮一斛，五斗解酲。妇儿之言，慎不可听。'"相将：相伴。

[25] 孙登：（生卒年不详），字公和，汲郡共（今河南省辉县）人。魏晋时期著名隐士。据《晋书·隐逸传》载，孙登在汲郡之北山作"土窟"而居之。长啸：本指长声吟咏，此为大笑。据《晋书·隐逸传》："好读《易》，抚一弦琴，见者皆亲乐之。性无恚怒，人或投诸水中，欲观其怒，登既出，便大笑。"盈杯：满杯。旨酒：美酒。《诗·小雅·鹿鸣》："我有旨酒，以燕乐嘉宾之心。"酡：饮酒之后脸红的样子。

[26] 螟蛉螺蠃：语出《诗·小雅·小宛》："螟蛉有子，螺蠃负之。"古人认为螺蠃无子，而捕捉螟蛉为己子。呵呵：摹声词，螟蛉与螺蠃的响声。婴：遭受。祸罗：灾祸织就的罗网。唐杜甫《前出塞》："公家有程期，亡命婴祸罗。"

[27] 暎：同"映"，映现。水萍：水中浮萍。风絮：随风飘飞的絮花。定：安。

[28] 碧山：指"碧山吟社"。明成化年间（1464—1487），无锡秦旭于惠山寺龙泉精舍筑堂结社，初名"十字社"，后改名"碧山吟社"。因无锡位于太湖东侧，故"碧山"借指太湖。银鱼：古称"脍残鱼"，因体长透明，色泽如银而得名。明代，太湖银鱼、松江鲈鱼、黄河鲤鱼和长江鲥鱼，并称四大名鱼。青樽：犹言"金樽"，指精美酒具。绿蚁：新酿之酒，未经滤清之时，酒面漂浮有酒渣，色泽呈现淡绿色，形状如蚁，故曰"绿蚁"。后世借指新酒。

[29] 归：回程。

[30] 卜：占卜。层阴：密布、厚重的云层。

简析：

这首诗是诗人与友人游览时所作。该诗可分为两部分。"忆昔"以下五十句为第一部分，叙写诗人游览含风岭时归隐山林、啸朋唤友、探幽览胜、日暮而归、望月遐思等情境。又可细分为六个小意群。"忆昔"以下八句，叙写诗人追忆筑庐山阿，青山白云相映衬的闲适生活；随性携笔流连翰林院，晓猿哀鸣、夜鹤苦啼，诗人并不挂碍。今时今日，春风乍起，堤柳返青，驾车欲游春山。高阳社畔，盛邀故人；杏花村前，载酒举尊，意气前行含风岭。"村烟"八句叙写初入含风岭情形。千岩万嶂，山色入目而来；路石偶有神羊状，风动树枝声如仙鸾鸣啼；众峰崔嵬四周聚集，山路狭窄只容单车行；偶闻鸡鸣犬吠，却与凡世不同；柴扉茅屋，高悬山崖造天际。"天际"八句叙写诗人登缘含风岭所见之风光。天空烟雾横斜无定，怪石形态各异；蓬松青草长满山间开阔高地，诗人一行步履小心，深恐踩踏青青芽；寒泉一股高岸落，水奔桥头隐而不现；溪水潜流二百步，山门忽然冒头、澄净如练。"造化"八句，诗人惊叹自然造化神奇，感慨无法穷究，隐居之人、名胜之地，再逢无由。诗人举杯笑傲白云间，就此即为蓬莱宫。不仅如此，诗人还称言含风岭隔绝红尘，与尘俗之人而言，犹如神人居于蓬莱宫；更是相信洞府别有天地，不知寄身于世，谁为客？"渔人"八句，面对洞天之地，诗人借由陶潜《桃花源记》和任昉《述异记》中"烂柯"之典，诗人抒发了物是人非之感。屋舍白云相绕，道士相看懒扫庭除；高处小径、微茫小路，杳远不知方向；偶见狂放之客攀缘树木，迅疾如同飞鸟。"返炤"以下十句，诗人黄昏之时，踏上返程之路，皓月悄至，月光辉耀金银台。面对此景，诗人念及一行漫游舍风岭的活动，如同仙人授江淹梦花之笔，才有佳赋问世；呼友携朋、纵酒高歌、漫寻野梅；孙登长啸山林，杯满美酒醉颜赤，喜看螟蛉螺蠃相啼鸣，不以尘世笑骂而挂怀，更能避乱远祸。"君不见"以下九句为诗篇第二部分，叙写了游览之后的感触。诗人感喟人生易老，水面萍草、风中絮花，无有定所。诗人畅想太湖银鱼之美味，金樽美酒邀友共饮的场景；回味今时云满岩峦风满山林的感受，诗人劝说友人勿要轻生回归尘世之心。这不仅是因为山林之景，令人陶醉，更是因为不知何日才能重游此地。回首瞻望舍风岭，山涧树木被层云笼罩，诗人感喟之情，言尽意无穷。

五言律诗

冯宫詹邀同焦漪园夜饮遇雨呈谢四首[1]

其一

杯酒论文日，相看青眼开[2]。尘挥飞玉屑，花落点金罍[3]。残暑随风尽，新凉逐雨来[4]。共怜陶谢手，秋赋好重裁[5]。

注释：

[1] 冯宫詹：指冯琦（1558—1604），字用韫，号琢菴，临朐（今山东省临朐县）人。万历五年（1577）丁丑科进士，名列二甲第22名。选庶吉士，授翰林院编修。十六年（1588），曾任湖广乡试主考；十七年（1589），任经筵日讲官；十九年（1591），进左庶子；二十一年（1593），进少詹事兼翰林院侍读学士学院事，二十二年（1595），迁礼部右侍郎；二十九年（1601），进礼部左侍郎、拜礼部尚书，仍兼翰林院学士。三十二年（1604），卒于任上。赠太子少保。其著作存《宗伯集》（81卷）、《北海集》（46卷）、《宋史纪事本末》等。《明史》卷216有本传。宫詹：太子詹事的简称。邀同：邀约别人一起。焦漪园：见"七言古诗"之《送傅汤铭之南都司业兼怀焦漪园》注释[1]。呈谢：呈，恭敬进献；谢，谢意。

[2] 杯酒：小酌。青眼：青，即黑色。黑色的眼珠位于眼睛中部，青眼看人表示对人的尊重和喜爱，与"白眼"相对。开：睁开。

[3] 挥：舞动。玉屑：本指玉的碎末，此处比喻美妙的文辞。点：点缀。金罍：本指饰金的大型酒器，此处指酒杯。

[4] 尽：完尽、结束。逐：追逐。

[5] 怜：同情。陶谢：指东晋陶渊明与南朝刘宋谢灵运。这两位诗人在诗文创作上都取得了较高成就。手：此处指陶、谢二人的艺术创作技巧。秋赋：描写、颂赞秋天景色的诗文。裁：安排取舍。

简析：

这四首诗是诗人与友人宴饮时所作酬答之辞。这是第一首，描叙友人杯酒论文，相谈甚欢的场景。首联点明今日相聚是为饮酒论文，友人间言笑晏晏。颔联则以"玉屑""繁花"比喻美妙文辞，友人共聚席间，佳句频现。颈联转而描写雨随风来，回扣诗题。尾联称颂陶渊明和谢灵运高妙的艺术成绩，并表达欲谱新篇的志向。

其二

风雨青尊夕，梧桐白露秋[1]。宴开金马主（即用掌院事），客有老龙头[2]。

炬作莲花吐，杯看竹叶浮[3]。高谈浑不尽，良夜自悠悠[4]。

注释：

[1] 青尊：酒杯。

[2] 金马主：金马，此处指翰林院。宋徐铉《柳枝》词云："金马词臣赋小诗，梨园弟子唱新词。"掌院事，此处指翰林院掌院事，是翰林院最高长官。龙头：状元的别称。唐黄滔《辄吟七言四韵攀寄翁文尧拾遗》诗："龙头龙尾前年梦，今日须怜应若神。"旧注："滔卯年冬在宛陵，梦文尧作状头及第。"此处指焦竑，其在明神宗万历十七年（1589），会试北京，中一甲第一名进士，即状元。

[3] 炬：蜡烛。吐：吐焰。杯：本指酒杯，此处指杯中之酒。浮：浮动。

[4] 高谈：高谈阔论，形容气氛好。浑：浑然，不知不觉。良：长。悠悠：悠远。

简析：

这首诗描写了友人在宴席上秉烛高谈，不觉夜深的情境。首联点题。"风雨"点明天气，"青尊"指代宴席，"梧桐"和"白露"指明时令。颔联点明宴席举办的地点和宾客。颈联描绘宴席盛况，烛火如同莲花硕大、美酒清冽倒映竹叶。尾联描写热烈的宴席气氛，高谈不觉夜深。

其三

哀时及词客，惜夜且芳醺[1]。海水东流黑，胡天北望青[2]。钟分长乐殿，人醉草玄亭[3]。不是宵来雨，还应见德星[4]。

注释：

[1] 词客：擅长文辞的游子。芳醺：芳，芳草；醺，同"熏"，熏染。

[2] 黑：黑暗。胡天：本指胡人居住地域的天空，此处指北方。青：黑色，黑暗。

[3] 长乐：指汉代长乐宫，意为"长久快乐"。长乐宫是西汉皇家宫殿群组成部分，与建章宫、未央宫同为汉代三大宫。汉高祖时，由秦兴乐宫改建而成。汉惠帝之后，其为吕后所居，故址在今陕西省西安市西北郊一带。草玄：草，写作；玄，指《太玄》。典出《汉书·扬雄传下》："哀帝时，丁、傅、董贤用事，诸附离之者或起家至二千石。时雄方草《太玄》，有以自守，泊如也。"其后以"草玄"指淡泊名利、潜心著述之人。后世将扬雄在长安隐居之处，称为草玄亭。

[4] 不是：如果不是。宵：夜晚。德星：古人认为景星、岁星（即木星）等为德星，只有国有道或贤人出世，德星才会显现。

简析：

这首诗描写诗人深夜所闻所见所思。首联以哀怜人生最易触动文人情怀起篇，却又无能为力，只能暂且夜饮遣怀、芳熏自珍。颔联以东望海水流向寥廓天际，北望胡天辽远空廓之景象，抒发诗人岁月流逝、时不我待、家国万事俱起，尤以胡人寇侵北疆为甚的时局之感。颈联则以汉代长乐宫和草玄亭，比况夜游之时，其地精美、其乐悦耳、其情欢娱的场景。尾联则抒写了诗人夜游的遗憾。如若不是夜雨不期而至，诗人还能看到夜空中明亮的岁星。

其四

总对文章伯,其如朴樕才[1]。谈天碣石近,擎筑酒人猜[2]。
紫燕穿云出,朱华冒雨开[3]。由来为幽兴,欲去重徘徊[4]。

注释:

[1]文章伯:对文章大家名家的尊称。宋代曾巩《寄致仕欧阳少师》诗:"四海文章伯,三朝社稷臣。"朴樕才:亦作"朴遫"。本指小树。《诗·召南·野有死麕》:"林有朴樕,野有死鹿。"《毛传》:"朴樕,小木也。"其后多用以比喻浅陋、平庸。亦用为谦词。唐杜牧《贺平党项表》:"臣僻左小郡,朴樕散材,空过流年,徒生圣代。"

[2]谈天:指指战国齐阴阳家邹衍的思想,多论及"五德终始"等天事与人事的关系,故而云"谈天术"。碣石:指碣石宫。这是战国时燕昭王为齐邹衍所兴建的大型房屋。因地近碣石,故名。擎筑:指战国时期燕国琴师高渐离,擅长击筑,与荆轲为好友。后曾在秦国朝堂持筑欲刺杀始皇,事败被杀。酒人:指战国时期燕国勇士荆轲。《史记·刺客列传》:"荆轲虽游于酒人乎,然其为人沈深好书。"猜:猜拳。据明代陆容(1436—1497)《菽园杂记》:"今人以猜拳为藏阄,殷仲堪与桓玄共藏钩,顾恺之取钩,桓遂胜。或言钩弋夫人手拳曲,时人效之,因为此戏。"这是一种猜测对方手中所藏东西或对手出几个手指的游戏,与今天猜拳游戏规则不同。

[3]紫燕:一种燕子的名称,因多见于古越地,又称"越燕"。《尔雅翼·释鸟》:"越燕,小而多声,颔下紫,巢於门楣上,谓之紫燕,亦谓之汉燕。"朱华:泛指红色花朵。冒雨:顶着雨水。

[4]幽:上古九州之一,约相当于今河北省北部、辽宁省南部一带,是战国时期燕国实际控制地域。兴:兴盛、强大。去:离开。重:又一次。

简析:

这首诗描写了诗人对焦竑的颂赞之情。首联以"文章伯"称赞焦竑的文坛地位及影响,又以"朴樕才"总括其朴质守拙的个性。颔联以战国燕昭王筑碣石宫延揽邹衍和荆轲、高渐离酒酣高歌的故实，自况此刻夜游之地，友人之间，言谈之形、痛饮之况、高歌之狂。颈联以紫燕穿云而出、红花冒雨而开的景象，寄托了诗人不惧风雨、愈挫愈坚的理想人格。尾联则点明自己平生志向——力图收复被异族所占国土，即使诗人已有归乡之念，也难舍初心。

山行拟访周荇浦不果。已而，过其先中宪廉宪二公所建塔庙，读遗碑及荇浦所撰新碑有感却寄二首[1]

其一

忆戴翻中辍，逃禅又此经[2]。古碑分藓绿，高塔乱松青[3]。
文采征家世，功施及杳冥[4]。踟蹰回望处，寒色满郊坰[5]。

注释：

[1] 周荇浦，未详其人。

[2] 忆戴：典出《世说新语》之"任诞"中所记王子猷雪夜忽忆戴安道，乘舟至剡，经宿而至，造门不入之事。后世借"忆戴"指想念友人。翻：同"返"，归程、回程。辍：停止。逃禅：逃，同"逃"；逃出禅戒、跳出窠臼。此经：经此，经过此地，指周氏二公所建塔庙。

[3] 分：长出。藓：苔藓。绿：青中带黄的颜色。乱：混杂。

[4] 文采：文章。征：验证。施：给予。杳冥：指天际、高远之处。

[5] 坰：《说文》云："邑外谓之郊，郊外谓之牧，牧外谓之野，野外谓之林，林外谓之坰。象远界也。"指城邑的远郊。

简析：

这首诗与下首诗是诗人追忆周中宪和周廉宪两位先生生平事迹而作。

此诗描写诗人访友未遇，路经二周先生所建塔庙的所见所感。诗篇首联以南朝王子猷雪夜访戴安道之典，点出诗人访友未遇，但经由二周先生所建塔庙，颇有感触。颔联则具体描写了塔庙的景象，古碑已然生苔藓，高塔与青松杂处，想见此地已久未有人寻访。颈联则是追忆二周先生文章名世，皆因家世传统；再以周荇浦今时之名，更是验证家世传统的影响；并进而断言功德必将延续后世无穷。尾联则叙写徘徊塔庙，回望城邑，遥忆二周先生，言尽意无穷。

其二

丰石峨双峙，居然见古今[1]。青镌犹在眼，白发漫伤心[2]。
倦马嘶盘迳，寒鸦集暝林[3]。苏门无客啸，归云独行吟[4]。

注释：

[1] 峨：山势高大。居然：安然、自然。

[2] 镌：镌刻之迹。漫：徒增。

[3] 盘迳：盘，盘旋；迳，同"径"，山路。集：停留。暝林：幽暗的树林。

[4] 苏门：山名。又名苏岭、白门山，约在今河南省辉县西北。西晋著名隐士孙登曾隐居此地。后世借以指高洁隐士。客啸：即"长啸苏门"之简称。典出《晋书·阮籍传》："籍尝于苏门山遇孙登，与商略终古及栖神导气之术。登皆不应，籍因长啸而退。至半岭，闻有声若鸾凤之音，响乎岩谷，乃登之啸也。"后以"苏门啸"指啸咏。亦比喻高士的情趣。

简析：

此诗抒发了人事变迁之感，表达了诗人决意归隐的心志。首联以经历百年风雨依然屹立的石碑为引子，抒发了时代和人事兴衰的感慨。颔联点明碑文。诗人读之，感慨白发已生，徒增伤感。颈联以物状人。倦马嘶鸣于盘旋之路，寒鸦停居幽暗林中。动静结合之间，诗人倦游之情形与欲归之心境呼之欲出。尾联描述诗人此行未遇如同西晋孙登苏门长啸之事，但其并不悲观。面对归云，诗人独自行吟，不改归隐之志。

喜张怀海山人造访瓦庄四首

——山人，故诸生；精地理卜算之术[1]

其一

一别余十载，重逢已二毛[2]。风云思欲尽，湖海兴犹豪[3]。
囊括青山色，谈飞大海涛[4]。却羞曼倩冷，不敢问绨袍[5]。

注释：

[1] 张怀海山人：未详其人。从诗篇内容来看，周氏应与其相识已久。造访：拜访。瓦庄：犹言"瓦屋"，本指以瓦片为屋顶的房舍，此处指周氏归家所建瓦庄楼。诸生：明清时期，经考试被录取而进入县、州、府各级官学的生员。

[2] 逢：同"逢"。二毛：鬓发呈现黑白两种颜色，指岁月变迁、物是人非。

[3] 湖海：泛指天下。兴：犹言情志。豪：豪迈。

[4] 囊括：包罗。谈飞：笑谈。

[5] 曼倩：西汉武帝时期东方朔的字。东方朔（约公元前161—前93），字曼倩，平原厌次（今山东省惠民县）人。西汉武帝时期著名辞赋家，以性格诙谐、急智滑稽著称。冷：冷漠。绨袍：绨，光滑厚实的丝织物。典出《史记·范雎蔡泽列传》。据史载，范雎曾欲事魏中大夫须贾，因须贾怀疑范雎通齐，毁之魏相齐，鞭笞范雎，几死。后范雎为秦相，须贾出使秦国。范雎敝衣相见，须贾赠以绨袍；待其知晓范雎昔日之事，惶恐请罪，范雎感其赠袍之情，终而宽之。后世借指眷念故旧之情。

简析：

这四首诗是诗人抒发友人张怀海造访的欣喜之情。

这首诗叙写与友人多年未见，再见之时的感慨。首联以"赋"构句，描写了诗人与友人阔别已有几十年，重逢之时，二人已是衰老之貌。颔联抒发岁月虽晚，壮志已颓，但寄情湖海之情犹在。面对岁月流逝、容华渐退的现实，诗人坦言风云雄起之心将尽，但寄情湖海之志趣犹存。颈联具象化描述了诗人的湖海之情。阅尽万千青山色，笑谈四海洪涛扬。尾联以东方朔和范雎之故实，表达了欲将心志告知友人，却又担心友人无意接纳的复杂心绪。

其二

证禅新茹素，投笔罢题桥[1]。指点千峰远，遨游万国遥[2]。
世谁容潦落，君自托鹪鹩[3]。握手平郊外，春风绿麦苗[4]。

注释：

[1] 证禅：参悟禅理。茹素：进素食，不沾荤腥等刺激性食物的饮

食习惯。投笔：停笔。题桥："题桥柱"的简称。据晋常璩《华阳国志·蜀志》云："城（蜀都，即成都）北十里有晒壬桥，有送客观。司马相如初入长安，题其门曰：'不乘赤车驷马，不过汝下。'"此后以"题桥柱"比喻对功名利禄的追求。

[2] 指点：用手指指示。千峰：形容山峰众多。遨游：漫游。万国：万邦。

[3] 容：容纳。濩落：本指廓落，空旷的样子。此处指气度非凡之士。唐王昌龄《赠宇文中丞》诗："仆本濩落人，辱当州郡使。"托：寄。鹪鹩：一种鸟。据《庄子·逍遥游》云："鹪鹩巢於深林，不过一枝。"又据晋张华《鹪鹩赋·序》云："鹪鹩，小鸟也，生於蒿莱之间，长於藩篱之下，翔集寻常之内，而生生之理足矣。"这种鸟，体型小，居处多为卑地，故而后世以之比喻弱小者。

[4] 平郊：平畴开阔的城外。绿：吹绿。

简析：

这首诗描写了友人数十年的生活经历。首联描写了友人弃文信佛的生活转变。友人弃笔不再追求功名利禄，转而"参禅"与"茹素"。颔联描述了皈依佛门之后的生活。跋涉山水，千峰尽指点；远游宇内，万国几游遍。颈联则是诗人对友人人生际遇的感喟。俗世难容濩落疏旷之士，友人无奈自比鹪鹩，托身弱小群体。尾联描写了两人执手平野，满目春色之状。平野之上，两人执手相望，春风吹绿万千麦苗。

其三

有意从詹尹，逢君喜气饶[1]。几怜秦地脉，曾柱汉官镖[2]。
天意存龟策，人生但鹿蕉[3]。请推何代客，犯斗上青霄[4]。

注释：

[1] 詹尹：战国时期楚国一位擅长卜筮的人。《楚辞·卜居》："心烦虑乱，不知所从。往见太卜郑詹尹。"汉王逸《楚辞章句》云："郑詹尹，工姓名也。"饶：多。

[2] 怜：同情。秦：指战国时期秦国地域。地脉：在封建迷信中，风水说中描述地形的用语。汉官镖：汉官，指汉朝；镖，本义指刀鞘末端

起装饰作用的铜具。此处借指武力。

［3］龟策：本指龟甲与蓍草。上古占卜用具，以此断吉凶。鹿蕉：典出《列子·周穆王》。其文云："郑人有薪于野者，偶骇鹿，御而击之，毙之。恐人见之也，遽而藏诸隍中，覆之以蕉。不胜其喜。俄而遗其所藏之处，遂以为梦焉。"后世以"鹿蕉"比喻得失荣辱如梦幻。

［4］推：推衍，指用占卜预测。犯斗：典出晋张华《博物志》，据传天河与海相通，有人居海渚，见每年八月木舟按期往来，绝不失期；故携粮乘筏，泛流至天河，遇牛郎织女。后世借指登天之举。

简析：
这首诗抒写了天命或可知，然而人世盛衰离散荣辱却无从预知的感慨。首联描述了友人立志追蹈詹尹的心志。友人追慕詹尹之事，皆因渴望能如同其与明君相遇的故实，得擅其能。颔联描述了秦地虽饶富王气，但最终被汉朝武力所攻占。颈联抒写天命或可揣度，人生变化却无常的感喟。尾联描写诗人请友人占卜，预测何代有可能上青霄的情形。

其四

葱郁瞻佳气，徘徊向远皋[1]。买山钱未办，问卜意空劳[2]。
术羡年来验，名知老去高[3]。相看人世外，短发任兰骚[4]。

注释：
［1］皋：同"皋"，水边之高地。
［2］买山：购买田舍和土地，借指归隐之意。劳：烦劳。
［3］术：同"术"，此处指方士。年来：时间迁移。验：验证。名：名望。高：尊崇。
［4］短发：断发，即剪短长发。这是越地风俗之一。典出《庄子·逍遥游》："宋人次章甫而适越，越人断发文身，无所用之。"此处指代南方地区。兰骚：兰，兰蕙；骚，《离骚》。此处以屈原《离骚》中的"香草"意象来隐喻高洁。

简析：
这首诗抒写了诗人劝慰友人莫因俗事而伤怀的情感。

首联叙写与友人眺望之情形。万物新生，郁郁葱葱，佳气蕴藉其间；徜徉流连，远处水边高地，引其注目。颔联叙写诗人自身烦苦之思。欲购归隐之地，奈何囊中羞涩；问卜探询，徒费友人心智。颈联是诗人劝勉友人之语。数术灵验需时间验证，名声高绝年老方显，劝慰友人莫伤岁月流逝。尾联再进一步劝慰友人。即使未有术灵名高之成就，友人亦可断发寻芳，寄情山水。

蓟门早秋[1]

凉气蓟门早，萧条忽已秋[2]。遥天鸿欲度，落日火初流[3]。
野旷悲清角，烟寒幕戍楼[4]。风霜自臣节，肯为叹淹留[5]。

注释：

[1] 蓟门：亦作"蓟邱"，古地名。故址在今北京德胜门外西北约五里之地。明沉榜《宛署杂记·古迹》："蓟丘，在县西德胜门外五里西北隅，即古蓟门也。旧有楼台并废，止存二土阜，旁多林木，翳郁苍翠，为京师八景之一，名曰'蓟门烟树'"。早秋：初秋。

[2] 萧条：植物凋零。

[3] 遥天：高远的天际。度：飞跃。

[4] 野旷：田野空旷。清角：清越的号角。烟寒：烟气寒冷。戍楼：本指边境驻军的瞭望台，此处指军队戍守的关隘。

[5] 风霜：疾风与寒霜，喻各种困难。臣节：臣子的节操。淹留：长时间滞留。

简析：

这首诗通过描写蓟门早秋之景象，抒发了诗人风霜知节义，誓言久持的心志。首联诗人总括了蓟门早秋之气象。其一为凉气早至，其二为萧条急遽。颔联则以描绘具象景物来表现蓟门早秋。鸿雁欲征远天际，暑火渐退落日颓。颈联描绘了蓟门早秋的悲凉。秋来天高野旷清角悲音起，青烟漫起遮掩戍楼寒衣倍增。尾联则以风霜见物性，兴起时危见臣节之感喟，并矢志秉持不移。

黄平倩病起，偕区用孺林咨伯过访留饮四首，时食蜀鱼[1]

其一

金茎露欲满，蜀客渴初除[2]。知己同幽思，联镳问索居[3]。
星河庭树杪，意气酒杯余[4]。刻烛新篇在，谁当步子虚[5]。

注释：

[1] 黄平倩：即黄辉（1559—1612），字平倩、昭素，号慎轩，南充高坪人（今四川省南充市）。明神宗万历二年（1574），以15岁之龄中解元；万历十七年（1589）己丑科进士，二甲第24名。初选为翰林院庶吉士，为编修。迁右春坊右中允，为皇长子讲官，升少詹事兼侍读学士，卒于官位。黄辉居官清正，诗文、书画与陶望龄、董其昌齐名，为时所推重。著有《始春堂集》《铁庵诗选》。病起：生病痊愈。偕：一起。区用孺：即区大相（？—1614），字用孺，号海目，高明（今广东省佛山市）人。一门三才俊，其与兄区大枢于万历癸酉（1589）乡试中举，与其弟区大伦于万历十七年（1589）同中己丑科进士。兄弟二人同授翰林检讨，共修国史，历任赞善中允，掌制诰，南京太仆丞。万历三十六年（1608）称病归乡，后病逝家乡。有《太史诗集》《图南集》和《制诰馆课杂文》等。工诗，尤严格律，是明代岭南诗派代表人物之一。林咨伯：即林尧俞（1558—1626），字咨伯，号兼宇，莆田（今福建省莆田市）人。明万历十七年（1589）进士，授庶吉士，东宫詹事府赞善中允，东宫左谕德兼侍讲、南京国子监祭酒，礼部左侍郎，礼部尚书兼翰林院学士。后辞官归家。有《溪堂文集》《溪堂诗集》和《玉恩堂存稿》存世。善书法。其诗，《明诗综》称："温润典则，浏丽轻飏。见若其易，而不知其磨错之难。卑不可抑，高不可亢，浅而有章，深而不穷。"过访：登门探视问候。

[2] 金茎：古代用来擎举承接露水圆盘的铜柱。班固《两都赋·西都赋》云："抗仙掌以承露，擢双立之金茎。"李善注："金茎，铜柱也。"蜀客：此处指西汉司马相如，因其为蜀郡人，故称。前蜀韦庄《乞彩笺歌》："蜀客才多染不供，卓文醉后开无力。"渴：指"消渴疾"，一种疾病，症状表现为多饮、多食、多尿、体形消瘦等，包括糖尿病和尿崩症。

《史记·司马相如列传》云:"相如口吃而善著书,常有消渴疾。"除:祛除。

[3] 幽思:深藏内心的情感。联镳:联,并联;镳,本指马嚼子两端外露在马口之外的部分。此犹言共同进退。索居:离群独居。

[4] 星河:指银河。庭树:庭院之中的树木。杪:树梢。意气:志气。余:余酒。

[5] 刻烛:典出《南史·王僧孺传》,其云:"竟陵王子良尝夜集学士,刻烛为诗,四韵者则刻一寸,以此为率。文琰曰:'顿烧一寸烛,而成四韵诗,何难之有。'"后世用以比喻文思敏捷、诗才出众。步:追随、效法。子虚:指西汉司马相如的《子虚赋》。在赋体文学发展史上,《子虚》影响较大。其后,以此借指文学成就影响较大的作品。晋左思《咏史》诗之一:"著论准《过秦》,作赋拟《子虚》。"

简析:

这四首诗是诗人偕区大相、林尧俞二人探望生病友人黄辉所作,叙写黄辉留饮友人,言谈欢愉的情形。

这首诗叙写西汉司马相如之故实,比况友人黄辉之才。首联以西汉未央承露金人和蜀客消渴疾初愈,叙写武帝时期蜀郡司马相如之典。借此,叙写黄辉故地与大病初愈之事。颔联抒写听闻黄辉病起,诗人与友人相携探访。颈联描绘友人夜饮欢娱之情形。星河璀璨辉映庭树之端,意气勃发充盈觥筹交错之间。尾联则以叙写黄辉才思之敏和文章之高作结。新篇立成刻烛间,为文直追子虚赋。

其二

小苑凉先得,清谈夜未央[1]。经旬怜寂寞,把袂已飞扬[2]。
暗响风传漏,斜晖月度墙[3]。偏宜银汉近,千顷共汪洋[4]。

注释:

[1] 清谈:闲谈。未央:未尽。

[2] 把袂:把,握紧;袂,衣袖。此指握手或挽臂。南朝梁元帝萧绎《与萧挹书》:"何时把袂,共披心腹。"飞扬:精神振奋、意气昂扬。

[3] 暗响:昏暗之处的声音。漏:更漏声。斜晖:黄昏时分西斜的

阳光。度：攀爬。

[4] 偏宜：正好、合宜。银汉：天河。汪洋：本指水势浩大的样子，此处指满天繁星、星光灿烂。

简析：

这首诗描写了友人言谈相欢，不知更深夜沉；皎洁月光慢度苑墙，夜空星月辉映的景象。首联以小苑易生凉意起篇，暗示夜晚已近；但友人交谈欢娱，不知不觉已然夜深之时。颔联则描写了黄辉因病经旬累月，心寂情寥；今时友人探访，执手把袂，燕谈晏晏，神色飞舞。颈联则描写了夜静之时，暗影之处偶有响动，更漏之声随风而来；月光斜照、月影慢度墙头的景象，暗示着友人欢谈不觉夜深更重。尾联描写夜空景象。诗人谓月因正好接近银汉，故而两相辉映，共有星光灿烂。

其三

入牖芸香细，开樽竹叶新[1]。宁须投辖欸，转为闭关亲[2]。
妙辨闻非马，嘉餐出素鳞[3]。寒蛰秋草里，似我和歌频[4]。

注释：

[1] 牖：旧时建筑中，堂与屋之间的窗户。芸香：香草名。晋成公绥《芸香赋》："美芸香之修洁，禀阴阳之淑精。"樽：酒杯。竹叶：指"竹叶青"，美酒名。

[2] 投：放置、停置。辖：车轴顶端贯穿的小铁棍，约束车轮，使其不至于脱落。欸：象声词，本指摇橹声，此处指车轴转动的声音。闭关：闭门谢客。

[3] 妙辨：也做"妙辩"，圆融无碍的言辞和辩言。非马："白马非马辩"的简称。这是我国战国时期名家学者公孙龙的著名论辩命题。嘉餐：佳肴。素鳞：本指白色的鱼，后泛指鱼。

[4] 寒蛰：因寒而蛰居。和歌：指酬答、唱和而作的诗歌。频：频繁、多次。

简析：

这首诗描写视角转入屋舍之内，叙写友人重就酒席，高谈阔论之情形。首联以"入牖"承第二首诗意而下，转入描写屋舍之内。芸草所制细香，淡淡盈室；换盏新开黄酒，浓浓情谊。颔联抒写友人驻车谢俗客，只愿与友亲近而不肯理俗尘杂事之心。颈联则描述了黄辉居家与友人所论和所食之情形。友人所论多为形名之辩，高妙超绝；所食佳肴多见素鳞，情深义重。尾联描述了黄辉虽因病而暂停官事，但常与友人唱和，并不孤寂之情形。

其四

贳酒怡燕市，论文况北扉[1]。月看三峡近，鱼带锦江肥[2]。
夜色开轩霁，秋声出树微[3]。从来愁肺病，饮此忽忘归[4]。

注释：

[1]贳：赊买。《说文》："贳，贷也。"燕市：指燕京，即今北京市。北扉：本指北向的门。宋沈括《梦溪笔谈·故事一》："唐制……又学士院北扉者，为其在浴堂之南，便于应召。"因以"北扉"为学士院的代称。此处借指学士。

[2]锦江：岷江的支流，在今四川省成都平原。据三国蜀谯周《益州志》云："成都织锦既成，濯於江水，其文分明，胜於初成；他水濯之，不如江水也。"

[3]开轩：开窗。霁：雨雪停息，天色放晴。秋声：秋天自然界的声响。出树：高出树梢。微：细小。

[4]忘归：忘返。

简析：

该诗首联描写友人饮酒论文之情状，抒发意气豪迈、志气超群之感。友人燕市赊酒而饮，一如昔日易水送别之豪壮；论文皆为翰林学士，学识超群、志气高洁。颔联抒发友人黄辉望月思乡、睹物思人的情感。明月当空，映照宇内，三峡仿佛犹在目前；宴席中，素鳞肥美，味带锦江之感。颈联描写夜来微雨停歇，秋声生发树梢的情境。尾联以与友欢饮可以疗治肺病作结。

得区林二丈邻居诗，独恨敝居之远，奉和自慰[1]

卜居燕市里，颇亦远风尘[2]。绿树闻黄鸟，金盘俯锦鳞[3]。
草玄宁寂寞，辟世故沉沦[4]。二妙如相忆，天涯是比邻[5]。

注释：

[1] 区林二丈：从诗作来看，其人应在燕京城中与周氏比邻而居，但未详其人。恨：遗憾。敝居：自谦之语，谓居所简陋。和：和诗。

[2] 卜居：选择居住的处所和地区。《史记·周本纪》云："成王使召公卜居，居九鼎焉。"燕市：指燕京，即明朝都城北京。远：远离、避开。风尘：本指被风吹起而飞扬的尘土，此处借指纷扰的生活现实。

[3] 绿树：青翠的树木。黄鸟：即黄莺鸟。《尔雅·释鸟》："皇，黄鸟。"郭璞注："俗呼黄离留，亦名搏黍。"郝懿行义疏："按此即今之黄雀，其形如雀而黄，故名黄鸟，又名搏黍，非黄离留也。"金盘：黄金制成的餐盘，极言其奢华。东汉辛延年《羽林郎》："就我求珍肴，金盘脍鲤鱼。"俯：卧伏。锦鳞：传说中的一种鲤鱼。

[4] 草玄：见《冯宫詹邀同焦漪园夜饮遇雨呈谢四首其三》释条[3]。辟世：避世。沉沦：此处指潜心经典。

[5] 二妙：此处应指唐代善于裁断剖析的韦维和善于作诗的宋之问。比邻：近邻。

简析：

这是诗人答谢友人赠诗而作。诗作抒发了思念隐居燕市之中的老丈，并以知音视之的感情。首联描写了老丈身居燕京闹市之中，却远离风尘杂事的生活。颔联描写了燕京高门显贵奢华的生活场景。青翠树木丛生，黄莺声闻其间；金盘罗列席宴，锦鳞佳肴满目。颈联则描写了老丈甘于寂寞的生活志趣。老丈淡泊名利，一心求玄；避世之纷扰，潜心经典。尾联则直抒胸臆。诗人借唐人韦维和宋之问二妙相得之典，比况与老丈如二妙相忆，即使遥隔天涯，亦如比邻。

九日饮兴德寺池台二首[1]

其一

古寺青林外，平台绿水涯[2]。寒塘双鸟影，曲岸几人家[3]。
萸酒芳樽媚，檀阴绮席斜[4]。君恩偏侍从，特许醉黄花[5]。

注释：

[1] 九日：指九月九日，即重阳节。兴德寺：故址在今北京市西海南岸。原为元代龙泉寺遗址，后因战火被毁。明正统十二年（1447），阮姓太建宅第，于地下得一石碑，始知此地原委，故改建为寺。明正统帝赐名为兴德寺。寺后有大小约一亩见方的平台，登台可见西海。其后毁于战火。

[2] 青林：苍翠的树林。绿水：碧绿的湖水，指西海。

[3] 寒塘：寒冷的池塘。唐王维《奉寄韦太守陟》："寒塘映衰草，高馆落疏桐。"曲岸：弯弯曲曲的湖岸。卢照邻《曲池荷》："浮香绕曲岸，圆影覆华池。"

[4] 萸酒：即茱萸酒。白居易《九日登巴台》："闲听竹枝曲，浅酌茱萸杯。"芳樽：亦作"芳尊"，精致的酒具。唐代李颀《夏宴张兵曹东堂》诗："云峯峨峨自冰雪，坐对芳罇不知热。"檀：青檀树。阴：背阳为阴。绮席：指华丽的坐具。唐太宗李世民《帝京篇》（其八）："玉酒泛云罍，兰殽陈绮席。"

[5] 偏：偏私。黄花：菊花酒的别称。唐杜甫《九日登梓州城》诗："伊昔黄花酒，如今白发翁。"

简析：

这两首诗是诗人在重阳节游览兴德寺，于池台饮酒所作。

这首诗描写了在兴德寺池台饮酒之时所见之景。首联点出诗人重九饮酒之处。其在青翠林木环绕的古寺之外，池水之旁平台之上。颔联描写了诗人所见之景。深秋池塘仍见双栖双飞的鸟儿，弯曲的池岸边罕见人家。颈联描写诗人重九饮酒之情形。茱萸酒冽、菊花香飘、壶樽器佳，争媚斗艳；青檀树荫、绮美坐席、斜依众人，意雅情愉。尾联以"君恩"作结。

诗人描写今日之欢,颂赞帝王对文学之士的殊遇。

其二

水色侵衣上,花香绕座闻[1]。帝城连远浦,宾雁入寒云[2]。
树杪千山响,池边众壑分[3]。夕烟天阙北,回望正氤氲[4]。

注释:

[1]侵:渐进、逐渐地。

[2]浦:水滨。宾雁:指鸿雁。出自《礼记·月令》:"季秋之月,鸿雁来宾。"

[3]杪:树梢。响:鸿雁鸣叫之回音。

[4]天阙:本指天上的宫阙,此处指天子居住的宫殿。氤氲:烟气缭绕、弥漫的样子。

简析:

这首诗描绘了重阳时节燕京之气象。首联描绘池台的环境。水色寒意上罗衣,花香绕座时时闻。颔联以全景描绘燕京重阳景象。燕京阔大远连易水之滨,北来鸿雁穿云而来。颈联以近景描绘池台所见秋景。树梢回响远山雁鸣之声,池边水退众壑鲜明。尾联描摹黄昏烟气弥漫宫阙之象,暗指心系君王、深忧政事的情感。

崔昌平公精医善诗胶东之世族也;谢政东归后,复归道京,叙别。因感旧雅得诗四首赠焉[1]

其一

偏爱沉冥趣,聊同汗漫游[2]。越坛原结雉,齐海暂辞鸥[3]。
道大同春易,心闲觅句幽[4]。故山猿鹤侣,莫谩梦相求[5]。

注释:

[1]崔昌平:未详其人。胶东:明代胶东地区包括登州府(治所在今山东省蓬莱市)和莱州府(治所在今山东省莱州市),区域包括今青岛及烟台、威海全部区域。谢政:辞官归乡。道京:取道京师。感旧:感念

旧情。雅得：平素创作。

[2] 沉：沉浸。冥趣：玄妙之趣。聊：聊且。同：一道。汗：出汗。漫游：随性、随意游玩。

[3] 越坛：越地高坛。原：同"缘"。齐海：齐地海岸。

[4] 道大：大道。同：和同。易：变迁。觅：寻觅。

[5] 故山：故乡之山。侣：伴。谩：自欺。

简析：

这四首诗是崔昌平辞官归乡之后，再次归京取道。诗人与其叙别，集平素所作以表心意。

这首诗总括崔氏辞官归乡后的生活。首联描述崔氏沉浸玄理仙道，与友结伴漫游山水。颔联则以典型事例叙写其游历之广。南下越地高坛，有缘新识雉鸟；东临齐地海岸，挥手遥招鸥鸟。颈联抒写友人寻觅大道，得句成章的形象。尾联则抒写了诗人情怀。友人从故乡而来，曾游历南北，触及诗人思念故乡山林、猿鹤时见的情形，唯有梦中相追寻。

其二

簪笏辞颓景，刀圭驻晚颜[1]。看方临上帝，拣药识名山[2]。
鹤逸传清响，龙来问大还[3]。壶天何处是，薇色荫松间[4]。

注释：

[1] 簪笏：簪，冠簪；笏，手持奏板。二者是古代官员所用之物，后世借指高官显爵。辞：辞官。颓景：颓败景象，此处指昏暗朝堂。刀圭：本为中药中所使用的量器名称，后世借指药物。驻：停留、挽留。晚颜：衰老容颜。

[2] 方：药方。上帝：天帝。拣：采。

[3] 逸：飞翔。大还："大还丹"的简称，道教中丹药名称，又称九环金丹。此处指名贵且疗效绝佳的药物。

[4] 壶天：典出《后汉书·方术传下·费长房》。据传东汉费长房曾在市中见一老翁买药，悬壶于店铺门头；市罢，则纵身壶中。其后，费长房与老翁俱入壶中，见玉堂、旨酒、佳肴充盈其中，饮毕而出。后世以"壶天"指仙境、幻境。薇：指"薇藿"，一种常见于田间野外的植物，

有紫红色花朵，结寸许长荚，果实可食，多为贫者所用。

简析：

这首诗描述了崔昌平辞官后的生活情形。首联叙写崔昌平辞官从医之举。摘除冠簪、放下笏板，与昏暗朝堂辞绝；重拾刀圭、细辨药物，欲挽留容颜衰退。颔联描写了崔氏识方采药的生活。学习、辨别药方，领悟天人之道；拣识、采摘药物，踏遍名山大川。颈联则描写了崔氏高妙医术。仙鹤翔飞身旁、清响远播充天地，暗示仙人也来向崔氏询方问药；飞龙从天而来、云气缭绕问还丹。尾联借用东汉老人藏身悬壶之典，比况崔氏隐身山林，欲问求仙的现状。

其三

循吏西京传，文才稷下誉[1]。苍穹知赤念，黄帝托丹书[2]。
芳草条风里，韶华正月除[3]。燕台回首处，郁郁海边间[4]。

注释：

[1] 循吏：守法循理的官吏。出自《史记·太史公自序》："奉法循理之吏，不伐功矜能，百姓无称，亦无过行。作《循吏列传》第五十九。"西京：指西汉都城长安。东汉定都洛阳，因位于长安之东，故名洛阳为东京，长安为西京。文才：创作文章的才能。稷下：稷，即稷门，指战国齐都临淄西门。战国时期，齐威王和齐宣王曾在稷门附近修建学宫，广招文学游说之士，"不治事而议论"，汇集了当时很多著名学派和代表人物，成为著名的学术和文化中心。

[2] 苍穹：苍天。赤念：赤诚之心。丹书：上古传说中朱雀所衔的瑞书。

[3] 条风：东风。《淮南子·墬形训》："东方曰条风。"高诱注："震气所生也，一曰明庶风。"宋周邦彦《应天长·寒食》词："条风布暖，霏雾弄晴，池塘徧满春色。"韶华：美好时光，常指春天风光。除：清除、消褪。

[4] 燕台：即黄金台，战国时期燕昭王所筑，是其尊师郭隗之所。燕昭王采纳郭隗"死骨千金"的建议，重金延揽天下之才俊，先后有乐毅、剧辛、邹衍等人入燕，故而有贤士台、招贤台、黄金台之称。故址

在今河北省易县东南与定兴县西北一带。闾：里巷，平民聚居之处。

简析：
　　这首诗评述崔氏为官的名声和成就。首联以"循吏"和"文才"来评价崔氏为官和为文的特征。崔氏是西京循吏之一，文才称誉稷下学宫之中。颔联叙写崔氏为臣之忠心上达天听。苍穹深知赤子心，黄帝托付丹书券。颈联则以东风百草摇，兴起韶华岁月易逝的感喟。尾联以今昔盛衰对比，感慨人事无常。战国燕昭王繁盛的黄金台景象，今时已成平民聚居处。

其四

　　渊源分绿字，出处近丹霄[1]。下榻南州重，看山西野遥[2]。
　　分曹惟上宰，倾盖半清朝[3]。香雨苏门夜，神功可共標[4]。

注释：
　　[1] 渊源：即渊水，深潭之水。《尚书·大诰》："已，予惟小子，若涉渊水。"绿字：即"绿图"，典出《墨子·非攻下》："河出绿图，地出乘黄。"指一种绿色图篆，预言人世吉凶祸福。出处：来源。丹霄：本指色彩绚丽的天空。此处指帝王之所，即京师。

　　[2] 南州："南州榻"的简称。典出《后汉书·徐穉传》。据史载，东汉陈蕃为豫章太守时，无宾客之欢，唯徐穉来访，特设一榻；一待徐穉离去，即将榻悬挂起来。因徐穉为豫章人，故称"南州榻"。后世借以指礼遇嘉宾。西野：泛指西边田野。

　　[3] 分曹：分科，厘定部门之责。上宰：宰辅，泛指辅佐帝王的重臣。倾盖："盇"同"盖"。"倾盖"是指车驾之上的伞盖互相依靠、遮盖。《史记·鲁仲连邹阳列传》："谚曰：'白头如新，倾盖如故。'何则？知与不知也。"司马贞索隐引《志林》曰："倾盖者，道行相遇，轺车对语，两盖相切，小欹之，故曰倾。"清朝：清明朝堂。《后汉书·列女传·班昭》："吾性疏顽，教道无素，恒恐子谷负辱清朝。"

　　[4] 香雨：芳雨。苏门：山名，又名苏岭。在今河南省辉县西北。西晋孙登曾在此隐居，后世借指隐士所居之地。神功：神灵功力、非凡功绩。标：彰显。

简析：

这首诗叙写崔氏辞官一心求仙之举以及诗人对其的劝勉。首联描述古来圣籍多出深渊深山，叙写崔氏访山谈水，欲求道家典籍的心愿。颔联描述崔氏四处寻访之举，颇受各地官员重视；寻看名山大川，遥及西地平野。颈联抒写国事有分职，朝堂有众贤，实则叙写崔氏一心寻仙访圣。尾联以西晋孙登之典，期许崔氏心志有成。

淄川月夜朱海曙邀饮王氏图亭四首[1]

其一

淄水停骖日，名园载酒过[2]。池风清石几，松月下烟萝[3]。
入座星河动，亲人鱼鸟多[4]。同袍今地主，无问夜如何[5]。

注释：

[1] 淄川：夏商时期属于"九州"之青州的地域，秦属"三十六郡"之齐郡属地。西汉初始建县，名为般阳，南朝刘宋时期改名为贝丘县。隋开皇十八年（598）改名为淄川县，唐初置淄川郡。宋置淄川郡属京东东路。元设般阳路，治所在淄川城。明初设般阳府，洪武九年（1376）升淄川县为淄川州，洪武十年（1377）又改为淄川县，属济南府。故址在今山东省淄博市淄川区西南郊一带。朱海曙：未详其人。王氏：此处指淄川鸳桥王氏。

[2] 淄水：今淄河，发源于山东省莱芜市禹王山，流经淄博市，于广饶县西入小清河。停骖：停，暂停；骖，本指三匹马共一辕。此处是指诗人暂时停驻。载酒：携酒。过：寻访。

[3] 池风：池上清风。清：清理。石几：石制的几桌。松月：松间明月。下：投射。烟萝：青烟聚拢、草树繁茂。

[4] 星河：银河。亲人：亲近人群。

[5] 同袍：此处指挚友。地主：主人。无问：莫问。

简析：

这四首诗记叙了诗人停留淄川，朱海曙在王氏图亭邀其夜饮之事。通过描摹王氏图亭所观之景，诗人暂别征人愁绪。

这首诗描写了诗人应邀赴宴。面对图亭美景，所遇多为故人的情形，诗人表达了欲欢饮无归之愿。首联描述了诗人游览图亭的缘故。诗人征车暂停淄川，友人相邀图亭。为酬答友人之情，诗人载酒拜访。颔联描绘了图亭的环境。小池、微风、洁净石几；青松、明月、烟笼绿萝，诗人陶醉其间。颈联则描述了诗人入座之后的情形。入座之后，欢谈之际，不觉星河流动；乐奏之时，鱼鸟亲近众人，倍增欢趣。尾联抒写诗人欲欢饮无拘之愿。诗人称言挚友为地主，今夜勿虑他事，应当欢饮无碍。

其二

胜地逢良夜，青尊发浩歌[1]。雨余花气重，云尽月明多[2]。芳径斜随烛，征衣翠染萝[3]。相看饶意气，林树转婆娑[4]。

注释：

[1] 胜地：佳地。良夜：美妙夜晚。青尊：盛酒的酒杯。浩歌：高歌。

[2] 花气：花朵香气。重：浓郁。月明：月色明亮。

[3] 斜：此处指曲折、弯曲。随烛：此处指弯曲的小径，随着烛光渐次显现。征衣：行旅之人的衣裳。唐岑参《南楼送卫凭》诗："应须乘月去，且为解征衣。"翠：色彩鲜明。染萝：萝，蔓萝。此处指征衣被蔓萝相映而色彩鲜明。

[4] 饶：饱含。意气：志气。婆娑：枝叶繁茂、分散张开的样子。

简析：

这首诗叙写欢宴之暇，诗人漫步图亭之园的情形。首联以"胜地"和"良夜"交代了聚会的地点和时间，又以"青尊"和"浩歌"反映了欢娱宴会的情形。颔联则描绘了欢宴之暇，诗人驻足静观图亭周围景色的情形。雨后花气浓郁，云去月色明亮。颈联则叙写诗人行走在图亭园的情境。乱花零布斜径，烛火相伴一路；青色征衣在身，漫行绿萝辉映。尾联描写诗人意气再现和未知前景的复杂心情。月夜游览图亭之景，诗人意气重满胸怀；远看林树繁茂，月影婆娑，未知前景何如？

其三

座有河阳主，花如上苑浓[1]。松长堪宿鹤，槐老欲成龙[2]。
入洞探玄髓，登台数近峰[3]。境佳人自醉，况复对歌钟[4]。

注释：

[1]河阳：本指黄河以北地区。西晋时期，潘岳曾任河阳县令，后多以"河阳"指称潘岳。潘岳（247—300），字安仁。巩县（今河南省巩义县）人。西晋著名文学家。其美姿仪，少以才名闻世。潘岳二十岁时，因作赋颂赞晋武帝躬耕藉田之事，被人所嫉，十年未得升迁。三十余岁时，潘岳出为河阳县令，令全县种桃花，遂有"河阳一县花"之典故。在文学创作上，其与陆机并称"潘江陆海"。上苑：上林苑的简称。本为秦时旧宫苑，汉初被废。汉武帝时期，重新扩建，故址约在今陕西省西安市西以至周至县、户县境内，纵横300里，有霸、产、泾、渭、丰、镐、牢、橘八水出入其中。

[2]长：高大。堪：可。宿：停居。老：此处指树龄久长。成：变化、呈现。

[3]玄髓：玄，本指天，《释言》云："玄，天也。"此处指道家的学说；髓，精髓。

[4]歌钟：即编钟，古代青铜制打击乐器，因其能演奏出歌唱一样的音乐效果，故有"歌钟"之称。

简析：

这首诗描写图亭欢饮的场景。首联描写了座中诸客和名花缤纷之情形。名流纷至，尤有河阳文主；花团锦簇，一如上林浓艳。颔联描绘图亭中松堪留宿鹤和槐老成龙形之态，兴起祝愿座中诸人年寿绵长之愿。颈联描写诗人即此景欲有求仙之举。亲入深山仙洞寻访玄髓之经，登攀台地远眺指点山峰寻觅仙踪。尾联叙写境佳人美的情态。图亭环境优美，人处其中情自醉，更何况钟磬声响周遭。

其四

地僻嚣全绝，林深暑尽消[1]。覆荷低翠簟，疏竹淡青宵[2]。
乐奏池鱼上，诗成月鹊遥[3]。胜游应自惜，门外有征轺[4]。

注释：

[1] 地：处所。嚣：尘嚣。绝：断绝。暑：暑热。消：消褪。

[2] 覆：遮蔽。低：压低。簟：竹席。疎：同"疏"，稀疏。淡：减弱。

[3] 上：上浮。月鹊：明月与喜鹊。遥：消逝。

[4] 胜游：游览胜地。征轺：远行的车驾。

简析：

这首诗描写了王氏图亭清幽的环境。首联叙写其地远离尘喧和林木丰茂的特点。其地远避，尘嚣都绝；林树繁茂，夏暑消尽。颔联描写了图亭中所见景物。荷叶覆池塘，翠竹成细席；疏竹摇月影，人静淡春宵。颈联描绘了友人聚会之时，诗乐共生，相得益彰的情境。美乐音响，池中潜鱼感而浮听；佳章成颂，夜月乌鹊隐而不现。尾联诗人抒发了珍惜当下的感喟。诗人感喟游览胜地本已应珍惜，何况门外征车虚待，唏嘘之情毕现。

晓发金乡，望光善寺塔东桂徵室[1]

西国浮图近，前朝苔藓多[2]。瑶镌深篆鸟，峭级回旋螺[3]。
秀色窥虚牖，清香送曼陀[4]。却思谈笑夜，客路欲蹉跎[5]。

注释：

[1] 晓发：清晨动身。金乡：今山东省济宁市金乡县。夏商时代为有缗国，西周设缗邑，属宋国，秦置东缗县，治今金乡镇，属砀郡。西汉属山阳郡，东汉于县北别置金乡县，治所在今嘉祥县阿城铺，因境内金乡山得名，金乡县名始见，属山阳郡。西晋废东缗县，北魏徙金乡县治于原东缗县城，县名始与今地吻合，属高平郡。隋属济阴郡。唐属兖州。宋属济州。元属济宁路。明属兖州府。光善寺：始建于唐贞观四年（630），在寿河西岸建造，是为了纪念在此圆寂的光善和尚。

[2] 西国：指佛教发源地。佛教发源于天竺，两汉之际经由西域诸国传入中原，故云。如唐张祜《听简上人吹芦管》诗："分明西国来人说，赤佛堂西是汉家。"浮图：亦作"浮屠"，梵语"Buddha"的音译，是对佛祖或佛教徒的称谓，此处指佛塔，即光善寺。前朝：指唐、宋、元

等朝代。光善寺建成距诗人所在时代已近千年。

[3] 瑶：美玉。镌：凿刻。深：清晰。篆鸟：即"鸟篆"，本指鸟行的篆书，此处借指镌刻在佛塔上的梵语经文。峭：本指山峰高尖，此处借指佛塔高耸。级：本指丝线的次第，此处借指佛塔的石阶。回：环绕。旋螺：即"螺旋"，本指像螺蛳壳纹理的曲线，此处借指佛塔内石阶。

[4] 虚：虚掩。牖：本指古代建筑中外堂与内室之间墙壁上所开的窗。曼陀：指曼陀罗花，梵文"mandala"的音译。在佛教经义中，曼陀罗意为坛场，其以轮围具足或"聚集"为本意，指一切圣贤、一切功德的聚集之处，此处借指光善寺。

[5] 却思：回想。客路：旅途。宋苏轼《次韵孙巨源见寄》之三："应知客路愁无奈，故遣吟诗调李陵。"

简析：

这首诗是诗人清晨出发，途经光善寺，登佛塔，东望桂徽堂所感而作。首联描述诗人途经光善寺的情形。佛寺建筑带有鲜明天竺特征，前朝青苔遍布其间。颔联则描绘了登爬佛塔的情形。梵文镌刻塔身，塔内台阶陡峭回旋。颈联则描摹诗人临窗而望的景色和感受。推开虚掩佛塔窗牖，秀色满目；清风送来曼陀花香，沁人心脾。尾联点明桂徽堂之于诗人的感受。此地与友人言谈欢娱，不觉夜深；此时别离，前途蹉跎。

游仙人洞二首[1]

其一

小洞石门入，悬崖丹磴开[2]。羊须应恍惚，蜗蹊几萦回[3]。
穴尽天光出，风高爽气来[4]。悠然俯人世，即此是蓬莱[5]。

注释：

[1] 仙人洞：这是指位于今山东省临沂市费县城南十五公里的玉环山上的仙人洞。

[2] 磴：磴石，即石级。

[3] 羊须：本指山羊的胡须，此处指狭窄的山路。恍惚：模糊不清。萦回：盘旋往复。唐杜甫《冬到金华山观因得故拾遗陈公学堂遗迹》诗：

"系舟接绝壁，杖策穷萦回。"

［4］天光：日光。爽气：凉爽之气。

［5］俯：俯视，审视。即此：在此，指登临仙人洞。蓬莱：先秦及道教传说中的东海外仙山。

简析：

这两首诗是诗人游览仙人洞所作，描绘了玉环山及仙人洞秀美的风光，抒发了寄情山水，求道访仙的情怀。此诗首联描写了仙人洞的处所。其在悬崖之上，只能攀援红色石阶而上。颔联则继续描写寻觅仙人洞之中的小路。窄如羊须、前路恍惚不清；弯曲往复盘旋。颈联描述了出洞之后的感触。天光明媚、风高气爽。尾联描述了诗人神态。其情态悠然，俯拾人世之事；四顾玉环山，感喟此地如同蓬莱仙境。

其二

陶唐是何代，营窟向津涯[1]。萝薜山门古，莓苔石径斜[2]。
晦暝迷日月，迂曲入烟霞[3]。可知九天上，别自有人家[4]。

注释：

［1］陶唐：古帝名号，即唐尧。其为传说中五帝之一帝喾之子，姓伊祁，名放勋。初封于陶（今山东省定陶县境内），后徙于唐（今山西省太原市一带）。营窟：上古时期，先民掘地或累土而成的住所。《礼记·礼运》："昔者先王未有宫室，冬则居营窟，夏则居橧巢。"孔颖达疏："冬则居营窟者，营累其土而为窟，地高则穴於地，地下则窟於地上。谓於地上累土而为窟。"津涯：水边。《书·微子》："今殷其沦丧，若涉大水，其无津涯。"孔传："言殷将没亡，如涉大水无涯际，无所依就。"

［2］萝薜：女萝和薜荔，这两种都是香草名。莓苔：青苔。

［3］晦暝：光线昏暗。迂曲：迂回曲折。

［4］九天：指天空的最高处。别：另外。自：自然、当然。

简析：

这首诗描写了仙人洞所在玉环山的人情风光。首联以帝尧曾在此地带领先民筑屋之事起篇，表现了诗人追古抚今之感。颔联与颈联描写了玉环山景致。古朴山门处,女萝、薜荔不绝于目;青石曲径上,青苔时现;繁茂树木、深谷溪涧,遮蔽日月之光;迂回山势、曲折小径,出入烟霞之间。尾联则抒发了诗人面对玉环山景,感喟九天之上定有仙家的心境。

于毂峰老师赠诗四首和韵称谢[1]

其一

望入平津邸,游从济北城[2]。薇垣瞻气色,茆屋识平声[3]。
欵作家人语,亲看国士情[4]。别来无可道,时复颂明明[5]。

注释:

[1] 于毂峰:即于慎行(1545—1608)字可远,又字无垢,号毂峰。山东东阿(今属山东省聊城市东阿县)人。明代政治家,学者、文学家。明穆宗隆庆二年(1568)戊辰科进士,入翰林院,选用庶吉士。万历年间,历任修撰、讲官,其后升任礼部右侍郎、左侍郎,转改吏部,掌詹事府,后升任礼部尚书。万历三十三年(1605),加太子少保兼东阁大学士。其后卷入万历年间的"国本之争",得罪明神宗,后归隐家乡十余年。万历三十五年(1607),起复出任礼部尚书,加太子少保兼东阁大学士,入参机务,死后追赠太子太保。于慎行为人忠厚老成,熟悉历代典章,对明朝礼制建设有较大贡献。其文学造诣亦极高,与冯琦并称于世。于慎行著有《毂山笔尘》(18卷)、《毂城山馆文集》(42卷)、《毂城山馆诗集》(20卷)等。老师:指年长辈高的传授学术的学者。《史记·孟子荀卿列传》:"田骈之属皆已死,齐襄王时而荀卿最为老师。"和韵:依照别人诗作的原韵作诗。

[2] 平津:指西汉置平津侯国,约在今河北省沧州市盐山县境内。济北:指西汉置济北国之地以北的城邑,约在今山东省聊城市茌平县一带。

[3] 薇垣:薇,即薇藿,一种植物名称,又名野豌豆,多为贫穷人家所食用。垣,矮墙。瞻:向远处看、观望。气色:景色、景象。南朝宋谢惠连《西陵遇风献康乐》诗:"萧条洲渚际,气色少谐和。"茆:同"茅",茅草。识:辨别。平声:调和宫、商、角、徵、羽五声。《国语·周语下》:"声以龢乐,律以平声。"

[4] 欵：同"款"，恳切。亲：亲近。国士：一国之中才能卓越之人。

[5] 道：谈论。明明：明德之人。《墨子·尚贤中》："群后之肆在下，明明不常，鳏寡不盖。"

简析：

这组诗是诗人唱和于慎行的赠诗而作。

第一首诗描写了于慎行归隐故乡，闲居之中未忘明德的生活态度。首联以平津邸和济北城指出于慎行归隐之地。颔联描绘了于氏隐居处所的外观和诗人的感受。远远望去，薇藿爬满矮墙；走近而看，茅屋数间却传平正之声。颈联描写了诗人与于氏交谈之时的情态。言谈亲切，犹如家人一般；彼此亲近，互以国士结情。尾联则描写了诗人辞别于氏之后，时常称颂于氏之德行的情形。

其二

岩扉春寂寞，窗竹日平安[1]。云护东山榻，溪横渭水竿[2]。
杂花迎砌上，疏雨对灯看[3]。移席惊栖鸟，群飞正剧乾[4]。

注释：

[1] 岩扉：山岩之上的柴扉，此处借指隐士居住的地方。窗竹：窗外之竹。日：日日，每天。

[2] 护：遮掩。东山：借指鲁地。《孟子·尽心上》："孔子登东山而小鲁。"赵岐注："东山，盖鲁城东之高山。"渭水竿：指姜尚渭水垂纶得遇周文王之典。

[3] 迎：顺着。砌：台阶。上：生长。疎：同"疏"，稀疏。

[4] 棲：停留、栖息。剧：猛烈。乾：天空。《易·说卦》："乾，天也。"

简析：

这首诗描写了诗人隐居生活的情形。首联描写了诗人所居之地的环境。筑庐山岩之间，柴扉为户，春来寂寞无人至；窗外青竹相伴，日高漫卷安无事。颔联和颈联四句则描绘了诗人隐居生活的常态。闲榻之上，静看白云绕东山；小溪之畔，渭水竿横垂纶意。众花杂陈，阶旁而生、沿阶而上；稀疏夜雨，寂寥屋舍、唯有孤灯。尾联以物状怀。诗人起身排遣忧思，却惊动林间宿鸟，群鸟直飞上夜空。表现了诗人欲得平静生活而不能的无奈。

其三
燕见频开径，龙门几御车[1]。送迎优礼数，问对杂樵渔[2]。
夜色传清柝，春官醉敝居[3]，天开颍水上，为炤紫泥书[4]。

注释：

[1] 燕见：指古代帝王退朝、常居时召见或接见臣子。《仪礼·士相见礼》："凡燕见於君，必辩君之南面，若不得，则正方，不疑君。"胡培翚正义引郝敬曰："燕见，谓私见，非公朝行礼之时。"此处指公事之余会见。开径：开辟路径，指沟通。龙门：指声望高的人所居府第。南朝宋刘义庆《世说新语·德行》："李元礼风格秀整，高自标持，欲以天下名教是非为己任。后进之士，有升其堂者，皆以为登龙门。"御车：指驾驶车马。

[2] 送迎：迎来送往。优：礼数，礼节。问对：询问与回答。杂：混合。樵渔：樵夫与渔夫，泛指生活在乡间田野之人。

[3] 清柝：清，清晰可辨；柝，古代打更所使用的梆子。春官：古代礼部的别称。唐代皎然《兵后送姚太祝赴选》诗："名动春官籍，翩翩才少俦。"敝：破旧、颓败。居：屋舍。

[4] 天开：指日行北归、阳气复生，冬去春来。颍水：河流名，发源于河南省嵩县伏牛山脉，流经周口地区，至安徽省阜阳市颍上县入淮河。炤：同"照"，照耀。紫泥：紫，紫色；泥，封泥，又称"泥封"。魏晋之前，官方文书和私人信件都是刻记或书写竹木简上，封发时装在一定形式的斗槽里，用绳捆上，在打结的地方，填进一块胶泥，在胶泥上打印记；作为信验，以防私拆。这种钤有印章的土块称为"封泥"。根据等级不同，封泥使用的颜色也有差异。紫泥只使用在皇帝诏书。宋赵彦卫《云麓漫钞》卷十二："古印文作白字，盖用以印泥，紫泥封诏是也。"后即以之指诏书。

简析：

这首诗描写了于慎行深受帝王信任的殊遇和其奉礼待人的性格。首联描写了于氏在京师之时，不仅曾多次受到君主私下召见，而且还曾蒙御驾莅临其屋舍，可见其曾深受君恩。颔联描写了于氏任职朝堂之时，恪守礼义的个性特征。无论是同侪还是樵渔，迎来送往以礼为先。颈联则描写了于氏归隐故园生活。夜静析声清亮，春官已然醉卧破旧屋舍，折射出于氏隐居生活的冷清。尾联描写了于氏久居颍水是奉受君命，暗示于氏无奈归隐的现实。

其四

若渴情应切，如醇味自投[1]。驱车千里暮，挥尘万山秋[2]。
醉爱临风坐，欢成秉烛游[3]。谈天当夜事，回首笑三邹[4]。

注释：

[1] 切：亲切、契合。醇：酒味浓香。投：合。

[2] 驱车：驾驭车辆。暮：黄昏之时。挥尘：掸去尘土。秋：秋色。

[3] 临风：迎风、当风。坐：闲坐、坐观。南朝宋谢庄《月赋》："临风叹兮将焉歇，川路长兮不可越。"欢：愉悦。秉烛：指手持蜡烛来照明。唐孟浩然《春初汉中漾舟》云："良会难再逢，日入须秉烛。"

[4] 谈天：指战国邹衍的学说，其人精通阴阳学说，其说以五德循环解释自然和人事现象，当时之人认为"其语闳大不经"。回首：回想。三邹：指战国时期齐国出现的三个邹姓名家，即邹忌、邹衍、邹奭。邹忌（约前385—前319），历仕齐桓公、齐威王和齐宣王。在齐威王时期，邹忌劝说威王广开言路、革新政治、选拔人才，齐国骤强。邹衍，生卒年不详，战国时期阴阳学派代表人物，齐国稷下学宫著名学者。邹奭，又称驺奭，生卒年不详，战国时期齐国稷下学宫代表学者，以善辩出名，其学说采邹衍学说而有阐发。

简析：

这首诗叙写了诗人与于慎行结伴而游、言谈欢娱的场景。首联以渴而欲得水和饮酒而知醇厚的生活现象，比况诗人与于氏相见之时的急切、情真意挚的情形。颔联描写二人出游之状。快马驱车、千里而游、日暮而止；掸去尘土、万山览观、秋色满目。颈联描写了二人把酒言欢、秉烛夜游之情境。尾联叙写了二人长夜漫谈，笑议齐地三邹。

七言律诗

送许相公归田四首[1]

其一

黄扉紫绶恋新恩，白石清江问故林[2]。
虚席自知明主意，悬车谁识老臣心[3]。
五湖烟月鸥夷返，绿地池亭裴相临[4]。
莫怪西风丛菊泪，满前桃李总阴阴[5]。

注释：

[1]许相公：指许国（1527—1596），字维桢，南直隶徽州府歙县（今安徽省歙县）人。明嘉靖四十四年（1565）进士，历仕嘉靖、隆庆、万历三朝，先后出任检讨、国子监祭酒、太常寺卿、詹事、礼部侍郎、吏部侍郎、礼部尚书兼东阁大学士。万历十二年（1584），因"平夷云南"有功，晋太子太保、武英殿大学士。万历十七年（1589），据《神宗实录》载："（二月）以少傅兼太子太傅、礼部尚书、建极殿大学士许国，太子宾客、吏部左侍郎兼翰林院侍读学士、掌詹事府事王弘海，为会试主考官。"此年，周如砥中进士。旧例，许国和王弘海是周如砥的座师。周如砥有《报许阁师》和《报王阁师》文。归田：归隐，辞官归家。

[2]黄扉：古代丞相、三公、给事中等高官办事的地方，以黄色涂门上，故称。《南史·梁武陵王纪传》："武帝诸子罕登公位，唯纪以功业显著，先启黄扉。"紫绶：绶，丝带。此指紫色丝带，古代六卿、太傅、太师、太保、前后左右将军及六宫后妃才有资格佩服。后泛指高官显爵之人。白石：洁白的石头。清江：清澈的江水。故林：故乡的林木，借指故园。唐杜甫《江亭》诗："故林归未得，排闷强裁诗。"

[3]虚席：本指空着坐席，表示对人礼待之意。此处指辞官。悬车：致仕。古人为官一般年七十可辞官归家，废公车不用，故云。汉班固《白

虎通·致仕》："臣年七十悬车致仕者，臣以执事趋走为职，七十阳道极，耳目不聪明，跂踦之属，是以退老去避贤者……悬车，示不用也。"

［4］鸱夷：典出《史记·越王勾践世家》。据载，范蠡助越王勾践灭吴。返国后，自请远疏，不允；后范蠡浮海出齐，变姓名，自谓鸱夷子皮。裴相：典出白居易《送鹤与裴相临别赠诗》。该诗描述了裴相权高位重、帝王近臣的情形。裴相指中唐裴度。裴度（765—839），字中立，河东闻喜（今山西省闻喜县）人。中唐时期著名政治家，其为政时支持中央削藩之举，曾拜中书侍郎、同中书门下平章事。历仕穆宗、敬宗、文宗三朝。执相位二十余年，荐引李德裕、韩愈等文士，重用李光颜、李愬等人。史称其"出入中外，以身系国之安危、时之轻重者二十年"。

［5］怪：怪异。丛菊：语出杜甫《秋兴八首其一》："丛菊两开他日泪，孤舟一系故园心。"泪：离泪。桃李：本指桃花与李花，此处指争容斗艳、品性低劣之辈。唐李白《赠韦侍御黄裳》诗之一："桃李卖阳艳，路人行且迷；春光扫地尽，碧叶成黄泥。愿君学长松，慎勿作桃李。"总：聚拢。阴阴：幽暗的样子。

简析：

这四首诗是诗人送别许国而作。通过记叙许国为官、著述、辞官和归隐的生活历程，诗篇塑造了许国一心为君、提携后进、资助寒士的良臣形象。

这首诗描述许氏新承君恩，但无奈辞官归家的复杂心情。其既有难舍君恩、一心为国的情志，又有寄情湖海、为国储才归隐之趣，更有为国事垂泪的无奈之情。

首联描写许氏虽新承君恩但久怀归乡之心志。黄门紫绶新加宠，心念君恩倍感涕；白石清江萦心怀，故林盼归倦游子。颔联抒写辞官归家的心境。许氏辞官之举，实则体察君王黜退其之用心；致仕之名下，谁能体察老臣为君为国之忠心。

颈联抒写许氏即将归隐的生活。欲从范蠡，变名而赏五湖烟月，愿为裴度，提携后进为国荐才俊。尾联叙写许氏离京之别情。诗人称言莫要责怪许氏面对西风丛菊间而离泪满目，皆因堂前遍种桃李，幽暗的阴影比况万端俱起，暗指朝政诡谲难测。

其二

驱马春明落照余，十年帷幄亦勤渠[1]。
镜中白发知忧国，江上青山苦问居[2]。
晓日共期鸣彩凤，秋风不为忆鲈鱼[3]。
调元手著潜夫论，已把成功付太虚[4]。

注释：

[1] 驱马：驾车。春明：指春明门。唐朝都城长安东正门为春明门，其近兴庆宫，又直通东市、皇城，四方之士多由此进入长安。落照：落日余晖。十年：约言许国为大学士的年限。帷幄：本指内室悬挂的帷幔。其后指天子决策之处或将帅的幕府。《史记·太史公自序》："运筹帷幄之中，制胜于无形。"勤渠：犹言"殷勤"。

[2] 青山：本指青葱的山岭。此处指归隐之处。唐贾岛《答王建秘书》："白发无心镊，青山去意多。"问居：询问居处。

[3] 彩凤：即"凤凰"。《诗·大雅·卷阿》："凤皇鸣矣，于彼高冈。梧桐生矣，于彼朝阳。"郑玄注云："凤皇鸣于山脊之上者，居高视下，观可集止，喻贤者待礼乃行，翔而后集。梧桐者，犹明君出也。生於朝阳者，被温仁之气，亦君德也。"后世以"鸣凤朝阳"比喻贤臣得遇明君。忆鲈鱼：典出《晋书·文苑传·张翰传》。据载，张翰（生卒年不详），字季鹰，吴郡吴县（今江苏省苏州市）人。西晋文学家，善文，性纵任不拘，时人目之为阮籍，号之为"江东步兵"。西晋齐王司马冏执政时，为避祸，借秋风起而思吴中菰菜、莼羹、鲈鱼脍之由，退居故乡。

[4] 调元手：指执掌朝政、辅佐君王的重臣。宋唐庚《内前行》："明日化为甘雨来，官家唤作调元手。"潜夫论：指东汉王符所著《潜夫论》。王符（约85—约163），字节信，安定临泾（今甘肃省镇原市）人。东汉文学家。王符一生曾游宦不就，故此隐而著书，终生不仕；其著书"以讥当时失得，不欲章显其名"（《后汉书·王符传》），名曰《潜夫论》。太虚：指天地。

简析：

这首诗描述了许氏为官之功、羁宦之感、著述之愿和无愧之情。
首联描述许氏离开京师的情形并概述其为官之功绩。驱马别离春明门，落日余晖身萧瑟；为政十年中枢任，殷勤肯肯慰平生。颔联叙写许氏一心国事、归家无期的倾向。镜中黑发成白头，原为一心忧国事；江上青山总探问，归居故园待何时？颈联抒写许氏心愿。一方面，其借朝阳勃兴、彩凤啼鸣之景，兴寄明君贤臣得遇之愿。另一方面，借秋风乍起、蓴鲈鲜美之境，表达羁宦千里应归之心。尾联描述许氏著述成绩和无愧天地之态。调元手著准《潜夫》，已将功业付天地。

其三

欣闻元首咏康哉，底事文昌逐斗回[1]。
恩重燕云生剑舄，江空吴月满楼台[2]。
赐金都散填门客，加料犹怜济世才[3]。
天下安危关出处，已虚上相待重来[4]。

注释：

[1] 元首：指君王。《尚书·虞书·益稷谟》云："股肱喜哉，元首起哉，百工熙哉！"旧题汉孔安国传云："元首，君也。"咏康哉：典出《尚书·虞书·益稷谟》："乃更为歌曰：'元首明哉，股肱良哉，庶事康哉！'"意谓君主贤明、众臣贤良，就会形成政通人和的局面。底事：何事。文昌：星座名。由六颗星组成，在斗星之前，呈半月形状。逐：驱逐。斗：斗星，即北斗七星。

[2] 燕：指幽州，约今北京市、河北省北部及辽宁省西部一带，此处泛指明朝都城北京周围的地区。云，烟云，指气象。剑舄：剑，宝剑；舄，重木厚底之履，古制中最为尊贵的鞋履，多为君王重臣所服。此处"剑舄"指称许国身居高位。吴：吴郡，治所在今江苏省苏州姑苏区。月：月色。楼台：泛指高大建筑，多为高门显贵之居处。《左传·哀公八年》："邾子又无道，吴子使大宰子馀讨之，囚诸楼台。"

[3] 赐金都散：又作"赐金堪散"。典出《汉书·隽疏于薛平彭传》。据史载，西汉宣帝之时，东海兰陵人（今山东省泰安市一带）疏广及其侄疏受，因明礼恭谨，疏广拜为太子太傅、疏受拜为太子少傅，并称为"二疏"。疏广、疏受辞官归乡之时，宣帝赐金20斤、太子赠金50斤；归乡之后，二疏将金遍赠乡邻。乡人感其恩义，在其故宅旧址修土城，名"二疏城"；其散金处立碑，名"散金台"。填：补贴。加料：加，增加；

料,"料食",即古时官吏在俸禄之外所补贴的食料和口粮。犹怜:尚且爱惜。济:接济。

[4] 关:涉及、牵连。出处:语出《易经·系辞上》:"君子之道,或出或处,或默或语。"此指士子处世,出仕与隐退、进身或退居。虚:虚位,留有位置。上相:本指周天子举行郊祀之礼时,主持礼仪的官员。《周礼·春官·大宗伯》:"朝觐会同,则为上相。"后世借指对宰相的尊称。

简析:

这首诗叙写许氏归居之后,心系国事、感怀君恩的情态,并描述了其疏财辅助寒门才俊、为国解忧的善行。同时,诗人也表达了期望许氏重掌中枢的情感。

首联描写了许氏对国事新动向的关注。许氏听闻君王诵咏《虞书》,想来国事会有政通人和的新气象,但为何出现文昌缠斗星的异象?颔联描述许氏身在吴地故园心系燕都君王。燕都君恩重,始着剑舄履;吴月江空映,又登楼台蹋。颈联描写许氏疏财接济才俊的善行。君王赐赠归乡金,许氏散尽以资寒门学子;料食未曾为己用,许氏献出以供未遇才俊。尾联抒写诗人对许氏复出的期待。诗人认为许氏的出仕与隐退关乎天下安危,并称言君王早将上相之位虚置,已有起复许氏之心。

其四

太白星前识去旌,麒麟高阁自鸿名[1]。
舆车得载辞金殿,朝请常通轸虑情[2]。
五夜天颜依梦远,六朝山色逼人明[3]。
晚年更号泉为颍,岂欲巢由少保城[4]。

注释:

[1] 太白:即金星。古人称之为太白星。清晨,在天空东方出现,名为"启明";黄昏,在天空西方出现,名为"长庚"。去旌:离去的旗帜。麒麟:"麒麟阁"的简称,是汉代收藏、保管图书典籍之处所。鸿名:高名、盛名。《史记·司马相如列传》:"前圣之所以永保鸿名,而常为称首者用此,宜命掌故悉奏其义而览焉。"

[2] 舆：肩舆，即轿子。朝请：据汉律，诸侯春天朝见天子谓朝，秋天朝见天子曰请，后泛指觐见帝王。《史记·魏其武安侯列传》："太后除窦婴门籍，不得入朝请。"裴骃《集解》云："律：诸侯春朝天子曰朝，秋曰请。"轸虑：犹言"忧虑"，深切感忧之情。南朝梁江淹《萧让太傅相国齐公十郡九锡第二表》："中庶卷容，左右轸虑。"

　　[3] 五夜：即"五更"，天光即将放亮时分，约为凌晨3点到5点。天颜：君主的容颜。依：依稀。六朝：指定都在建康（即金陵）的孙吴、东晋、宋、齐、梁、陈六个朝代。山色：钟山之色。逼：切近、接近。

　　[4] 颍：即颍水，古河名，与今颍河流向近似。其发源于河南省登封市嵩县伏牛山脉，在安徽省颍上县入淮河。据《高士传·许由》记载，帝尧曾欲禅让天下与许由，其"遁耕于中岳，颍水之阳，箕山之下，终身无经天下色。"巢由：巢父与许由的并称。巢父：据《高士传·巢父》记载，其为帝尧时期之人，"山居不营世利，年老，以树为巢而寝其上，故时人号曰巢父。"许由和巢父都是上古时期著名隐士，帝尧曾欲传位于二人，皆不就。

简析：

　　这首诗描写许氏显赫高名辞归故里，但仍一心眷顾君王的心境。虽有追步巢由之志，实则远离中枢的无奈。

　　首联描写许氏高名昭彰的情形。太白星前，许氏离别的车帜，无人不识；麒麟高阁，许氏好学的盛名，久已流播。颔联描写了许氏辞别君王的情形。恩重乘舆入宫城，拜别天子归故乡；春朝秋请睹君颜，感忧国事显言长。颈联描写了许氏日夜怀顾君王的情态。五更梦境见天颜，唯恨隔远影依稀；六朝古都映山色，只愿临近身明晰。尾联抒写许氏晚年隐居的无奈。晚年更号颍川人，徒有不容巢由专美前的心志，实则难返朝堂的无奈。

黄金台怀古[1]

　　燕王台上雨初晴，沧海微茫怅独撑[2]。
　　千里雄风生骏骨，百年王气枕龙城[3]。
　　黄金夜色星辰动，碣石春烟草树平[4]。

最是皋夔罗圣代，由来乐郭亦虚名[5]。

注释：
［1］黄金台：见"五言律诗"《崔昌平公精医善诗胶东之世族也；谢政东归后，复归道京，叙别。因感旧雅得诗四首赠焉其三》释条［4］。

［2］燕王台：即"黄金台"，因其是战国时期燕昭王所筑，故曰。晴：放晴。沧海：泛指东方的大海。怅：惆怅。撑：承受。

［3］骏骨：良马的骨头。典出《战国策·燕策一》。据史载，燕昭王之师郭隗曾以古人千金购千里马骨之事，劝谏燕昭王重金延揽贤士。其后，燕昭王筑黄金台，乐毅、邹衍等名士争相来燕。枕：枕靠。龙城：语出《汉书·匈奴列传》："岁正月，诸长小会单于庭，祠。五月，大会龙城，祭其先、天地、鬼神。"本指匈奴祭天之处，约在今蒙古人民共和国鄂尔浑河西侧的和硕柴达木湖一带。此处指明朝都城北京。

［4］黄金：即黄金台。碣石：山名，即今河北省昌黎县北碣石山。西汉时期，汉武帝曾巡游此地。

［5］皋夔：皋陶与夔的并称。据《书·虞书·舜典》记载，夔是虞舜时期掌管乐教的官员；据《书·虞书·大禹谟》记载，皋陶是虞舜时期掌管刑罚的官员。后世将二者并举指称贤臣。罗：收罗、聚集。圣：圣贤之人。乐郭：乐，尊崇；郭，郭隗。

简析：
这是一首怀古诗。诗人登临黄金台，追古抚今，深慨用贤以义与以利的巨大差异。

首联描述诗人登临燕王台远眺所见所感。雨停后，天空放晴，诗人登临燕王台；举目远眺，云气迷茫、沧海影影绰绰。面对此景，诗人怅然难以承受。颔联追忆燕昭王之时黄金台的盛况以及燕国鼎盛时期。重金乐购千里马，群贤毕至黄金台；百年王气初奠基，千里疆土达龙城。颈联描述诗人此时环顾黄金台所见所感。夜色寂寥、群星流动，昔日群贤风流难现；千古碣石、春烟笼罩，曾经青草绿树已颓。人物两非，令人唏嘘。尾联诗人感怀明君任贤唯诚才有盛世之实。帝舜以夔典乐、以皋陶典刑，聚集群贤，用之以诚，故而成就盛世。尊崇郭隗，以利延揽才俊，利尽人散，终成虚名。

早登望岱[1]

曙色初回日观峰，开门犹未动晨钟[2]。
松涛十里来秦树，云盖孤飞是汉封[3]。
谁向翠微看系马，我从夭矫见蟠龙[4]。
无端长路萦征客，虚负名山一度逢[5]。

注释：

[1] 岱：指泰山。

[2] 日观峰：位于泰山玉皇顶东南，古称介丘岩，因观日出而闻名。

[3] 秦树：秦时树。云盖：车盖形状的云朵。汉封：汉代封赐。

[4] 翠微：指青翠掩映的幽深之处。系马：拴马。夭矫：树枝屈伸的样子。《汉书·扬雄传上》："踔夭矫，娭涧门。"颜师古注："夭矫，亦木枝曲也。"蟠龙：本指盘伏的龙。此处指像蟠龙形状的树枝。

[5] 无端：没有起点和终点。《管子·幼官》："始乎无端，卒乎无穷；始乎无端，道也；卒乎无穷，德也。"萦：牵挂。征客：身在异乡之人。北周庾信《夜听捣衣》诗："倡楼惊别怨，征客动愁心。"名山：指泰山。一度：一次。

简析：

这是一首借登览而抒写情怀的诗作。诗人清晨登爬岱岳，听闻松涛之声、目见云盖之姿，想见苍翠之木曾系何人之马、曲折之枝应睹君主之姿。面对漫漫登爬之阶，诗人又生倦客之感。

首联描述朝霞初现、晨钟未动的情形。朝霞初现日观峰之时，诗人推门欲观，而此时晨钟尚未敲动。安谧气象、闲适神情，如在目前。颔联描绘了登爬岱顶路途中所感。十里松涛皆为秦时所植，云盖孤飞咸为汉时所封。颈联描述了登爬路途中两侧林木的情形。苍翠掩映林木深，昔日系马有何人？屈伸枝条触手及，状似蟠龙引侧目。此两联将千古怀思，万端感触，凝聚笔端。尾联抒写登爬长路的感慨。登爬之路，漫漫无极，触发诗人征客之感；倦客之心恐负名山相逢意。

渡黄河

中流无浪午风徐，薄云轻花俯槛余[1]。
隔渚戎戎迷岸马，有时历历上河鱼[2]。
浩波九折开周宅，故道千年复禹墟[3]。
盛世谁当苍水使，归来拟奏史迁书[4]。

注释：

[1]中流：河流中央。徐：缓慢。轻花：细微的花絮。槛：栏杆。余：余留。

[2]渚：水中小块陆地。戎戎：茂盛的样子。张衡《冢赋》："乃树灵木，灵木戎戎。"章樵注："戎戎，盛貌。"有时：偶尔。历历：清楚可见。《古诗十九首·明月皎夜光》："玉衡指孟冬，众星何历历。"上：出现。

[3]浩波：洪波。周宅：指周朝故地。周朝故地为岐山，约在今陕西省岐山东北，在黄河西岸。故道：旧道。复：覆盖，引申为庇护之意。禹墟：禹即舜之位，据《世本·居篇》载："夏禹都阳城，避商均也，又都平阳，或在安邑，或在晋阳。"这些地方都在今山西省境内，在黄河东岸。

[4]苍水使：典出《吴越春秋》卷六《越王无余外传》。据载，大禹东巡而登衡岳，以血白马祭天，未果；后，禹登山仰天而啸，梦而见赤绣衣男子，自称玄夷苍水使者。其曾劝诫夏禹斋戒三月，方可得"山神书"。夏禹依其言而行，其后得金简玉字，始通水之理。史迁书：指西汉司马迁的《太史公书》。

简析：

这是一首怀古诗。诗人乘舟横渡黄河，嘉日丽景、水波不兴。面对千古流淌的黄河，诗人追思夏禹周文敬天尊礼聚贤的盛况，影射今时所谓盛世，名不副实。诗人希望游历山川之后，能成史迁之著，以警诫当世。

首联描写诗人乘船横渡黄河的情形。船行中流，河面平静无浪，午风徐徐，心旷神怡；天空微云漂浮，细微柳絮飘曳，偶落船舷，清新恬淡。颔联描绘了江中小岛之草木和江水中游鱼之情形。江中小岛林木繁盛，时隔船中之人的视线，总会出现马行江岸，闻声不见影的情形；江水澄净，触目所及，时有游鱼浮现、须鳞可见。颈联则抒写了黄河故实。洪波滔天转而九曲之处，开启故周基业；千年黄河故道之地，庇护夏禹古都。尾联抒写诗人愿为盛世秉笔直书之人的志向。诗人称言盛世谁肯做苍水使，敢令君王侧耳听？并誓言游历归来，愿学司马迁秉笔直书之精神，不虚美、不隐恶，愿为盛世之警钟。

陈留咏古[1]

城郭萧条带夕曛，议郎风雅似犹闻[2]。
孤贞旧识羔羊节，三体遥传蝌蚪文[3]。
绝代才名凌白日，嘘炎幽意薄高云[4]。
凭谁判断千秋事，长夜金商路不分[5]。

注释：

[1] 陈留：古地名，在今河南省开封市陈留镇。春秋时，为郑国属地，后被陈国所侵，故有陈留之名；战国时期，魏惠王都于此；汉高祖刘邦曾攻略其地；东汉末期，曹操于陈留起兵西击董卓。不仅如此，商汤时期名相伊尹、东汉蔡邕、东汉光武帝时洛阳强项令董宣、曹魏时期大将典韦等都是陈留郡人。

[2] 夕曛：落日余晖。议郎：秦代职官名，掌议论之事。此处指东汉末年蔡邕。蔡邕（133—192），字伯喈，陈留郡圉（今河南省开封市圉镇）人。其初为郎中，参与续写《东观汉记》；后迁任议郎，参与校刻熹平石经事宜；董卓掌权时，初为祭酒，三日之内历任御史、治书御史、尚书，后拜左中郎将，封高阳乡侯；董卓被杀后，蔡邕因事牵连，死于狱中。蔡邕是东汉末期著名的文学家、书法家、经学家，有文集20卷（《隋书·经籍志》），书法精于篆、隶。风雅：本指《诗经》中"国风""大雅"和"小雅"，此处借指诗文之事。

[3] 孤贞：孤直忠贞。羔羊节：典出《诗大序·羔羊》曰："羔羊，鹊巢之功致也。召南之国化文王之政，在位皆节俭正直，德如羔羊也。"后世借以称美士大夫操行洁白、进退有节。三体：指汉字的三种书写方式，即古文（籀文）、篆书、隶书。语出《后汉书·儒林传序》："灵帝乃

诏诸儒正定五经，刊于石碑，为古文、篆、隶三体书法，以相参验。"蝌蚪文：古文字书写的一种方式，笔画多为头大尾小之形，状如蝌蚪，故名。

[4] 凌：逼近、接近。嘘炎：嘘，缓气而吹；炎，火。此指文义彰显。幽意：幽深情感。薄：逼近。

[5] 金商：指东汉都城洛阳的西门。张衡《东京赋》："昭仁惠於崇贤，抗义声於金商。"薛综注："金商，西门名也……西为金，主义，音为商，若秋气之杀万物，抗天子德义之声，故立金商门於西。"《后汉书·蔡邕传》："（蔡邕）诣金商门，引入崇德殿，使中常侍曹节、王甫就问灾异及消改变故所宜施行。"

简析：

这是一首怀古诗。诗人游览陈留古城，追思东汉蔡邕风流。在描述其孤直忠义之节气、绝世书法之才和汉灵帝重臣身份的基础上，诗人认为对蔡邕的评价有失公允，实为翻案之作。

首联描绘了夕阳下陈留城之景以及追慕先贤风雅之情。落日余晖之下，城郭萧条唏嘘行；汉时议郎名久传，风雅尚能时时闻。颔联描述了蔡邕名世的缘由。孤直忠贞汉臣节，《羔羊》义彰蔡议郎；三体皆善傲群贤，蝌蚪文书第一人。颈联叙写蔡邕绝世才名。绝世才名之荣耀直追白日之光芒，轻吁缓叹之间书成文意迫近高云之作。尾联抒写诗人的对蔡邕功过是非的见解。诗人认为千古风流人物本富争议，何况蔡邕如是人物；又以汉灵帝多次问策于其的尊崇之事，反映了蔡邕实为国士的事实。

尉氏怀古[1]

晋代风流阮步兵，人传麹蘖是生平[2]。
自缘疏放还真趣，转向酕醄见独醒[3]。
荆棘铜驼随雨暗，竹林野鹤向人鸣[4]。
谩将当日穷途哭，认作猖狂醉里声[5]。

注释：

[1] 尉氏：指今河南省尉氏县，明代属开封府，是朱元璋第五子周

王朱橚的封地。"尉氏"，因其为春秋郑国狱官郑大夫尉氏采食之邑，而有其名。战国时期，尉氏属梁地。秦汉时期，其属陈留郡；三国时期，属魏地。唐之后，其地大多隶属开封府。不仅如此，自春秋以来，尉氏涌现了许多著名人士。如春秋时，魏国尉缭曾著兵书《尉缭子》；东汉建安年间，"建安七子"之一的阮瑀；三国曹魏年间，名列"竹林七贤"的阮籍、阮咸；唐代禅宗五祖弘忍弟子神秀，等。

[2]风流：亦作"风度"，是魏晋时期品评人物的词语。它是个人精神气质与文化修养为一体，在言谈、仪表、行为等方面的具体呈现，体现出文人的人生观和世界观，凝聚成特殊的社会形象，深刻影响人们的心理与行为，建构了魏晋特殊的社会文化现象。阮步兵：即阮籍（210—263），字嗣宗，陈留尉氏（今河南省尉氏县）人，三国曹魏时期文学家，"竹林七贤"之一。其曾任步兵校尉，故有"阮步兵"之称。在文学上，其《咏怀》八十二首，开"咏怀"题材之先。麴糵：语出《书·说命下》："若作酒醴，尔惟麴糵。"孔传："酒醴须麴糵以成。"本意是酒曲，此处指酒。

[3]疏放：放纵情性，不受俗礼所拘。真趣：真正的志趣、旨趣，指发自本心、本性的兴趣。酕醄：大醉的样子。独醒：独自警醒，指不苟流俗之见。

[4]荆棘铜驼：典出《晋书·索靖列传》。索靖（239—303），字幼安，敦煌（今甘肃省敦煌市）人，西晋初期著名文学家和书法家，博经史，兼通谶纬，因对策高第。据史载，索靖曾感西晋动荡将至，指洛阳宫门铜驼而感慨，称再次见到铜驼应在荆棘之间。后世借指时事动荡、物华颓废。竹林：此处指"竹林七贤"所居之处。

[5]谩：莫。当日：往昔之时。穷途哭：典出《三国志·魏书·阮籍传》。据史载，阮籍常率意独自驾车出行，不依道路，信马由缰，路尽之际，大哭而返。猖狂：狂妄而纵肆。

简析：

这是一首怀古诗。诗人行经尉氏，追思阮籍一生，抒写其疏放的真性情和众人沉醉唯其独醒的行为。追古抚今，深慨阮籍醉里之声、猖狂之态，不为好酒只为人生困顿。

首联以流水对开篇明义。世人评说晋代风流人物阮籍，只谓其一生唯酒名世。颔联则描写了阮籍人生旨趣。本自愿依疏阔放旷之天性，一生唯以返真为旨趣；然心愿未尝、锯镬横加，转而欢饮沉醉态，遍观众人醉生自独醒。颈联则以西晋索靖和竹林七贤之典，抒说繁华易去、物是人非之感。今时铜驼迎风响，他日雨暗荆棘间；今时竹林野鹤鸣，昔日群贤何处觅？尾联再次反驳认为阮籍唯酒为乐的观点。世人皆谓昔日阮籍单车漫行，途穷而哭乃是酒醉而为猖狂态。诗人却以"谩"字，表明反对态度。

过东阿为于毂峰老师祝寿四首[1]

其一

岱宗采翠倚天开，倒景参差炤酒杯[2]。
云隔北扉看五色，星当南极见三台[3]。
松篁自逐丹崖秀，桃李元从上苑栽[4]。
闻道商家求旧德，未应泉石老伊莱[5]。

注释：

[1] 东阿：今山东省聊城市东阿县。

[2] 岱宗：泰山。采翠：采，色彩；翠，绿色。此处指泰山上植物种类多，色彩丰富。倚天：冲、依天而立。倒景：亦作"倒影"，指天上最高之处。炤：通"照"，照耀。

[3] 北扉：北向的门。宋代沈括《梦溪笔谈·故事一》："唐制……又学士院北扉者，为其在浴堂之南，便于应召。"后世以"北扉"为学士院的代称。五色：指"五色云"。南极：星名，即南极老人星。《史记·天官书》云："狼比地有大星，曰南极老人。"唐张守节《正义》："老人一星，在弧南，一曰南极，为人主占寿命延长之应。"三台：汉制以尚书为中台、御史为宪台、谒者为外台，合称三台。后世借指宰辅重臣。

[4] 松篁：松与竹的合称。二者都是古代象征坚贞节操的形象。丹崖：语出三国魏嵇康《琴赋》："丹崖崄巘，青壁万寻。"指红色的崖壁。桃李：桃花与李花。语出《诗·召南·何彼秾矣》："何彼秾矣，华如桃李。"后世因其结实颇多，借喻教导的后辈或门生。上苑：皇家苑囿。

[5] 商家：从商之人。求：追寻。旧德：昔日的恩德。泉石：语出《梁书·徐摛传》："（朱异）遂承间白高祖曰：'摛年老，又爱泉石，意在

一郡，以自怡养。'高祖谓摛欲之，乃召摛曰：'安大好山水，任昉等并经为之，卿为我卧治此郡。'"后世借指山水。伊莱：伊尹与莱朱的合称。两人都是商汤时期的名臣。

简析：
这四首诗是诗人专程赴东阿为于慎行祝寿而作。

第一首诗先以岱岳气象起兴，比况于氏执齐地文坛牛耳的地位。进而叙写其为官经历，抒发敬仰之情，兼以"五色"和"南极"回扣祝寿主旨。再而描绘了门生聚门共贺寿诞的盛况。最后以于氏归乡寄情山水作结。

首联叙写岱岳挺天雄姿，比况于慎行德高望重。岱岳色彩斑斓、青翠冲天而生；倒影参差光明暗，照映酒杯人欢悦。颔联总括于氏为官之经历以及对其年寿称颂。曾为翰林看五色之云，寿比南极登三台。此二句描述于氏初为翰林，终为礼部尚书的履历，并以"五色云"和"南极星"比况于氏年寿。颈联则描述了于氏家居环境和诸生拜寿的场景。出句描绘于氏家居环境，松竹生丹崖，相伴秀苍翠。诗人以松竹比喻于氏高洁品行。对句则描述诸生拜寿的场景：桃李罗堂前，本自来上苑。诗人以桃李指称于氏学生众多，且以上苑指谓才俊之高。尾联则以世俗人情为引，叙写于氏晚年旨趣。诗人称言世人皆谓商家追报旧恩，实则赞扬于氏培育子弟并不是图有回报，其晚年更愿寄情山水，追步伊尹和莱朱。

其二

归来清兴复如何？环堵萧然带薜萝[1]。
黄石闲云晴淡荡，金华宫树雨婆娑[2]。
九天夜降麒麟种，二月时听鸿鹄歌[3]。
四牡谩劳催去路，啣衣正不厌蹉跎[4]。

注释：

[1] 清兴：清雅的兴致。环堵：环，围拢；堵，土墙。萧然：语出《史记·酷吏列传》："及孝文帝欲事匈奴，北边萧然苦兵矣。"犹言骚动、纷乱的样子。薜萝：薜荔和女萝的合称。语出《楚辞·九歌·山鬼》："若有人兮山之阿，被薜荔兮带女萝。"王逸注："女萝，兔丝也。言山鬼

仿佛若人，见于山之阿，被薜荔之衣，以兔丝为带也。"二者常生长于山林之间、屋壁之上。后世借指隐者或高士的衣服。

　　[2] 黄石：即圯上老人。据《史记·留侯世家》记载，其曾传授张良《太公兵法》，并称言十三年后与张良在济北穀城山下见黄石而知之，故称之为黄石公，后世被认为是道家人物。闲云：悠闲漂浮的云。淡荡：散淡、悠闲。金华宫：汉代宫殿名，是未央宫建筑群主建筑之一。此处指内庭。婆娑：形容雨水流淌的样子。

　　[3] 麒麟种：指称天资禀异之人。鸿鹄歌：典出《吕氏春秋·士容》："夫驥骜之气，鸿鹄之志，有谕乎人心者诚也。"指远大的志向。

　　[4] 四牡：典出《诗·小雅·四牡》，这是一首描写为周王之王事奔波而倍感思亲的诗作。此处借指于慎行的仕宦生涯。漫劳：漫，通"漫"，徒劳。啣衣：即"啣衣而谏"的简称。典出《三国演义》卷六十。黄权力谏刘璋拒迎刘备，曾"叩首流血，近前口啣璋衣而谏。"正不：即"守正不阿"的简称。此指于慎行坚守正道、不屈从逢迎。

简析：

　　这首诗追述于氏为官的经历和忠直个性。诗篇以于氏归家清雅之兴起篇，叙写其曾经辉煌的为官生涯：曾任太子讲官、颇受帝王殊遇。与此同时，诗人描述了于氏佐世之才和傲世之志，更浓墨重笔彰表其为国事而奔走的辛劳及其忠直的个性。

　　首联描述了于氏归乡之后的清雅之兴，环家矮墙，薜荔和女萝，纷乱攀爬其上。颔联以黄石公授书之典，指称于氏曾任太子讲官之职，传授玄妙大道，而今如闲云天晴散淡行；又以汉室金华宫殿之事，叙写于氏颇受帝王恩宠的旧事，而今唯忆婆娑雨中宫树之形。颈联描述了于氏天资禀赋和志向远大的特点。诗人以上天降生麒麟之才，比况于氏具有佐世之高才；又以于氏春月常吟鸿鹄之歌，叙写其远大志向。尾联以《诗·小雅·四牡》和三国黄权之典，比况于氏辛劳为国事的为官生涯和抗颜正直的个性特征。

其三

碧山迢远接丹丘，夏木阴阴路转幽[1]。
兴到欲酬千日酒，云开恍见五城楼[2]。

门墙侧望逢青眼，阊阖重看是黑头[3]。
眷注当年何限意，加餐勉为答宸旒[4]。

注释：

［1］迢：遥远。丹丘：亦作"丹邱"。语出《楚辞·远游》："仍羽人于丹丘兮，留不死之旧乡。"王逸注："丹丘昼夜常明也。"指传说中的神仙居所。夏木：夏日树木。

［2］千日酒：典出晋张华《博物志》卷五："昔刘玄石于中山酒家酤酒，酒家与千日酒，忘言其节度，归至家当醉，而家人不知，以为死也，权葬之。酒家计千日满，乃忆玄石前来酤酒，醉向醒耳。往视之，云玄石亡来三年，已葬。于是开棺，醉始醒。俗云，玄石饮酒一醉千日。"古时美酒名，饮其则醉，千日复醒，故云。五城：语出《史记·孝武本纪》："方士有言：'黄帝时，为五城十二楼，以候神人於执期，命曰迎年。'"裴骃集解引应劭曰："昆仑玄圃五城十二楼，此仙人之所常居也。"后世借指神仙居所。

［3］侧望：侧身而望，表示庄重。青眼：即"青白眼"，典出《晋书·阮籍传》。史载，阮籍能为青白眼状。如遇礼俗之士，其白眼目之。反之，则以青眼。借指对人的爱好或尊重。阊阖：上古传说中神仙所居之地的城门。《离骚》云："吾令帝阍开关兮，倚阊阖而望予。"东汉王逸注："阊阖，天门也。"黑头：发黑之首，此指仙人驻颜有术，发黑如同年轻人。

［4］眷注：亦作"睠注"，垂爱关怀。何限：无限。宸旒：帝王之冠饰，借指帝王。

简析：

该诗通过于氏身处仙境的所见所感，实则描写了其对朝堂的评价：文武群臣，其以青白之眼别之；宫阙近臣，满是修炼丹药之道士。

首联描写了于氏故乡青山密林的自然风光。青山绵延远接仙人所居之丹邱，夏日林木茂密深幽光暗路难行。青山林木间，于氏徜徉心怀，与天地共游。领联叙写于氏追慕仙家之心。兴致由生，欲从刘伶酣饮千日美酒，风来云开恍然目睹神仙居所。颈联叙写登览仙界所见。诗人称谓于氏窥见神仙之境，侧望门墙，遍逢青白之眼；细看阊阖，满目黑头之人。此四句是虚写，诗人描述天上仙界之境象，实则叙写朝堂情形，寄寓其对朝政的评价：喜看同道中人、恶睹殊途之徒；宫禁朝堂，尽是炼丹之道士，而非忠贞之臣子。尾联以强解语作结。于氏追忆当年帝王无限关爱之情，而今远离宫阙，只能珍重自身，回报君恩。

其四

金茎玉露汉宫春，云卧天书帝宠新[1]。
沧海月明鸥尽下，瑶堦客到鹤双驯[2]。
丹心恋阙常千里，绿鬓悬车祇四旬[3]。
不是风尘能信宿，登堂更比及门亲[4]。

注释：

[1] 金茎：语出东汉班固《两都赋》："抗仙掌以承露，擢双立之金茎"。李善注云："金茎，铜柱也。"是擎举承露盘的铜柱。据《三辅黄图》载，西汉武帝时期，在建章宫内建有神明台，是武帝祭仙人之所。其上建有承露台，有铜仙人展开双手捧铜盘玉杯，以承云表之露，并配以玉屑服用。玉露：云外之露水。云卧：高卧云雾缭绕之间。天书：神仙之书。

[2] 鸥：水鸟名。瑶堦：玉石所作或装饰的台阶，又称"玉阶"。

[3] 丹心：赤诚、忠纯之心。三国魏阮籍《咏怀》之五十一："丹心失恩泽，重德丧所宜。"恋阙：眷恋帝阙，指称君王。绿鬓：乌黑且有光泽发鬓，形容年轻之颜容。宋欧阳修《采桑子》词："去年绿鬓今年白，不觉衰容。"悬车：致仕。古制官员一般年七十应辞官家居，废车不用。祇：通"祇"，仅仅。

[4] 信宿：语出《诗·豳风·九罭》："公归不复，于女信宿。"《毛传》："再宿曰信；宿，犹处也。"指一连停宿两夜。登堂：本指登上外堂，进入内室。此处指诗人被延请到内宅。及门：到门，犹言交情浅淡。亲：亲近。

简析：

这首诗以西汉武帝求仙之典，比况当今帝王喜好以及朝堂风气。于氏虽怀一片忠君报国之丹心，却只落得黑发致仕，壮志难酬。诗篇以于氏与诗人心志相得作结。

首联以西汉承露铜仙人之典起篇，叙写君王访道求仙的倾好。上句追述建章宫内伫立的承露铜仙人，今时又逢春，暗指当今君王求仙之举；下句则明言深藏云端的天书是君王的新好。颔联描绘了今时朝堂的气象。海内晏清、明月悬空，鸥鸟翩翩来下；玉阶清净、仙客到临，仙鹤双双驯飞。颈联则描写了于慎行的现状和心境。于氏虽远离京师千里，但常怀赤忱报君之心；乌黑发鬓之形，年仅四十之岁华，却已致仕归隐。上句描摹于氏忠君之心志，下句则叙写其无奈的人生选择。尾联则是诗人对于氏款待之举的答谢。诗人称言自己被于氏留宿，并不是因为风尘仆仆，舟车劳顿，而是因为诗人乃登堂入室之客，自然比登门贺寿的客人要亲近。

题赵相国灵洞山房古洞栖霞[1]

洞门谁凿玉嶕峣，远洞烟霞锁寂寥[2]。
向夕放明丹竈火，隔林遥见赤城標[3]。
天边孤鹭秋相送，江上诗情晚更饶[4]。
旧德由来餐不尽，都城五色护清朝[5]。

注释：

[1] 赵相国：即赵志皋（1523—1601），字汝迈，号汝阳。浙江兰溪（今浙江省金华市兰溪市）人。明穆宗隆庆二年（1568）戊辰科进士。历任国子监祭酒，吏部左侍郎，官至礼部尚书兼东阁大学士。明神宗万历年间曾两度为首辅（万历二十年三月至二十一年正月，即1592年—1593年；万历二十二年五月至二十九年九月，即1594年—1601年）。其作汇编为《内阁奏题稿》《四游稿》《灵洞山房集》。万历初年，赵志皋自岭南谪归之后，置灵洞山山地（今浙江省兰溪市东郊六洞山）建秘书楼、三山斋、六虚堂等，标为十二景，一时宾客争相题咏。

[2] 玉：玉峰。嶕峣：峻峭，山势高耸的样子。锁：幽闭。

[3] 向夕：傍晚。晋陶潜《岁暮和张常侍》："向夕长风起，寒云没西山。"丹竈：即"丹灶"，道教烧炼丹药的鼎炉。赤城：山名。其土色赤，其状如城堞，故名。在今浙江省天台县北赤城山。标：树梢。《玉

篇·木部》:"标,木末也。"

[4] 鹭:本指白鹭。因其群飞之时,小不逾大、次第而行,故而后世以"鹭行"比喻朝官秩序。饶:富足、多。

[5] 餐:吞食。五色:指青、赤、白、黑、黄五种颜色,古人认为此五者为正色。清朝:清明朝堂。

简析:

这是一首题壁诗。诗人拜访友人赵志皋,游览栖霞古洞有感而留诗赵氏修仙问道居所。该诗描绘了栖霞古洞烟霞缭绕以及丹炉火明的气象,并抒写诗人登临栖霞古洞举目远眺所见所感,虽远离宫阙,但心系君恩,希冀朝堂清明的心愿。

首联描绘了远观栖霞古洞的情形。峻峭玉山之上,不知何人凿就栖霞古洞;洞远烟雾霞光掩映,难识其形,紧锁寂寥。颔联描绘傍晚登临栖霞古洞的情形。傍晚时分,烟霞散去,丹炉火明;隔林望远,赤城树梢,隐约可见。颈联描绘身处栖霞古洞远眺之景。诗人举目眺望,天边孤鹭与秋色共现,江上晚来色彩缤纷更增诗情。尾联诗人遥想京城气象。诗人感怀往昔君恩,遥想五色云现而护朝堂清明的政局。

梵刹钟声[1]

寺隐高峰片月斜,疏钟不碍翠微赊[2]。
传来涧水欺飞瀑,散入松风惊定鸦[3]。
清梦乍疑长乐晓,白莲知近远公家[4]。
故山精舍元为主,题咏无劳护碧纱[5]。

注释:

[1] 梵刹:佛寺。

[2] 隐:隐蔽、藏身。片月:弯月。斜:斜照。疏钟:稀疏的钟声。翠微:见《早登望岱》释条[4]。赊:遥远。

[3] 欺:犹言流入。定鸦:犹言"入定寒鸦",指夜晚栖息在树枝间的野鸟。

[4] 长乐:见《冯宫詹邀同焦漪园夜饮遇雨呈谢四首其三》释条

[3]。晓：清晨。白莲：本指白色莲花。此指白色的莲花灯。远公：指东晋高僧慧远。据《高僧传·晋庐山释慧远》记载，慧远，本姓贾氏，雁门娄烦（今山西省娄烦县）人。身弱，然好读书。其时，释道安在恒山（今山西省恒山）立寺弘法，慧远往归，从道安学佛。其后，慧远南适荆州（今湖北省荆州市一带），本欲往罗浮山（今广东省罗浮山）及浔阳（今江西省九江市），见庐山山峰清静，始住龙泉精舍。时有释慧永曾建议刺史桓伊为慧远修筑佛舍，其地位于庐山东侧，是谓东林寺，时人谓慧远为远公。

　　[5] 元：元气。指天地未分之前的混沌之气。劳：劳动、辛劳。碧纱："碧纱笼"的简称。典出五代王定保《唐摭言·起自寒苦》。据载，五代时期，王播（759—830），字明敫，太原（今山西省太原市）人。其少时孤贫，曾常年在扬州惠昭寺木兰院与僧人斋飡。久之，众僧厌之；王播每次出现，僧人已饭矣。唐文宗大和年间，王播任中书侍郎同中书门下平章事，出镇扬州；访木兰院，其昔日在墙上所作之诗，皆以用绿纱灯罩幕其上。王播感喟其变化，敷写两首绝句感慨人世冷暖，其一曰："上堂已了各西东，惭愧阇黎饭后钟。二十年来尘扑面，如今始得碧纱笼。"后世以"碧纱笼"指诗作因人位重而被人看重。

简析：

　　这是一首述志诗。诗人被佛寺钟声惊醒，恍惚间，往昔与今时生活产生交错。诗人以家居追慕人生大道作结，表达了视功名利禄如浮云的心志。

　　首联描绘了夜静远处钟声传的情形。佛寺隐身高峰之处，弯月挂半空；稀疏钟声穿越翠微林木远播。颔联描绘近旁瀑布之声和乌鸦之鸣。近旁瀑布之声，原为涧水汇聚而成；水声扩散伴以松间之风，惊动宿栖之鸦鸟。颈联描绘声响带给诗人的遐想。美梦中醒来，怅然间，疑似听闻长乐钟鸣、京都晓白。举目间细审，心定处，方知京师遥隔、宫阙依稀。尾联描述了诗人当下生活旨归。故乡山居守斋处，神形追慕元气为旨归；为文作诗只为表情达意，不再挂碍世人评说。

山亭樵语[1]

　　亭结崔嵬樵径旁，樵来问答总相恰[2]。

穿云日许寻瑶草，叩榻时容憩夕阳[3]。
一局未残柯已烂，千羊欲起石犹僵[4]。
祈平兄弟休全踏，欲采荛荛献圣皇[5]。

注释：

[1] 樵语：樵，通"樵"，樵夫。语：交谈。

[2] 结：修建。崔嵬：形容山势崎岖不平。樵径：指打柴人日常行走的小路。相忘：忘，通"忘"，忘怀。《庄子·大宗师》："泉涸，鱼相与处于陆，相呴以湿，相濡以沫，不如相忘於江湖。"

[3] 穿云：穿入云间。日许："日许多时"的简称。本是估量时间的用语。此处指花费许多时间。瑶草：传说中的仙草。汉东方朔《与友人书》："相期拾瑶草，吞日月之光华，共轻举耳。"叩榻：指访仙。时：日光。容：色彩，指太阳的光亮。憩：通"憩"，休息。

[4] 柯：斧柄。僵：僵直。

[5] 踏：遍寻。采：采集。荛荛：语出《诗·大雅·板》："我言维服，勿以为笑。先民有言，询于荛荛。"指割草采薪之人。

简析：

这是一首闲适诗。首联描写了山间小亭的环境。上句描写了小亭的处所，其在崔嵬深山小径旁，樵夫相遇问答忘情山林。颔联描述诗人漫行山林的情形。穿云入林、花费时光，希冀寻觅瑶草；访仙寻道、日光容泽，欲要栖息夕阳。颈联描写山行所见之景。山径边，忽见仙人对局未完，樵夫斧柄已烂；千羊欲起，已然化而为石，僵硬难起。尾联则抒写诗人心愿。诗人祈愿同辈之人莫要停止脚步，遍寻山林，采集刍荛，奉献圣皇。

溪桥烟柳

杨柳和烟绿未齐，行人初踏杏花泥[1]。
千条万缕垂垂合，弱霭轻阴处处迷[2]。
水泮游鱼浑欲跃，树深黄鸟但闻啼[3]。
画桥似为怜春色，时度东风到水西[4]。

注释：

[1] 齐：整齐、划一。此处指杨树与柳树的颜色尚未全部变绿。杏花泥：指杏花散落尘泥，与泥同形。

[2] 垂垂：低垂的样子。弱霭：薄云。轻阴：疏淡的树荫。

[3] 泮：通"畔"，岸边。浑：全部。但：只。

[4] 画桥：雕饰华美的桥梁。怜：爱惜。东风：春风。水西：泛指河流的西岸。

简析：

这首诗描绘了诗人初春踏青所见溪桥烟柳的景色，抒发了喜春和惜春的情感。首联描绘初春溪柳吐绿和行人踏青寻春之情形。初春杨柳秀出嫩绿细芽，相互掩映之间如同薄雾缠绕；行人寻春，初踏杏花缤纷散入轻泥。颔联则具体描绘了烟柳之形。千条万条低垂合散，薄云淡荫处处迷离。颈联描绘溪水游鱼和细柳黄鸟景象。溪水轻缓，游鱼近岸浑似出跃水面；细柳密林，黄鸟藏其间闻声不见影。尾联描绘诗人伫立画桥之上，春风拂面，满眼春色的情形。

游法海寺二首[1]

其一

云尽寒山石宝开，西风古寺一徘徊[2]。
树当十月犹青色，碑载前朝总录苔[3]。
护法似闻天犬吠（山名天狗），听经曾有夜龙来[4]。
须知圣地宜盂酒，未许斜阳促客回[5]。

注释：

[1] 法海寺：指山东省青岛市法海寺。该寺位于青岛市城阳区夏庄街道源头社区东，西邻石门山，是青岛地区现存最古老的佛教寺院。据法海寺内元泰定三年（1278）所立《重修法海寺碑》载，法海寺始建于北魏太武帝年间，距今已有1600多年的历史。因纪念始建者法海大师而得名。其寺院最早规制已不可考。该寺在北宋嘉祐二年（1057）、元延祐二年（1315）、清康熙五十二年（1713）曾先后重修。今天寺庙规模是在

1934年重修后的规制，分为前后两院，奉祀释迦牟尼等。

[2] 石宝：佛塔。徘徊：留恋。

[3] 当：值。总：聚集。录：同"绿"。

[4] 护法：护持佛法。听经：听诵佛经。

[5] 盃酒：即"杯酒"，指饮酒。许：答应。

简析：

这两首诗是诗人游览法海寺所作。通过对法海寺及其周围自然环境的描绘，诗人记叙了敬佛、听经、探幽的游览经历，抒发了流连忘返的情感和追寻佛理的心愿。

该诗描绘了初冬法海寺古朴清幽的环境，记叙了诗人观佛听经的感受，抒发其杯酒诗篇欲留忘归的情怀。首联描述诗人身处法海寺的情形。寒山云散始见石塔，古寺西风独自徘徊。颔联则描绘寺中景色。初冬时节，树林犹带绿色；前朝故实，石碑载记生绿苔。颈联则叙写佑护大法之时，恍然听闻天犬狂吠；聆听佛经，似曾目睹天龙夜来。尾联诗人感喟居留胜地应尽兴畅怀。诗人感慨游览胜地应有杯酒诗篇，更应忽视斜阳已现催客归之意。

其二

幽岩欲尽见浮图，峭级穿云百尺孤[1]。
四面山风团翠霭，千年花雨暗平芜[2]。
人寻鸟道迷南北，篆杂蜗文半有无[3]。
欲问慈航何处是，斜阳古木一啼乌[4]。

注释：

[1] 幽岩：幽暗的山洞。浮图：即"浮屠"，佛教语，梵语 Buddha 的音译。此处指佛塔。峭级：陡峭的台阶。

[2] 团：聚集。翠霭：犹言"青烟"。暗：使……昏暗。平芜：草木丛生的平阔原野。

[3] 杂：间杂。蜗文：蜗，蜗背；文，通"纹"，花纹。

[4] 慈航：佛教语。佛教宗义认为，释迦牟尼佛与众菩萨，面对红尘信众，常以慈悲之心度人，如航舟之渡众，使众生脱离轮回的苦海。古

木：古树。

简析：

这首诗通过记叙诗人探访法海寺周围山林的情形：曲折山路、陡峭石阶、孤立古塔、山风云霭、鸟道篆文，触发了诗人欲问慈航何处在的感思。

首联描写诗人探幽访胜的情形。诗人攀山登岩，山回路转，佛塔显现眼前；陡峭石阶，穿云造日，百尺古塔独立。颔联叙写诗人抚今追昔之情。身临四面山风吹拂，林翠云白；思追千年雨打花落，沉暗旷野。颈联则追述了探幽访盛的所见之景象。寻觅曲折山路，偶迷南北之向；篆文间杂岩纹，半为明文半为石纹。尾联则描写了诗人感悟佛理之情。面对佛塔胜境，诗人不禁探问慈航何处寻觅？斜阳下，古木佛塔、孤鸟啼鸣，无尽感思凝聚其间。

黄石宫二首[1]

其一

黄石遗踪海畔留，一宫深锁乱山秋[2]。
松风时送波涛出，泉窍疑通河汉流[3]。（泉名天液）
济北天空烟漠漠，圯桥云断水悠悠[4]。
殷勤独向高峰觅，应有藏书在上头[5]。

注释：

[1] 黄石宫：又名"黄石洞"，位于今山东省青岛市崂山区崂山水库北侧。始建于元代，明代即墨黄宗昌《崂山志》曾载黄石宫有上、下两宫，宫内奉祀三清。清代光绪年间，该宫已坍塌、败坏。

[2] 黄石：指黄石公，亦称"圯上老人"。典出《史记·留侯世家》。据史载，西汉张良在博浪沙（今安徽省亳州市）刺杀秦始皇失败后，逃至下邳（今江苏省睢宁市以北一带），曾在圯上（桥上）遇一老父，并从其学兵法。不仅如此，老父告知张良，十三年后，到济北榖城山下，见黄石，即为其。十三年后，张良从刘邦过济北城，果见黄石。张良死后，与黄石并葬。乱：混杂。

[3] 时：时时。波涛：大波浪。河汉：银河。

［4］济北：济北城，故址约在今山东省济南市长清县西南一带。圯桥：圯上之桥，故址在今江苏省睢宁县古邳镇境内。此二地都与黄石公有关。

［5］殷勤：兴致高昂。藏书：指黄石公赠予张良的兵书，此处借指精妙典籍。

简析：

这两首诗是诗人游览黄石宫所作。

该诗描述了黄石宫地理方位和自然风光，诗人追昔抚今，渴望能寻觅到黄石公之书，领悟黄石公真谛。首联描述黄石宫所在。东海之滨，黄石公曾有行踪；而今乱石深秋，紧锁黄石道宫。颔联描述黄石宫周围的自然风光。海风吹拂，松林有声时伴海涛共鸣；山泉静流，泉窍疑似沟通河汉洪流。颈联叙写黄石公的行迹。济北穀城，长空寂寥，漠漠青烟；圯上之桥，白云断续，悠悠河水。尾联抒发了诗人欲登高峰寻觅黄石书的心志。诗人兴致饱满，独自向高峰而行，希冀探获黄石之书。

其二
石径萧条栗叶黄，我来怀石倍心伤[1]。
世人犹自传云鸟，海上于今正虎狼[2]。
白日苍茫迷细柳，丹梯仿佛见扶桑[3]。
登临转觉添愁思，醉把寒花嗅野香[4]。（时有朝鲜之后）

注释：

［1］栗：栗树。石：指黄石公。

［2］云鸟：典出《左传·昭公十七年》。据史载，华夏部落首领黄帝受命有云瑞，因云而纪事，百官皆以云为名号。夷族部落首领少皞氏受命之时，凤鸟适至，故以鸟纪事，百官皆以鸟为名号。后世以"云鸟"指两个不同的朝代。虎狼：语出《左传·哀公六年》："及朝，则曰：'彼虎狼也。'"借指凶残或勇猛之人。此处指入侵朝鲜的日本侵略军。万历二十年（1592），日本前关白丰臣秀吉率领的日军悍然入侵朝鲜。作为宗主国的明朝应朝鲜请求，明神宗派兵入朝抗击。前后经过15年，万历二十七年（1607）四月，明军班师回朝。史载，这次战争，大明是"几举海

内之全力"。

[3] 细柳:"细柳营"的简称。典出《史记·绛侯世家》。史载,汉文帝时期,周亚夫为将军,驻军细柳(今陕西省咸阳市西南渭河北岸)。文帝亲往劳军,因无军令而不得入;其后使使诏将军,周亚夫传令开军营之门;文帝入军塞,按辔徐行。文帝称赞周亚夫"真将军"。后世借指纪律严明的军营和军队。扶桑:东方古国名。后世指称日本。

[4] 登临:登高而望。把:手握。

简析:

这首诗描述了诗人登临黄石宫,面对萧瑟之景,思及时局,希冀能从黄石之书中寻到良策以解当下困局,可惜空许壮怀的情景。

首联抒写诗人怀念黄石宫的心境。石径萧条、栗叶枯黄,一片萧瑟景色之中,诗人追怀黄石公,心悲更增一重。颔联描述诗人追昔抚今之感。尘俗之间,仍自传闻白云飞鸟自在,却未曾意识到海上虎狼正猖獗。此处是指在明神宗万历二十年(1592),日本丰臣秀吉派兵入侵朝鲜爆发的战争,史称万历朝鲜战争。颈联描述登临高山过程中所见所感。阳光被苍茫云海遮蔽,细柳军营迷茫未睹真颜;红叶散落的石阶,登攀之时依稀窥见扶桑之木。此二句实则描写明朝对出兵朝鲜的态度含糊,而日本态势则咄咄逼人。尾联叙写诗人登览之情的转迁。诗人登览黄石宫,既有追思前贤之情,更是希望获取解决当下朝鲜困局的良策之意;只可惜面对时局转生愁绪,只能醉观寒花轻嗅野香。

白云庵二首[1]

其一

崎岖千涧野云赊,乘兴遥遥访道家[2]。
门外清泉滋碧草,甑中白石变丹砂[3]。
平台客上凌寒露,斜日人归带落霞[4]。
最喜诸真频见恋,洞天几度饭胡麻[5]。

注释:

[1] 白云庵:指位于山东省青岛市崂山巨峰南麓的白云庵。其始建

于唐代，原为佛寺，后圮。白云庵原有上、下两庵。上庵，古称玉清宫。据周至元《崂山志》载，玉清宫在慈光洞，创建时间无考，明万历年间重修。其后，玉清宫毁败，其匾额移悬旱河庵，即今之玉清宫。下庵，又名铁瓦殿，在慈光洞下500米左右。明代白云庵供奉道教玉皇大帝，是当时崂山最大的道场。清康熙年间毁于大火，白云庵自此败毁。今青岛市存马山白云庵，位于青岛市即墨马山风景区内，始建于清顺治十三年（1656），"文革"期间被毁，1993年重建。

[2] 赊：遥远。遥遥：形容路程遥远。

[3] 滋：滋养。甑：瓦器，古人用以蒸饭。白石：传说中神仙的食粮。汉刘向《列仙传·白石生》："白石生，中黄丈人弟子，彭祖时已二千余岁……尝煮白石为粮。"丹砂：指用丹砂炼成的丹药。

[4] 客：指游人。凌：严寒。斜日：斜阳。落霞：晚霞。

[5] 真：真人，道教对修炼之人的称谓。恋：喜爱。洞天：别有洞天之意。道教指称神仙居处。饭："以……为食"之意。胡麻：典出《幽明录》。据载，东汉明帝年间，剡县刘晨、阮肇共入天台山，遇仙人，共食胡麻饭、山羊脯、牛肉等。后世借指神仙所食之物。

简析：

这两首诗是诗人游览白云庵所作。诗人记叙了探访白云庵的过程，描绘了其清幽的自然环境和道士修炼的生活常态，抒写了诗人流连佳地、浑然忘归的情态。

该诗通过记叙诗人登爬崂山，探访白云庵的情形，描绘了其景以及与道士之间的情谊。首联描述了登爬崂山寻访白云庵的情形。崎岖山路、千涧穿行、旷野云雾遥不可及；乘兴登爬、路途遥遥、道家仙居渐近可见。颔联描绘了白云庵的景色和道士炼丹的情形。山门外，清泉静淌，滋养万千绿草；寺庵中，白石釜甑，化变红色药丹。颈联则描绘了登高而见和日暮而归的情形。登爬平台，诗人傲欺寒露气；斜阳西垂，众人兴归披红霞。尾联抒写诗人与道士的情谊。赏景之时，道士屡次邀请诗人驻留庵中，还提供胡麻美食，展现一片殷勤之意。

其二

翠柏丹枫相映新，清波白石故粼粼[1]。

羽人总解谈黄老，尘世谁知是汉秦[2]。
樵语每从天外落，仙丹自许鼎中寘[3]。
流连岁杪浑忘返，气候时时似暮春[4]。

注释：
［1］故：依旧。粼粼：水流清澈的样子。
［2］羽人：本指神话传说中的飞仙。语出《楚辞·远游》："仍羽人于丹丘兮，留不死之旧乡。"南宋洪兴祖补注云："羽人，飞仙也。"后世借指学道之人，即道士。总解：一心解读。黄老：指黄帝与老子，二者皆是道教始祖。
［3］自许：自我夸耀。寘：同"置"，安放。
［4］杪：本指树枝的末梢，此处借指年、月、四季的末尾。浑：浑然。忘：同"忘"，忘却。时时：经常。

简析：
这首诗描绘了白云庵道家仙气凝聚，诗人流连忘返之情态。
首联描绘了白云庵清幽的自然环境。翠绿柏树、彤红枫树，交相辉映倍生姿颜；清澈水波、白净山石，依旧冲击水波粼粼。色彩缤纷、清幽澄净，令人心醉。颔联则叙写了一心向道，不知秦汉的白云庵道士生活。欲学飞仙之道士，一心解读谈论黄老之学；尘世变迁，未知汉秦已然流转。颈联描述白云庵仙家之趣。山高林密，樵夫之声每每从天而来；丹火兴旺，道士自矜仙丹宝鼎置藏。尾联则叙写诗人流连忘返之情态。岁末流连佳地，浑然不知身在异地，忘却归家之意；气息景象，常常误认身处暮春时节。

曹南仙桐[1]

　　曹南寺故有二桐，大，各数围。其一忽枯死，寺僧因而伐之，独其根存焉。六年矣。一日，有蓝缕道人醉卧其上，夜半歌曰："我来枯树活，我去人不识。"（云云）比明，失道人所在。越六日，有芽始发枯根间，大如其根；又半月，大如其一之存者，二桐宛然如故。[2]

莫讶神仙顷刻花，请从榾柮看灵芽[3]。
栖鸾幹就春应妬，骑鹤人归月未斜[4]。
翠叶至今余紫气，红尘无路觅丹砂[5]。
何时问诀曹南寺，藉取清阴老岁华[6]。

注释：

[1] 曹南：指曹南寺，在今山东省菏泽市。仙桐：神异之桐树。

[2] 此为该诗小序。围：量词，指臂合的长度。蓝缕：破烂衣裳。比明：等及天亮。宛然：依然。故：原来的样子，指复活。

[3] 讶：吃惊。顷刻花：典出宋刘斧《青琐高议·韩湘子》。据载，唐韩愈之侄韩湘，狂放不羁，韩愈屡教之，其行不改。韩湘曾对韩愈称言，其学非愈所知，并作《言志》诗表怀，其有"解造逡巡酒，能开顷刻花"句。韩愈欲验其学，适逢开宴，韩湘取土聚盆，以笼覆之；行酒之间，花已开，满席皆惊。后世指忽然开花的神奇花朵。榾柮：木头。灵芽：指祥瑞的花草。

[4] 幹：同"干"，求取。就：接近。妬：同"妒"，嫉妒。骑鹤：古人称谓仙人乘鹤云游。斜：落。

[5] 紫气：紫色云气，是一种祥瑞之气。此处指仙气。觅：同"觅"，寻找。

[6] 诀：要诀、精妙之言。清阴：犹言恩泽，指仙气。岁华：年华。

简析：

这是一首咏物诗。诗前小序记述了曹南寺枯死桐木复生的传闻。枯死之桐木，仅存其根。六年之后，有一位身着破烂衣裳的道人醉卧枯桐之上，夜歌而叹。晨去。六日之后，始有芽生枯根，状大如其根；复半月，其状大如生桐。两桐并生矣。

首联以流水对叙写仙话之真。诗人劝告世人莫要质疑神境之力，顷刻之间，花朵盛开；而今枯死桐木重生春芽，更是验证仙话无妄。颔联描绘仙桐重生，祥瑞毕集的景象。凤鸾栖息仙桐枝干，春神想必嫉妒仙力无边，使枯木重生；驾鹤仙人来观仙桐，夜月不舍沉落天际，望仙人复归。颈联描绘了依仗仙力复生之后的仙桐情形和感触。绿叶葱葱，至今依旧缠绕仙界祥瑞之气；尘俗混沌，已然无法复生只得寻觅仙方。尾联表达了诗人问仙曹南寺之心志。诗人感喟何时才能访仙曹南寺，沾染仙桐之气，增寿延年。

题王念野云耕山房二首[1]

其一

年来霖雨偏中州，底事闲云尚陇头[2]。
三径倒悬桑柘影，一庐深锁薜萝秋[3]。
淡烟故自环龙窟，佳气遥应接凤棲[4]。
却忆嵩高回首处，金门青琐并悠悠[5]。

注释：

[1] 王念野：即王孟煦（生卒年不详），字育明，又字念野，安丘（今山东省安丘市）人。万历十四年（1586）丙戌科进士，入翰林院，选庶吉士，授礼科给事中，累迁至江西参政。存《云耕山房稿》1卷。

[2] 霖雨：连绵大雨。偏：偏爱。中州：中原地区。底事：何事。闲云：悠然漂浮的云。尚：爱好。陇头：陇山（今六盘山），借指边塞。

[3] 三径：亦作"三迳"。语出晋赵岐《三辅决录》："蒋诩归乡里，荆棘塞门，舍中有三径，不出，唯求仲、羊仲从之游。"后借指归隐者的家园。倒悬：犹言"倒挂"。桑柘：桑树与柘树的并称，是古代乡村常见树木，故而借指农桑之事。薜萝：见《过东阿为于毂峰老师祝寿四首其二》释条[1]。

[4] 淡烟：轻烟。故自：仍旧。龙窟：帝宫。凤棲：应为"凤栖碧梧"的省略。语出《庄子·外篇·秋水》。庄子以南方鹓雏（一种与鸾凤同类的鸟）"非梧桐不止，非练实不食，非醴泉不饮"的习性比况自身高洁品行，后世借指隐士的高洁品行。

[5] 嵩高：即嵩山。《史记·封禅书》："昔三代之居，皆在河洛之间，故嵩高为中岳。"金门："金明门"省称。唐代宫门名，其内为翰林院所在之地。《旧唐书·职官志二》："翰林院。天子在大明宫，其院在右银臺门内。在兴庆宫，院在金明门内。若在西内，院在显福门。若在东都、华清宫，皆有待诏之所。"青琐：本指装饰皇宫门窗的青色连环花

纹，后世借指皇宫。

简析：
　　这两首诗是题赠诗。面对云耕山房静谧闲适的环境，诗人烦忧心绪暂时得以排遣，但追忆往昔朝堂生活和思虑未来岁月，又生惆怅之情。
　　该诗以诗人烦扰心绪起篇，而当其身处友人归隐之地时，幽静和佳气并存的环境令心绪暂开，但当其追忆登高眺望京师之时，愁绪又添胸怀。
　　首联叙写年来中州阴雨绵绵与陇头闲云漂浮的景象，抒发了诗人烦忧之情。上句以"霖雨"和"偏"点明中原地区阴雨绵绵，气候异常；下句则以"闲云"和"尚"称言边关地区闲云飘荡，貌似平静的局势。颔联描写了云耕山房的幽静环境。桑树和柘树之影遮掩云耕山房，屋舍紧锁薜萝之秋意。颈联叙写了诗人对云耕山房的感受。诗人遥想轻烟依旧环绕帝宫，而此地佳气暗生遥接凤栖梧桐。
　　尾联追忆登高眺望京都，满腹惆怅的情形。诗人登临嵩山回望京都，遥忆翰林院和朝堂生活，思绪纷繁。

其二
结屋高从霄汉间，绿畴时共白云闲[1]。
鹓鸾几见生新色，猿鹤依然诣旧山[2]。
簌塌繁花春窈窕，护田流水夜潺湲[3]。
我来欲问读书处，石磴青苔未可攀[4]。

注释：
　　[1] 结屋：构筑屋舍。高从：犹言"高耸"。绿畴：绿色田地。
　　[2] 鹓鸾：鹓、鸾，二者都是古代传说中类似凤凰的神鸟。几见：指不久之前刚刚相见。诣：到。
　　[3] 簌：同"竹"。窈窕：深远的样子。护田：环绕春田。潺湲：水流缓慢的样子。
　　[4] 磴：台阶。攀：登爬。

简析：
　　这首诗描述了云耕山房静谧闲适的环境，触发诗人即此读书的愿望，但山路难攀，唯恐心愿难以实现。

首联描述王氏云耕山房所在处所的环境，勾勒出一幅静谧闲适之图。构筑屋舍之地，高耸直追霄汉；绿色田地，时与白云掩映，闲趣顿生。颔联描绘远望众鸟之景。远眺曾见鹓鸾，其渐生新色；时见猿鹤，依旧造访故山。颈联则描写近身繁花流水之景。房前竹林与百花，春来林密花繁多情致；环绕春田之流水，日夜潺湲静流澄净心境。此四句从远景和近景两个角度细致描摹了云耕山房的环境，鹓鸾巢居之地、猿鹤造访之山、竹林繁花之景、静水潺湲之境，深幽静谧，杂尘尽除。尾联描述诗人面对此景此境，生发欲来此地读书之念头，只是青苔蔓布石阶，路难未可攀爬，比况未可得偿所愿。

王明吾使辽过里，诗以讯之[1]

闻道槎回辽海头，匡床怀思日悠悠[2]。
故国英荡涵佳气，绝域黄华试壮游[3]。
宣诏几人扶杖听，磨崖到处乞诗留[4]。
经行岂有安边策，女直将无意外忧[5]？

注释：

[1] 王明吾：即王一鹗（1532—1591），字子荐，又字明吾，号云衢，别号宾衢，世称春陵先生。明曲周（今河北省邯郸市曲周县）人。明世宗嘉靖壬子（1552）中顺天府乡试举。次年考中癸丑科（1553）进士，其年仅19岁。自嘉靖三十三年（1554）始，王一鹗先后任南京刑部主事、建宁知府、山东按察副使、都察院检都御史等职。曾任副都御史巡抚宣府（今河北省张家口宣化县一带），积功升任兵部左侍郎；任蓟辽总督，安抚边镇，威震女真诸部，后擢升兵部尚书并加封太子少保。里：指诗人归隐的家乡，即今山东省青岛市即墨一带。讯：慰问。

[2] 闻道：听闻。槎：木筏。辽海："辽海卫"的简称。明代辽海卫故址在今辽宁省海城市西北一带。此处泛指辽河以东至海的地区。匡床：安适的床具。怀思：怀念。

[3] 故国：本国。英荡：语出《周礼·地官·掌节》："凡邦国之使节，山国用虎节，土国用人节，泽国用龙节，皆金也。以英荡辅之。"其

制为竹制符节,刻书纪事,以证其信使之身份。后世泛指证明出使官员身份的印信。绝域:极远的地区。黄华:即"黄华弩"的简称。北宋出现的一种弓弩。其制,多人发射谓之"大弩";一人踏射,谓之"跳镫弩"。根据颜色和材质的不同,可分为黑漆弩、白桦弩、黄桦弩、雌黄桦弩。壮游:心怀壮志而远行。

[4] 扶杖:拄杖。借指年高之人。磨崖:磨平山崖或石壁以镌刻文字。

[5] 经行:指路程之中经由,意指时间短暂。安边策:稳定边境的谋策。女直:我国古代居住于黑龙江和乌苏里江流域的少数民族名称。商周时称为肃慎,东汉、三国、西晋时期称为挹娄,南北朝时期称为勿吉,隋唐时期称为黑水靺鞨,五代时期称女真,辽时,因避辽主耶律宗真讳,改称女直。两宋时期曾建立金国。明朝仍称之为女直。清皇太极改号为清,改称"女真"为"满洲"。将无:莫非。

简析:

这是一首政事诗。诗人借慰问友人之际,表达了对辽东形势的担忧。

首联描述诗人听闻王一鹗乘船途经乡里出使辽东之事,追忆往昔共事之情形。颔联畅想王一鹗出使辽东的仪仗和气度。王氏身佩出使印信涵有佳气,远域黄华强弓伴壮行。颈联则叙写了王氏宣诏辽东可能出现的情形。汉族生民已老,扶杖遗老几人听诏;乞求圣朝天使摩崖留诗,铭记圣朝君恩。尾联则是诗人对王氏出使辽东的担忧。诗人认为王氏行经辽东之地,时间未久,并不能找到解决边患的良策。面对明朝天使宣边之行,女直部族莫非不会有意外之举?

孟夏,陪祀太庙,恭述二首;
时上从在静摄,天仗一出,群情忭舞[1]

其一

閟宫祫禘警清銮,簪绂叨陪侍从班[2]。
九奏自天传凤吹,重华就此识龙颜[3]。
朱樱细带宫云出,碧草纷承御辇还[4]。
宗祐万年灵贶在,敢期圣寿比南山[5]。

注释：

[1] 静摄：指帝王不临朝视事。明刘若愚《酌中志·大内规制纪略》："又神庙静摄久，凡冬年圣节，阁臣诣仁德门外行礼。"万历十五年（1587），为躲避朝政，明神宗宣布"静摄"。天仗：天子仪仗。忭舞：指群臣高兴得手舞足蹈。唐郭湜《高力士传》："倾城道俗，一时忭舞。"

[2] 閟宫：典出《诗·鲁颂·閟宫》："閟宫有侐，实实枚枚。"《毛传》："閟，闭也。先妣姜嫄之庙在周，常闭而无事，孟仲子曰：是禖宫也。"郑玄笺："閟，神也。姜嫄神所依，故庙曰神宫。"指祭祀祖先的神庙。祫禘：周代祭祀始祖的一种礼制。清銮：指君王的车驾。簪绂：簪，通"簮"，指冠簪；绂，缨绂，丝质的帽带。此二者是官宦之士的礼服佩饰。叨陪：谦辞，指陪侍的言语。

[3] 九奏：犹言"九阕"。古制帝王行礼奏乐行九遍。凤吹：笙箫等竹管乐器演奏的细乐之称，与钟鼓等演奏的洪乐相对称。重华：岁星。龙颜：借指帝王。

[4] 朱樱：红色樱唇，代指宫女。细带：古代女子束衣之带，形制要比官员束衣之带要窄，故云。云：云鬓，借指宫女。碧草：青草。

[5] 宗祐：祖先佑护。灵贶：神灵赐福。期：期望。圣寿：帝王寿命。

简析：

这两首诗是祝颂诗。

该诗描述了天子仪仗的繁盛。首联描写群臣陪帝王祭祀祖庙的情形。帝王身着礼服祭祀祖考，御辇出行，警戒四周；群臣敬迎车驾，陪侍大典。颔联叙写典礼之乐。大乐奏响九遍，伴有自天而来笙箫竹管之乐；岁星借此识别帝王所在。颈联描写陪侍君主的女乐。红唇细带云鬓，女乐成排而行；青草纷承御辇，群臣敬送帝王归。尾联则祝颂圣朝帝王万寿无疆。

其二

慈闱曾扈祝彤宫，清庙还瞻法驾同[1]。
孝德千秋光俎豆，欢呼一日满臣工[2]。
明礼自合神人悦，临御须知朝讲通[3]。

从此万灵绵万历，愿歌天保磬丹里[4]。

注释：

[1] 慈闱：亦作"慈帷"。古时对母亲的代称。封建社会因皇后母仪天下，故以此借指皇后。扈：扈从，随帝王出行。祝：祝颂。彤宫：汉代用朱漆涂饰皇宫庭园之地，后世泛指皇宫。清庙：指太庙，古代帝王的宗庙。瞻：瞻仰、敬仰。法：效法。驾同：车驾同一、协和。

[2] 孝德：语出《周礼·地官·师氏》："以三德教国子。一曰至德，以为道本；二曰敏德，以为行本；三曰孝德，以知逆恶。"郑玄注："孝德，尊祖爱亲，守其所以生者也。"指敬尊先祖、敬爱双亲的品德。光：光耀。俎豆：俎与豆的合称。二者都是古代祭祀、宴飨时用以盛放食物的礼器。此处指奉祀祖考。臣工：语出《诗·周颂·臣工》："嗟嗟臣工，敬尔在公。"毛传："工，官也。"郑玄笺："臣谓诸侯也。"指众臣百官。

[3] 明礼：昌明礼制。神人：语出《书·舜典》："八音克谐，无相夺伦，神人以和。"指神与人。临御：帝王临天下、治朝政。朝讲：古制，清晨太傅等重臣为皇帝讲读经史典籍，以资朝政。

[4] 绵：绵延。万历：万年。天保：上天保佑。磬丹：钟磬与金丹。

简析：

这首诗颂赞皇后母仪天下、孝德彪炳千秋功德。首联描写皇后随驾帝王助祭宗庙之事。随驾陪侍祖庙，回程远瞻车驾同。颔联叙写帝后孝德泽被后世，群臣称颂的情形。孝德千秋光照礼器，群臣整日欢呼帝后功德。颈联抒发诗人对帝后孝德的评价。昌明礼制，顺应天理，人神自合，万众愉悦；君临天下，统御万民，秉持朝讲，万理顺通。尾联抒发诗人祝颂之愿。诗人希冀从此万千神灵佑护圣朝万年国祚，钟磬、金丹、高歌共飨上天保佑之恩。

李母慈节[1]

庭前春雨秀琼枝，却忆萧萧徙舍时[2]。
五夜泪从机杼尽，半生心许柏舟知[3]。
鸾书日月明贞洁，象服山河羡委蛇[4]。

翻笑下宫双义士，当时犹自属须靡[5]。

注释：

[1] 李母：未详其人。慈节：慈爱节义。

[2] 秀：出现、生长。萧萧：凄清、寒冷。徙：搬家。

[3] 五夜：五更。机杼尽：典出汉刘向《列女传·邹孟轲母》。据载，孟轲少时，废学归家。时孟母正在织布，闻孟轲之事，引刀断其机织，以之告诫孟子。孟轲复求学自奋，师事子思，学终有成。后世借之指母亲诫告子嗣勤学之事。柏舟：典出《诗·鄘风·柏舟》。《毛诗》云："柏舟，共姜自誓也。卫世子共伯蚤死，其妻守义，父母欲夺而嫁之，誓而弗许，故作是诗以绝之。"后世指因夫丧而矢志不嫁之人事。

[4] 鸾书：古代男女定亲的婚帖。象服：语出《诗·鄘风·君子偕老》："象服是宜。"《毛传》："象服，尊者所以为饰。"陈奂传疏："象服未闻，疑此即袆衣也。象，古襐字，《说文》：'襐，饰也。'象服犹襐饰，服之以画绘为饰者。"这是古代后妃、高官正妻所穿礼服。因其绘有各类物象作为装饰图案而得名。委蛇：怡然自得的样子。《诗·召南·羔羊》："退食自公，委蛇委蛇。"郑玄笺："委蛇，委曲自得之貌。"

[5] 翻笑：犹言"翻思"，反复思量。下宫：语出《礼记·文王世子》："诸子诸孙，守下宫下室。"郑玄注："下宫，亲庙也。"是指祭祀祖考的处所。须靡：应为"胥靡"，语出《墨子·天志下》："丈夫以为仆圉、胥靡。"成玄英疏："胥靡，徒役之人也。"

简析：

这是一首彰表李母慈爱节义的诗作。通过描述清寒家境，塑造了一位家境贫寒却能忠贞守节、教养子女的李姓母亲的形象。与此同时，诗人极力颂扬李母感天动地，可入祭祖庙贞节之义。

首联描述了主人公面对春雨景色明媚却思家徒四壁而凄苦的复杂心情。春雨过后，堂前树木生发新枝，明媚清新；回想昔日凄清时节，徙家而居，徒有四壁。颔联描述李母教子和守节的品行。出句以孟母断杼教子之典，比况李母教子之苦心；对句以共姜矢志守节之典，比况李母守节之美德。颈联描述了李母守节情态和高义。出句以其坚守婚书之嘉义，坚贞高洁之品行，天地可证；对句则以其身着礼服之形态，心静神宁之情态，山河艳美。尾联则以史实印证李母慈节足以流芳百世。诗人反复思考，称言入祭祖庙的义士曾经也是徒役之辈、平凡之众。言外之旨是指李母之节义也会被后世子孙铭记。

送曾石甫[1]

朝陈封事暮归田，菽水君恩亦自骈[2]。
共羡龙鳞婴赫怒，何须豸服炤春筵[3]。
孤忠移孝庭闻喜，令子直臣制诏贤[4]。
即此便胜三釜养，从来曾氏大名传[5]。

注释：

[1] 曾石甫：即曾六德（生卒年不详），字心蕊，又字石甫（一字元甫），福建浦城（今福建省南平市浦城县）人。万历二十九年（1601）进士，三甲第63名。初选为翰林院庶吉士，升礼科给事中。因上表抗疏，触怒明神宗，被贬为香山县（今广东省中山市）典史，后以病告归。

[2] 陈：奏。封事：亦作"封章"，见"七言古诗"之《送罗龙皋给谏被谪》释条[3]。归田：归隐。此处是婉辞，实则是被贬谪。菽水：菽，豆类；水，清水。语出《礼记·檀弓》。据载，孔子学生子路曾向孔子感喟，"生无以为养，死无以为礼。"孔子教导其曰："啜菽饮水尽其欢，斯之谓孝。"后世指虽所食用的事物只有豆和水，生活清苦，但是对长辈尽奉养之责。骈：本指两马并驾一车。此处指并列。

[3] 龙鳞：本指龙的鳞甲。后世借指皇帝的衮服，指代帝王。婴：通"撄"，触犯。赫怒：大怒、盛怒。语出《诗·大雅·皇矣》："王赫斯怒。"豸服：豸，即"獬"，上古传说中一种异兽，形如羊、黑毛、四足、头生独角，能辨曲直，见人争斗则以角触顶不直者。此处指官员所用之补服。炤：同"照"，辉映。春筵：泛指朝堂宴饮。

[4] 孤忠：孤直、忠贞。移孝："移孝为忠"的简称。语出《孝经·广扬名》："君子之事亲孝，故忠可移与君。"此指将孝顺双亲之心与行，可转而为效忠帝王之心与行。令子：称言他人之子贤俊才高。《南史·任昉传》："（任昉）四岁诵诗数十篇，八岁能属文，自制《月仪》，辞义甚美。褚彦回尝谓遥曰：'闻卿有令子，相为喜之。所谓百不为多，一不为

少。'"直臣：直言诤谏之臣。

[5] 三釜养：三釜，周制规定，在一般年份，每人每月的食米定额。《周礼·地官·廪人》："凡万民之食食者，人四鬴，上也；人三鬴，中也。"郑玄注："此皆谓一月食也。六斗四升曰鬴。"鬴，同"釜"。

简析：

这是送别因触怒明神宗而贬谪香山县令的友人曾六德而作。诗人以曾氏朝奏密章夕黜归乡的遭遇起篇，首联描述曾六德上疏获罪的情形。曾氏清晨奉献密封奏章，傍晚就被罢黜归乡。面对友人云泥之别的处境变化，诗人感慨啜食豆饭、取水饮用与君恩浩荡相伴而来。颔联委婉地表达了对友人不幸遭遇的同情。众臣皆羡龙鳞之美，然而碰触则易生盛怒，比况友人因触犯明神宗获罪之事。诗人更是称言何需身着豸服的御史辉映朝堂，曲折表达了诗人不满的情绪。此二句真实地描述了官员升陟皆系君王之心，而非是非曲直的黑暗现实。颈联则颂赞了友人的个性。至孝之质可移忠效于君，朝堂听闻皆称颂；贤俊高才、孤直忠臣，方可拟制诏贤之文。此二句叙写曾氏至孝和直臣的个性特征。尾联颂赞曾氏品性流芳百世。诗人称言曾氏拥有至孝和直臣的品性，如此便可享有禄米之用；不仅如此，曾氏品性定会流芳百世。

春日送李百原侍御阅关[1]

可信烟消绿水干，雄关遥控简寒霜[2]。
苍精都变貔狖色，铁骑争迎獬豸冠[3]。
风静玉门犹锁钥，时清天步转艰难[4]。
只今柱下饶封事，不比边庭羽檄看[5]。

注释：

[1] 春日：立春之日。李百原：即李楠，生卒年不详，万历年间曾任都察院左副御史、都察院御史等职。侍御：本指侍奉帝王。唐代始对殿中侍御史、监察御史如是称谓。后世开始沿袭此称。唐李白有《赠韦侍御黄裳》诗。王琦注引《因话录》："御史台三院，一曰台院，其僚曰侍御史，众呼为端公；二曰殿院，其僚曰殿中侍御史，众呼为侍御；三曰察

院，其僚曰监察御忠，众呼亦曰侍御。"阅关：跟随皇帝巡行边关。

［2］可信：值得信赖，此指随从之人为皇帝亲近之臣。干：同"岸"，水边。遥控：遥，远；控，控制。简：白简。古代弹劾官员的奏章。《晋书·傅玄传》："玄天性峻急，不能有所容；每有奏劾，或值日暮，捧白简，整簪带，竦踊不寐，坐而待旦。"寒霜：指白简经夜而沾浸寒霜。

［3］苍精：犹言"青精"，道教中木星中的九青帝之一，共属中央青皇。此处指文武群臣。貔貅：上古传说中的两种猛兽。徐珂《清稗类钞·动物·貔貅》："貔貅，形似虎，或曰似熊，毛色灰白，辽东人谓之白熊。雄者曰貔，雌者曰貅，故古人多连举之。"后世多连用指称勇猛的将士。獬豸冠：汉代御史佩戴的冠帽形制。汉蔡邕《独断》："法冠，楚冠也……秦制执法服之。今御史廷尉监平服之，谓之獬豸冠。"

［4］玉门：指玉门关。汉武帝时始置，故址在今甘肃省敦煌西北小方盘城。玉门关因西域输入玉石取道于此而得名。据《史记·大宛列传》记载，汉武帝太初元年（公元前104年），贰师将军李广利攻伐大宛不利，曾退守敦煌，请求撤兵，"天子闻之，大怒，而使使遮玉门，曰军有敢入者辄斩之！"后世以"玉门"借指君恩难及边关之意。锁铊：铊，同"金"。指金锁。天步：天道。

［5］柱下：即"柱下史"简称，周秦官职名。《汉书·张苍传》："（张苍）秦时为御史，主柱下方书。"颜师古注："柱下，居殿柱之下，若今侍立御史矣。"后世借指御史。饶：多。封事：密封的奏章。南朝刘勰《文心雕龙·奏启》："自汉置八仪，密奏阴阳，皂囊封板，故曰封事。"不比：比不上。羽檄：古代有关军事文书，以鸟羽饰之，表示紧急之状。《史记·韩信卢绾列传》："陈豨反，邯郸以北皆豨有，吾以羽檄征天下兵，未有至者，今唯独邯郸中兵耳。"裴骃集解："魏武帝《奏事》曰：'今边有小警，辄露檄插羽，飞羽檄之意也。'推其言，则以鸟羽插檄书，谓之羽檄，取其急速若飞鸟也。"

简析：

这是一首赠别诗。诗人借送友人侍御边关之际，委婉地劝告友人勿要成为重封事之论，陷入攻讦之态的境地，致使边境羽檄紧急却无置喙之机的困境。

首联叙写李楠随驾巡行。诗人称谓李楠名列信臣之众,随驾出行;曾在烟消绿水岸边行,也曾遥指雄关;更是不畏险恶,秉笔上疏。颔联描述随驾巡查边塞驻军的情形。边塞气息,随行群臣皆作貔貅之凶猛态;万千铁骑争先迎接御史廷尉,一片肃杀。颈联描述边境时局渐呈困境。风静沙平,但见玉门关锁紧闭;时世清平,却现天道转呈艰难。尾联描述当今朝廷对边庭的政策。御史密奏,连篇累牍,频现朝堂;边庭羽檄,烽火连天,却难重看。这实则是批评了朝廷内耗严重而忽视边境之事。

送王念夔按楚[1]

楚云如盖拥旌旄,万里遥澄涨海涛[2]。
霜简有时生夜色,牙筹无奈到秋毫[3]。
渐看鹭羽清风远,几触龙鳞绛阙高[4]。
采俗未应嫌楚怨,民谣处处似离骚[5]。

注释:

[1] 王念夔:未详其人。按楚:按,按察,指巡行视察。楚,明代藩王楚王之封地。藩王府故址在今湖北省武汉市武昌区蛇山一带。

[2] 盖:车盖。遥澄:遥远、澄净。

[3] 霜简:犹言"白简"。见《春日送李百原侍御阅关》释条[2]。牙筹:用象牙或兽骨制成的计数算筹。

[4] 鹭羽:语出《诗·陈风·宛丘》:"无冬无夏,值其鹭羽。"本指白鹭的羽毛,古人以之制成舞具。《毛传》:"鹭鸟之羽,可以为翳。"几:多次。绛阙:原指古代宫殿、寺庙、道观的朱色门阙。此处借指皇宫。

[5] 采俗:犹言"采风",搜集民间歌谣。楚怨:指"宋玉怨"。宋玉(约前298—约前222),战国时期楚国人,相传是屈原弟子,与唐勒、景差,同为屈原之后著名辞赋家。其作有《九辨》,有"悲哉!秋之为气也。萧瑟兮,草木摇落而变衰"句。后世以"悲秋"释读"宋玉怨"的内涵,表达萧瑟秋景而引发的人生感伤之痛。离骚:即屈原之《离骚》。该诗以"香草美人"的象征手法,抒写了诗人"美政"思想与楚国黑暗现实之间的巨大冲突,远游他乡与眷恋故国之间的矛盾心境,塑造了一个追求"美政"思想、忧国忧民的抒情主人公形象。

简析：

这是诗人送别友人王念夔按察楚地而作。诗篇描述友人恪守按察御史职责，废寝奏事、巨靡毕录，并劝谏君王莫拒楚风之怨情。

首联描写友人将行楚地的风物。楚地云朵如车盖，笼罩荆楚大地；风来云卷，又如同旌旗招展。万里遥隔，澄净江水，风吹浪涌如海涛。颔联则叙写友人按楚的使命。奏章时有连夜书就，比况友人谨守按察使的职责，勤勉废寝；查访辨识，不犯秋毫，比况其恪守御史中丞职责，巨靡无遗。颈联描述友人按察奏议的效应。朝堂之上，诗人目睹君王白鹭羽毛之舞具所乘清风远去，源自友人奏议多次触犯高阙之中君主逆鳞。此二句侧面描写了友人奏议揭露楚地对朝政不满的情形。尾联则以楚风多怨的传统，劝谏君王莫拒民风。诗人以周室采风之俗比况友人按察之行，并称言不应抱怨楚地怨歌多，此地民谣皆似《离骚》。

送包大瀛还贵州时省疏公为首云[1]

岂向飘蓬叹一官，丹心白日炤长安[2]。
公车有牍操牛耳，方士无成觅马肝[3]。
青琐人归宫树老，炎荒书寄陇梅酸[4]。
离筵半属金门旧，时事谁从珥笔看[5]。

注释：

[1] 包大瀛：即包见捷（？—1621），字汝钝，号太瀛。云南临安新安（今云南省建水县）人。万历十七年（1589）乙丑科进士，入翰林院，为庶吉士，其后历任礼科给事中、户科都给事中等职。因上疏弹劾宦官为矿监之事，触犯万历帝，被贬贵州布政司都市。未久，其称病辞官归家。归乡之后，纂修《滇志草》（今佚）。万历三十四年（1606），复征兴业（今广西省玉林市兴业县）知县，后改任太卜寺少卿、都察院右佥都御史。光宗年间，征其为吏部左侍郎，辞官未允。天启元年入京都，不久即故去。省疏：婉辞，废停包氏进奉奏章的权利，指包氏被贬之事。包大瀛本为户科给事中，虽为从七品之秩，但具有侍从、谏净、补阙、拾遗、审核、封驳诏旨，驳正百司所上奏章，监察六部诸司，弹劾百官，与御史互为补充的职责。公为首：公义为先。

〔2〕飘蓬：本指风吹而飘动的蓬草。此处指友人漂泊无定。白日：本指太阳、阳光。此处指时光、时间。

〔3〕公车：本指管家车驾。汉代始以公车送应征之人，后世借指举人应试。牍：奏章。操牛耳：犹言"执牛耳"。本指周朝主持会盟的人。周制，诸侯会盟，割牛耳，以敦（盛黍稷的器具）盛血，以盘盛牛耳。主盟者执盘，参与会盟诸侯以血涂口，或口含牛血，以表信誓。后世借指在某一方面处于领导地位之人。无成：未获成功。马肝：马的肝脏。古人认为马肝有毒，食之可致人死亡。

〔4〕青琐：参见"七言古诗"卷之《送罗龙皋给谏被谪》释条〔3〕。炎荒：本指南方炎热荒凉之地。此处指贵州。陇梅："陇头梅"的简称。典出南朝宋盛弘之《荆州记》。据载，孙吴陆凯与范晔相交甚厚，自江南遥赠梅花一支，并赋诗赠以范晔。其诗云："折花逢驿使，寄与陇头人。江南无所有，聊赠一枝春。"后世借指对友人的思念之情。酸：心酸。

〔5〕离筵：饯别的宴席。半属：谓席间之人一半隶属。金门：即"金马门"。见"七言古诗"卷之《送董思白谪楚学宪》释条〔7〕。珥笔：古代史官、谏官上朝听政，将笔插于冠侧，以便记录，故名。

简析：

这是诗人送别因进谏方士之事而被罢黜的友人包大瀛归乡而作。诗作中描述了友人一生为官坎坷但忠贞为君的品行；在叙写其因进谏方士之事而获罪的基础上，诗人嘱托友人寄赠书信以解相思；诗作以旧识欢宴相送，恨别后无缘再读友人奏议作结。

首联描写了友人为官漂泊无定的人生际遇和忠心一片向君王的个性特征。出句感慨友人一生为官如飞蓬，坎坷多难；对句则以一生丹心满腹辉耀京城。颔联描述友人直言进谏方士之事而招致罢黜之前事。出句描写友人职责所在，进谏方士之事；下句则言方士无功，则采邪僻之方。颈联描述友人即将南行归乡，诗人告其寄书以表深情。出句以"青琐"和"宫树"指代朝堂，称言友人即将南行归乡，终老一生；对句则以"炎荒"和"陇梅"指代边荒之地，诗人劝告友人要寄书互通情谊，言罢心酸。尾联则描写了别宴的情形，抒发对友人才性的肯定和惜别之情。离筵之上，半属金门旧相识，谈笑欢娱；但诗人想到友人即将归乡，再无机缘目睹友人所写的文策，深感痛惜。

文安姜蒲翁中丞，余弟叔音座师也。中丞抚楚，值余弟令襄。乃兹相继二年，俱作异物矣。中丞讣来，余南向望哭之。乃余之泫然，则又不独为中丞也[1]

逍遥剑履杳难凭，咫尺门墙俱哭声[2]。
遗草征求归太史，谏章传诵满燕城[3]。
千秋劲节乌台色，一日深恩雁序情[4]。
最恨年来岘山上，双看堕泪石峥嵘[5]。

注释：

[1] 文安：即今河北省廊坊市文安县。姜蒲翁：即姜璧（生卒年不详），字蒲翁，文安人。明神宗隆庆五年辛未（1571）中进士，入翰林院，累升金都御史，曾任郧阳（今湖北省十堰市一带）抚治。其为御史中丞时，曾按察淮阳（今河南省周口淮阳县一带），曾平息大梁（今河南省开封市一带）明宗室之乱，河南一带始安。后出任流民聚集的郧阳抚治，以宽缓执政，而摒弃严苛律法，流民始安。中丞：御史中丞的简称。叔音：即周如纶的表字，周如砥之从弟，万历十四年丙戌（1586）进士，曾任襄阳县（今湖北省襄阳市一带）令官，后任工部水都司主事，终任山西代州（今山西省忻州市）同知。座师：明清两代举人、进士对当年主考官的尊称。抚楚：按例巡查楚地。值：正值。令襄：指周如纶为襄阳令官之事。乃兹：于今。异物：讳饰之辞，指人死之后化为异物。南向望：向南眺望。泫然：流泪不止的样子。

[2] 剑履：即"剑履上殿"的简称。语出《后汉书·董卓传》："寻进卓为相国，入朝不趋，剑履上殿。"古代大臣经由帝王特许，上朝时可不解剑、不脱履，以昭示特别的恩宠。咫尺：周制八寸为咫，十寸为尺，此谓接近一尺，形容距离近。

[3] 遗草：亦作"遗艸"，犹遗稿。唐刘禹锡《唐故衡州刺史吕君集纪》："后十年，其子安衡泣捧遗草来谒，咨余绅之，成一家言，凡二百篇。"征求：求索。谏章：向皇帝进谏的奏章。燕城：是指春秋燕国都城，即"蓟"（今北京市东北一带）。

[4] 劲节：坚贞的节操。乌台：指御史台。典出《汉书·朱博传》："是时御史府吏舍百余区，井水皆竭；又其府中列柏树，常有野乌数千栖宿其上，晨去暮来，号曰'朝夕乌'。"后因称御史府为"乌府"。雁序：本指有秩序飞行的雁群，此处借指朝堂群臣之谊。

[5] 岘山：又名岘首山。在今湖北省襄阳市南，东临汉水，是卫护襄阳的要塞。西晋羊祜曾于此筑塞防御东吴。堕泪：即"堕泪碑"。西晋羊祜去世后，其部署在岘山生前游息之处建碑立庙，每年忌日都行祭祀之仪。亲见碑者莫不流泪。西晋杜预因此称此碑为堕泪碑。

简析：

这是一首悼亡诗。诗人通过记述登门凭吊之情形，追忆了姜壁风流倜傥的神态，及其诗文名世、忠义远播的特性，并以羊祜堕泪碑之典比况姜氏忠贞留千古。

首联描述诗人追思姜氏风流，悲哭之声满屋舍。姜氏服剑履屦风流倜傥之态，杳渺不可细说；追思往昔，诗人屋舍内外恸哭难禁。颔联述写姜氏文名彰显的特点。遗稿广征，终归太史，收藏兰台；谏疏奏章，传诵燕京，忠义远播。颈联描写了姜氏气节名世的特点。姜氏秉持御史千秋劲节气，深受一日君恩则终身恪守君臣之义、群臣之谊。尾联叙写楚地之先贤羊祜堕泪之典，比况诗人对姜氏故去的深切悲慨。

苦旱[1]

底事肥蟥苦见侵，漫劳露祷集桑林[2]。
遥遥莫挽天河水，处处空闻云汉吟[3]。
陌上游氛浑欲火，人间滴雨贵于金[4]。
凭谁借得函牛鼎，烹却弘羊答帝心[5]。

注释：

[1] 苦：困于，为……而烦愁。

[2] 底事：何事。肥蟥：据《山海经·西山经》："太华之山有蛇焉，名曰肥蟥。六足四翼，见则天下大旱。"苦：苦旱、大旱。桑林：上古地名。相传为殷汤祈雨的地方。《墨子·明鬼下》："燕之有祖，当齐之社

稷，宋之有桑林，楚之有云梦也。"《淮南子·主术训》："汤之时，七年旱，以身祷于桑林之际，而四海之云凑，千里之雨至。"漫劳：徒劳。露祷：露天设坛祈祷。桑林：古地名，上古传说中殷汤求雨的处所。《淮南子·主术训》："汤之时，七年旱，以身祷于桑林之际，而四海之云凑，千里之雨至。"

[3] 遥遥：形容极远之距离。挽：引、牵引。天河、云汉：二者皆指银河。

[4] 游氛：飘动的云气。

[5] 函牛鼎：函，容纳，指能容纳一头牛的圆鼎。烹却：烹就。弘羊：即桑弘羊（？—前80年），洛阳（今河南省洛阳市）人。其出身商人之家，十三岁因精心算而入侍宫中。历仕汉武帝、汉昭帝两朝，历任侍中、大农丞、大司农、御史大夫等职，爵封左庶长。在汉武帝支持下，桑弘羊先后推行盐铁官营、平准等政策，组织六十万人屯田戍边，抵御匈奴。在汉昭帝时期，其继续坚持盐铁官营等政策。后因与霍光政见不一，遭陷被杀。

简析：

这首诗是诗人深慨大旱所造成的民生苦痛所作。诗篇描述亢旱之中，民众祈雨而不得，滴雨贵于金的情形，并抒发愿从桑弘羊之故实，为君解忧的心志。

首联抒写诗人对天下遭逢大旱以及民间祈祷求雨的情形。诗人高问人间为何遭受肥蟥侵凌？以致天下亢旱。民间虽处处筑坛露野，云集桑林祈雨，但也徒劳无功。颔联描述人世求雨的情态。百姓祈祷上苍莫要阻遏天河水，人间处处只闻吟咏云汉，却未见滴雨。颈联描述久旱的情形和人心渴雨的心境。田间阡陌流动的云气，浑热如带火；人间渴求点滴雨水，珍贵过黄金。尾联抒发诗人愿以桑弘羊一心为汉室之故实，为君解忧、为民献身。面对天下亢旱、黎民苦痛，诗人向天呼告，祈望能借得函牛巨鼎，愿从桑弘羊一心为汉武之遗则，解君之忧。

朝之前一日宿孙却浮给谏宅作[1]

清淡谁如侍从家，墙阴春雪积瑶华[2]。

一封未上忧时疏，七碗才余供客茶[3]。
帘护余寒春尚浅，镫销残局月初斜[4]。
条风无奈三珠树，香满闲庭懒看花[5]。

注释：

[1] 朝：上朝。孙却浮：即孙继皋（1550—1610），字以德（一字却浮），号柏潭。无锡（今江苏省无锡市）人。万历二年（1574）甲戌科状元，任翰林院修撰，历任少詹事兼侍读学士、吏部侍郎。晚年讲学东林书院，病逝后追赠礼部尚书。

[2] 侍从：孙继皋曾任侍读学士，故云。瑶华：美玉，此处指雪花。

[3] 七碗：亦作"七椀"。语出唐卢仝《走笔谢孟谏议寄新茶》："一椀喉吻润；两椀破孤闷；三椀搜枯肠，唯有文字五千卷；四椀发轻汗，平生不平事，尽向毛孔散；五椀肌骨清；六椀通仙灵；七椀喫不得也，唯觉两腋习习清风生。"该诗称言，饮茶只须六椀即"通仙灵"，神清气爽；而若再饮第七椀茶，就会腋下生风、飘飘飞升。这是极言茶之妙处。后世借"七椀茶"作为称颂饮茶之妙处的典故。

[4] 帘：同"帘"，用竹片、布帛等编制而成遮蔽门户的用具。浅：淡。镫：同"灯"。

[5] 条风：一名"融风"。语出《山海经·南山经》："（令邱之山）其南有谷焉，曰中谷，条风自是出。"郭璞注："东北风为条风。"《史记·律书》："条风居东北，主出万物。条之言条治万物而出之，故曰条风。"后世借指春风。三珠树：本为"三株树"。语出《山海经·海外南经》："三株树在厌火北，生赤水上。其为树如柏，叶皆为珠。"古人借指珍奇之树木。闲庭：寂静庭园。懒：毫无兴致。

简析：

这首诗是诗人感谢友人孙继皋留宿自己而作。诗篇描绘了孙家清雅环境，诗人留居沉思撰写奏议，友人深情备茶款待。春寒料峭，以帘绝之；长夜难眠，手谈相伴。晨起观春风无力，三株木未秀；落花虽满园，意懒无看。

首联描写了孙氏府邸清雅的特征。诗人称言无人能比孙家清淡雅致，就连墙壁阴影之下的春雪也如同美玉堆积，洁净无比。颔联叙写留居孙家的情形。沉思未成一封忧时疏,深情已然七杯爽心茶。颈联描写了深夜与友人手谈的情形。春意尚浅,棉帘阻挡冬寒之余绪;夜月初斜,灯火消残手谈入残局。尾联抒写春风无力、懒看春风之情。春风无力吹拂三珠木,落花满庭心懒观春景。

送齐捧御书山东者[1]

圣人自拟周三礼,词客亲将汉十行[2]。
东国山河皆近甸,中天日月正重光[3]。
炬花夜就金銮草,行李朝衔御墨香[4]。
宣罢诏书还问俗,从来齐鲁富文章[5]。

注释:

[1] 齐:古地名,春秋战国时期的诸侯国,都临淄(今山东省淄博市临淄区),疆域大致在今山东省偏北的大部和河北省西南一带。山东:指明朝设立的山东布政使司,区域包括今辽宁省东部、北京市一带、天津市和河北省地区。官署驻地在济南府(今山东省济南市),其地古属齐地。

[2] 拟:效仿。周三礼:指记载周朝礼制典章的文献合称,即《仪礼》《周礼》和《礼记》。词客:擅长文辞的士子。汉十行:典出《后汉书·循吏传序》。据史载,东汉光武帝刘秀每以手迹赐赏方国,规制是一个书札书写十行,写作小字而成文。后世以之指代皇帝的手札或者诏书。

[3] 东国:国之东,指山东布政使司辖地。甸:本指王田。《说文》云:"甸,天子五百里地。"重光:再度光明。比喻累世盛德,光明延续。《书·顾命》:"昔君文王、武王,宣重光。"

[4] 炬花:花,同"华",光华,指蜡炬之光华。就:接近。金銮:即金銮殿,本为唐朝大明宫建筑群中重要的宫殿名,不仅是唐代帝王的寝殿之一,也是皇帝宣召翰林学士商议军国大政的场所,重要的诏敕大都在此处起草。后世以之指称历代帝王议事拟诏的处所。行李:指使者。《左传·僖公三十年》:"行李之往来,共其乏困。"杜预注:"行李,使人。"御墨:指皇帝亲自写成的文辞。

[5] 还:使臣归京。俗:风俗、教化。齐鲁:齐地与鲁地的合称,

二者都隶属明朝山东布政使司的辖地。富：多。

简析：

这是一首奉送御书宣诏齐鲁之作。诗篇敷陈君王亲书诏文、善文之士出使齐鲁之地的情形，叙写齐鲁之地近京畿而累世承受君恩盛德的现实情形和自古富文章的人文传统。

首联描写了御书赴山东的尊崇。出句描写帝王亲自写就御书，表述仿效三礼之义；对句则抒写善文士子亲携帝王赐赏方国文书而赴山东。领联描述山东之地近京畿、帝王恩泽之地。出句描述山东之地毗邻甸田之地，日月流转天之正中，加之累世盛德、光明延续。颈联描述御书写就的情形。蜡炬光华、长夜耀明金銮宝殿，写就御书；清晨使者奉书出使，御墨尚有余香。尾联描述使者问俗，宣扬齐鲁古来富文章的实情。

送李霖寰辽东开府二首[1]

其一

碧幢六月欲飞霜，赤钺干云白日黄[2]。
胡火尚犹明大漠，秦城元自过辽阳[3]。
谈边遥忆新丰事，较武亲临古战场[4]。
相送殷勤歌吉甫，好将文武佐宣王[5]。

注释：

[1] 李霖寰：即李化龙（1554—1611），字于田，号霖寰。长垣（今河南省长垣县）人。万历元年（1573），乡试中举；万历二年（1574），中进士，授嵩县知县，后升为南京工部主事，担任右通政使；万历十四年（1586），调任河南按察司提学佥事、河南省布政司左参议；万历十八年（1590）调山东按察司提学副使；万历二十年（1592）升河南布政司右参政、调京太仆寺少卿。万历二十二年（1594）巡抚辽东，击败蒙古泰宁部落首领把兔儿等人。这首诗大体创作于这一时期。辽东：即辽东都指挥使司。开府：汉代以来，封建社会中官居三公（或谓司马、司徒、司空；或谓太师、太傅、太保）、大将军、将军可建立官署，自选僚属，以供驱使。

〔2〕碧幢：自唐之后，封建社会高级官员车驾、舟船上张挂用青油涂饰的帷幔。此处指李化龙率军出征辽东车驾仪仗。赤钺：赤，红色；钺，古代兵器。此处指沾染鲜血的兵器。干云：直插云霄。干：冲犯。黄：昏暗，指战事惨烈。

〔3〕胡火：胡，中原政权对四境少数民族的蔑称；火，灯火，指少数民族寇侵中原的行动。明：闪耀。秦城：指秦长城。秦始皇三十三年（前214），秦将蒙恬修筑西起甘肃临洮（今甘肃省临洮县新添镇），东至辽东郡（治所襄平，即今辽宁省辽阳市）的长城万余里，史称秦长城。这里指中原王朝在东北地区所建的防御少数民族入侵的军事设施。元自：本来。过：经过。辽阳：今辽宁省辽阳市。明代辽东都指挥使司治所。

〔4〕新丰：古县名。原属秦骊邑，汉高祖在其故地置新丰县，唐初废。治所在今陕西省西安市临潼区西北一带。距新丰东十六里，为鸿门。楚汉相争之时，项羽曾拥兵四十万，在新丰鸿门，欲击刘邦。较武：较量军事力量。

〔5〕殷勤：情谊真挚。歌：颂赞。吉甫：指西周宣王时期大臣尹吉甫（生卒年不详），兮氏，名甲，字伯吉甫。巴国江阳（今四川省泸州市）人。周宣王五年（前823），其率兵击退进犯太原（今山西省太原市一带）的狁（周朝少数民族部族名），又奉命在成周（河南省洛阳市东）主持征收淮夷等部族的贡赋。宣王故，其子姬宫涅即位，是为幽王。尹吉甫是佐命大臣之一。不仅如此，《毛传》认为《诗·大雅》中的《崧高》《烝民》《韩奕》《江汉》等篇是尹吉甫所作。文武：文学与武功的合称，指尹吉甫是文、武两方面都有贡献的重臣。佐：辅佐。宣王：指周宣王。

简析：

这两首诗是送别李化龙赴辽东开府所作。

该诗抒写了李氏亲赴辽东，欲整河山故地的壮志，并表达了诗人对其的文治武功的颂美以及视之为中兴重臣的评价。首联描述李化龙远赴辽东的时节和仪仗。六月辽东寒霜已现，白日黄云曛；青油涂饰车驾、赤钺林立直上云霄。颔联则叙写了明代中叶东北局势。中原王朝与北地民族烽火尤现大漠，本就延伸至辽阳的秦代长城，今已成为异族土地。颈联描述李氏高论边事远追新丰鸿门之事，一较武力亲赴古沙场的志向。尾联描写了诗人以壮语送别李氏，盛赞李氏文治武功，实为帝王良佐。

其二

度辽元礼出延秋，璀璨金章炤凤楼[1]。
石室半藏司马法，宫衣先拜紫貂裘[2]。
遥天壁垒寒生色，绝漠云烟淡不流[3]。
却羡笔花连剑气，磨崖应徧首山头[4]。

注释：

[1] 度辽："度辽将军"的简称。"度辽将军"初立于西汉昭帝元凤三年（前78），主要管理从中原流放到辽东一带的罪人，与护乌桓校尉（西汉武帝时置，主要屏护内附汉朝的辽东乌桓部族）共同保障汉朝东北边疆的安全和稳定。此处以之借指明朝辽东都指挥使。元礼：即"元礼门"的简称，又称"登龙门"。典出《后汉书·党锢列传·李膺》。李膺（110—169），字元礼，颍川襄城（今湖北省襄阳市）人。身处东汉末年乱世之中，李膺能"独持风裁，以声名自高。士有被其容接者，名为登龙门。"后世指门第高、品行端正的才俊之士。诗人以此比况李化龙家世绵长、品行良正。据史载，李化龙祖父李诚曾为盱眙县丞，其父李继古、母张氏都以节义名世，其姑父殷炼曾为稷山县知县。延秋：地名，位于东汉都城洛阳以西（今河南省洛阳市西辛店镇一带）。此处借指京师，即明都城北京。金章：金质的官印。炤：同"照"，闪耀。凤楼："五凤楼"的简称。唐代宫楼名，始建于唐初，玄宗曾在此聚臣子而欢饮，并命洛阳三百里内县令和刺史携乐队和歌伎参加，盛况空前。此处指皇宫中的楼阁，借指朝堂。

[2] 石室：古代藏书之处。典出《史记·太史公自序》："周道废，秦拨去古文，焚灭《诗》《书》，故明堂石室，金匮玉版，图籍散乱。"司马法：典出《史记·司马穰苴列传》："齐威王使大夫追论古者司马兵法而附穰苴于其中，因号曰《司马穰苴兵法》。"后世借指兵法著作。紫貂裘：用紫貂制作的皮毛衣物。按照古制，官员依据品秩高低，所着衣服色彩不一。紫衣，春秋战国时为国君用服。南北朝之后，紫衣为贵官公服。此处指李氏官居一等官爵。

[3] 遥天：犹言长空。三国魏阮籍《咏怀》（二十三）："遥天耀四

海，倏忽潜蒙汜。"壁垒：壁，军营；垒，围墙。绝漠：同"绝幕"，极远的沙漠地域。流：漂浮。

［4］笔花：亦云"笔花生"。典出五代王仁裕《开元天宝遗事》之"梦笔头生花"条。据载，唐代诗人李白，少时曾梦见所用笔头上生出花朵，其后文才勃发，名闻天下。后世借以指才思放逸、文笔优美。磨崖：通"摩崖"，指在山崖石壁上所镌刻的诗文。《宣和书谱·正书一》："遂良喜作正书，其摩崖碑在西洛龙门。"徧：通"遍"，满。

简析：

这首诗描述李氏别离京师之时的情形，叙写其谙熟兵法和官名早著的特点。面对边塞恶劣的自然环境和紧张的民族对立态势，诗人称颂李氏剑气相随生花之笔，定能留下铭刻丰功伟绩的摩崖之文。

首联描写了李化龙离开京师的情形。诗人以西汉度辽将军一职，指称出身世家的李氏新任处置辽东事务的辽东都指挥使，率众自元礼门而出，远赴辽东。当此时，金制官印，璀璨闪耀辉映朝堂。颔联描写李氏卓越的军事才能和显赫官职。李氏藏书之处，半数为司马兵法类；宫衣早着紫色服，显赫功名几人及？颈联转写辽东边塞景象。长空下，军营连边垒，寒色遍布；远漠处，云雾杂烟气，疏淡凝滞。尾联诗人则以颂赞之情，矜扬李氏文武之才。诗人艳羡李氏拥有生花之笔，又兼剑气伴身；剑锋所指、笔端所触、足迹所踏，定有壮语佳篇存现。

送乔裕吾给谏二首[1]

其一

朝阳明彻五云横，折翮翻飞下紫清[2]。
疏草通宵干御气，梅花是处绕王程[3]。
黄河日落风波恶，青琐门闲夜月明[4]。
恋阙知君无限意，遥天回首可胜情[5]。

注释：

［1］乔裕吾：即乔允升（1553—1631），字吉甫，号鹤皋，又号裕吾。洛阳（今河南省洛阳市孟津县）人。万历十年（1582）中举人，万

历二十年（1592）中进士，历任知县、给事中、御史。万历三十九年（1611），因齐、楚、浙三党用事，乔允升称病归隐。天启年间，其被起复，历任刑部左、右侍郎；天启三年（1623），至刑部尚书。其时，魏忠贤弄权，齐、楚、浙三党依附之，党锢之乱愈演愈烈。乔允升复称病归隐。崇祯元年（1628），其征拜复任刑部尚书，奉旨审决魏党。

[2]明彻：明晰。五云：指青、白、赤、黑、黄五种云色。周制认为观云色可占卜知晓人事吉凶、年岁丰歉。《周礼·春官·保章氏》："以五云之物，辨吉凶、水旱降、丰荒之祲象。"郑玄注引郑司农云："以二至二分观云色，青为虫，白为丧，赤为兵荒，黑为水，黄为丰。"横：广。翮：本指鸟类羽毛中间的硬管，此指鸟类翅膀。紫清：指天界，神仙所居之所。此处借指皇宫。

[3]疏草：稀疏草木。干：冲犯。是处：处处，到处。绕：环绕。王程：奉皇命差遣的行程。唐岑参《送江陵黎少府》诗："王程不敢住，岂是爱荆州？"

[4]恶：凶猛。青琐：见"七言古诗"卷之《送罗龙皋给谏被谪》释条[3]。

[5]恋阙：恋，眷恋；阙，本指宫殿前的高台，后借指宫殿。此谓眷恋、留恋宫殿，比喻心念君王、不忘君恩。无限：无穷。遥天：遥远天际。胜：禁起、承受。

简析：

这两首诗为送别乔允升归隐而作。万历后期，因党争日炽。齐、楚、浙三党用政，属东林党的乔允升被迫称疾归乡。

该诗描述送别友人之时的情形，通过描述前行之路的艰险和朝堂君听久塞的现实以及友人恋恋不舍之情形，抒写其心念君恩的情怀。首联叙写送别乔氏之时的情形。朝阳当空、五色云朵天际横；众鸟翻飞、同仁齐聚。颔联则描述了送别之时的时节。草木稀疏、夜寒冲犯王气；梅花遍开，惜其远离王程。此处影射政坛邪佞横行，阻塞君听；贤臣远逐，君恩难享。颈联描绘了一幅肃杀景象。日落黄河夜风陡起，波涛险恶，影射友人前行艰险；青琐紧闭宫门闲静，月光明明，折射朝堂言路塞阻。尾联抒发友人心恋君恩的情态。友人流连宫阙，诗人深知其难舍为帝王解忧之志；渐行渐远之间，回首长空聊以寄托思君之情。

其二

未论宣室更温纶,便是淮阳亦主恩[1]。
已向玉阶羞仗马,忍从沧海叹穷鳞[2]。
寒烟积草迷丹地,深夜明珠炤紫宸[3]。
却恨夕阳山下路,瞻乌无定雪飞频[4]。

注释:

[1] 宣室:指西汉文帝之时,贾谊曾在宣室被汉文帝问鬼神之事。宣室,即宣室殿,西汉宫殿名,属于未央宫建筑群组成部分。《史记·屈原贾生列传》:"孝文帝方受釐,坐宣室。上因感鬼神事,而问鬼神之本。贾生因具道所以然之状。"裴骃集解引苏林曰:"未央前正室。"司马贞索隐引《三辅故事》云:"宣室在未央殿北。"温纶:封建帝王诏令的敬称。淮阳:指西汉武帝时期曾任淮阳太守汲黯。据《汉书·汲黯传》载:"召黯拜为淮阳太守……黯泣曰:'臣自以为填沟壑,不复见陛下,不意陛下复收之。臣常有狗马之心,今病,力不能任郡事。'"主恩:帝王之恩宠。

[2] 玉阶:玉石砌成的台阶,借指朝堂。仗马:封建帝王仪仗所使用的马。沧海:泛指大海。穷鳞:离开河海的鱼,比喻身处困境之人。

[3] 丹地:封建帝王所居宫殿之中地面多涂饰红色,以显尊贵。后世借指朝堂。紫宸:即"紫宸殿",其为唐代长安城中大明宫建筑群中的第三大殿,属于内殿,是唐代皇帝接见百官和外国使臣的处所。

[4] 恨:遗憾。夕阳:落日。瞻乌:语出《诗·小雅·正月》:"瞻乌爰止,于谁之屋?"《毛传》:"富人之屋,乌所集也。"汉郑玄笺:"视乌集於富人之室,以言今民亦当求明君而归之。"后世以此比况身处乱世之中,民无所归依的情形。无定:"无定河"简称,古称生水、朔水。唐人陈陶《陇西行其二》云:"誓扫匈奴不顾身,五千貂锦丧胡尘。可怜无定河边骨,犹是春闺梦里人。"此处借指边塞。

简析:

这首诗描写友人因党争之祸,被迫奉诏归隐的苦痛。首联以汉宣帝诏命贾谊解惑鬼神而非民生之故实,又以汉武帝以淮阳太守重征本已无望的汲黯之史实,表达了无论何种诏令都是君恩,劝慰友人勿因此而志气消沉。颔联描述友人嗟叹之情形。已然奉诏归隐,退朝羞对车马仪仗;忍声躞蹀,悲叹鱼离沧海、才穷人世。颈联则描写了邪佞阻君听和忠心向君王的情形。凄寒烟气、堆叠衰草,惑迷丹色之地;深沉长夜、明亮珠玉,照耀紫宸之殿。尾联描绘夕阳下山路的景象和遥想无定河畔大雪纷飞的情形,抒写日暮南行之感以及心忧边塞之事的情状。

题郑公招隐图[1]

君家谷口旧风流,招隐当年托倦游[2]。
暗水自缠花径曲,闲云深护竹窗幽[3]。
诗成倡和闻黄鸟,机尽徜徉对白鸥[4]。
几欲想从便归去,一瓢同醉海天秋[5]。

注释:

[1] 题:题诗。郑公:即东汉郑玄(128—200),字康成,北海郡高密(今山东省高密市郑公村)人,东汉末年儒家学者。郑玄自幼聪明好学,13岁能诵读《五经》,16岁有"神童"之谓。18岁出仕,曾为乡啬夫,后改任乡佐。后由北海相杜密推荐,入太学学习。其先后师从今文经学博士第五元和古文经学家张恭祖,学习古文经和今文经。同时又往来"幽、并、兖、豫之域,获觐乎在位通人,处逸大儒"(《后汉书·郑玄传》)。最后,在古文经学大师马融的门下求学七年,终成古文经学大师。郑玄生活在东汉桓、灵之时,宦官当权,先后发生了两次"党锢之祸"。郑玄学成东归后,"客耕东莱",收徒讲学。又据清人郑珍在《郑学录》卷一称:"按假田即《传》云'客耕东莱'也。时于劳山、不其之间,盖有亲知在彼,故奉亲以往,令群弟治耕,而己开门教授与?"可知,郑玄曾在不其山(今山东省青岛市崂山区惜福镇)一带筑庐隐居,躬耕养亲,讲经授徒。明正德七年(1512),即墨知县高允中在原郑玄筑庐授徒原址建康成书院。郑玄向马融辞归之时(166),正值第一次党锢之祸,到第二年,即郑玄回到故里之年,已经解除了党锢,所以并未殃及郑玄。但是仅仅时隔一年,即灵帝建宁二年(169),第二次党锢又起,郑玄此次却未能脱掉干系,被禁的原因主要是受了杜密的牵连,因为他曾被杜密署为北海郡吏。关于被禁时限,学界认为郑玄遭受党禁是在建宁四年(171),这年郑玄45岁。从郑玄辞马融东归,至坐党禁的14年,即从167年至

184年。招隐：征辟隐士出仕。

[2] 谷口：山谷入口。风流：流风余韵。托：寄。倦游：厌倦游宦生涯。

[3] 暗水：不易发现的水流。闲云：悠然漂浮的云朵。窓：同"窗"。

[4] 倡和：唱和。黄鸟：见"五言律诗"之《得区林二丈邻居诗，独恨敝居之远，奉和自慰》释条[3]。机尽：机，弓弩上的发射机关；尽，力竭。徜徉：徘徊，指弩机坏败。白鸥：水鸟名。

[5] 归去：归隐。海天：海水与天空。

简析：
这是一首题画诗。通过描绘画作中郑玄所居之地的幽静之美和精神气质，诗人抒发了欲追步郑公隐居的情感。首联追述郑公当年隐居的情形。郑公隐居之地，筑庐养亲、设馆授徒，风流依稀在；汉家征召，郑公婉辞，自言倦游宦。颔联描绘了山居之地的景色。潜水暗自绕流，百花伴径曲折；闲云眷护山林，竹生窗前幽静。颈联描绘郑公隐居生活。作诗倡和时闻《黄鸟》意，弩藏漫步常现白鸥形。尾联抒写诗人观图所感。诗人欲从郑公之行，同饮觞酒，醉赏海天秋色。

送邢水部迎养之南都二首[1]

其一

冠盖都门烂晓霞，司空六传出京华[2]。
共看采服霑天宠，遥指金陵是帝家[3]。
淮口晴烟迷古渡，钟山寒色到官衙[4]。
闲中得句堪相忆，不尽归鸿易水涯[5]。

注释：
[1] 邢水部：即邢侗（1551—1612），字子愿，临邑（今山东省德州市临邑县）人。万历二年（1574）甲戌科进士，曾任工部都水清吏司郎中，官至陕西太仆寺少卿。万历十四年（1586）辞职，奉养双亲。邢侗善画，工书，诗文亦佳。其书画成就与董其昌、米万钟、张瑞图并称，谓

之"晚明四大家"。邢桐著有《来禽馆集》,墨迹刻石曰《来禽馆帖》。迎养:指迎接尊亲居住在一起,以便奉养。之:到。南都:指明朝南都,即金陵(今江苏省南京市)。

[2] 冠盖:冠,礼帽;盖,同"盖",车盖。本指官员的冠帽和车乘,此处泛指显门高官。都门:京都城门。烂:灿烂。司空:职官名。周朝有"六卿",其一为冬官大司空,掌营建之事。明代该职能归属工部,其下设营缮司、屯田司、虞衡司、都水司。邢桐曾为工部都水清吏司郎中。此处以"司空"称之邢桐,是虚言。六传:传车六乘。典出《汉书·文帝纪》:"代王笑谓宋昌曰:'果如公言。'乃令宋昌骖乘,张武等六人乘六乘传诣长安。"颜师古注引张晏曰:"传车六乘也。"后世以"六传"指皇子入为天子。这里夸饰邢桐车驾。

[3] 采:同"彩",彩色。采服,泛指色彩华美的服装。霑:同"沾",沾染。天宠:指帝王的宠幸。金陵:明朝南都,即今江苏省南京市。

[4] 淮口:秦淮河口,即今江苏省南京市秦淮河。晴烟:指雨晴烟晚。钟山:山名,位于今江苏省南京市东。因其多为紫红色砂页岩,故又称"紫金山"。

[5] 闲:闲居。归鸿:归雁。典出三国曹魏嵇康《赠秀才入军其四》:"目送归鸿,手挥五弦。"其后多借指归思。易水寒:典出荆轲《易水歌》:"风萧萧兮易水寒,壮士一去兮不复返。"后世指慷慨赴义的勇士。

简析:

这两首诗是送邢桐迎奉双亲并赴南京任职而作。通过描述送别之情景和临别之语,诗人劝慰邢氏莫因远隔而忘却友情,勉励其莫因远离京师而志气消沉,更规劝邢氏莫再倦游他乡,安心奉养双亲。

该诗叙写诗人送别邢氏的情形以及临别赠语。首联描写了壮观的送行场景。京师城门,灿烂朝霞,冠盖云集,皆因许国传车六乘将离京师。领联描述邢氏深受殊荣和归家之地。众人共看其身着君王所赐彩服,遥相指称其归居帝家金陵。颈联转而想象邢氏归居金陵之后的生活。秦淮河口烟迷古渡,钟山寒色侵染官衙。借景比况其身处金陵,远离友人,心情孤寂之形。尾联抒写诗人嘱托邢氏之语。诗人嘱托其闲暇之时应多通信,片言只语能安慰相思之情；诗人伫立易水岸边，举头远望南飞鸿雁，带去思念之情。

其二

笑咏南垓向石头，行旌双拂帝京秋[1]。
千林黄叶随人远，六代青山人望悠[2]。
官冷岁时频卧阁，兴来江海独登楼[3]。
须知汉主怜词赋，渴客无劳叹倦游[4]。

注释：

[1] 南垓：垓，垓下，在今安徽省灵璧县东南。此地为汉高祖刘邦围困项羽之所。因其在明朝首都北京之南，故曰南垓。石头：即"石头城"，古城名。故址约在今江苏省南京市。其始为战国时期楚国金陵城；东汉建安年间，孙权重修改为石头城；六朝时期是屏护建康的军事重镇；唐后，城废。拂：拂拭。

[2] 六代：指在金陵建都的六个王朝，分别为：孙吴、东晋、刘宋、萧齐、萧梁、陈。青山：指钟山。

[3] 官冷：官衙冷清。岁时：四季。《周礼·春官·占梦》："掌其岁时，观天地之会，辨阴阳之气。"郑玄注："其岁时，今岁四时也。"卧阁：犹言"卧榻"，指身体欠佳。兴来：兴致陡生。

[4] 汉主：指西汉武帝刘彻。怜：喜爱。词赋：即"辞赋"。西汉汉武帝时期，聚集有枚皋、司马相如、东方朔等著名辞赋作家。渴客：指司马相如。典出《史记·司马相如列传》："相如口吃而善著书，常有消渴疾。"劳：功劳。

简析：

这首诗规劝友人安心家居。首联描述邢氏南行的路途和气象。南垓纵论楚汉事，大笑拂袖向石头；车行旗幡两相宜，秋来金陵气象新。颔联描绘诗人对友人南行之途的感慨。千山林密黄叶伴，车行人远惆怅重；六代王朝青山在，千古人物茫辽远。颈联转而劝慰邢氏莫失志气。官衙冷清、新旧交岁，身有病患频卧床；兴致偶来、江湖泛舟，独登高楼抒壮怀。尾联则以古鉴今，劝慰其安心居家。汉武帝虽宠爱辞赋之臣，只可惜相如劳而无功，徒叹倦游他乡。

五言排律

雨渡胶莱河宿河东坏馆夜坐即食[1]

倦客厌远涉，暑雨何多情[2]。岭外片云黑，河上孤舟横[3]。
狂霖连暗浪，瞑色迷前旌[4]。那见天水际，但闻风涛声[5]。
官舍临路隅，撑柱空檐楹[6]。板舆欹侧入，堦水参差平[7]。
群飞尚石鸾，并坐愁黄莺[8]。乡邻尽白眼，吏胥如散星[9]。
呼童贳绿醑，就炊熟青精[10]。野店有桂玉，春盘无水晶[11]。
灯前四壁寂，雨后双树清[12]。水气从西来，银汉欲东倾[13]。
良夜不能寐，坐对寒风生[14]。

注释：

[1] 胶莱河：位于今山东半岛东部，处于胶东半岛沂山山脉和昆俞山脉之间。胶莱河分流南北，南向流入胶州湾，故而称南胶莱河；北向流入莱州湾，故而称北胶莱河。胶莱河取两湾首字而成。今山东省平度市姚家至窝铺段是南、北胶莱河的分水岭。本诗中胶莱河是指南胶莱河。坏馆：年久失修的客舍。即食：进食。

[2] 倦客：游宦他乡而对旅居生活感到疲惫、厌倦的士子。何：奈何，无可奈何之意。

[3] 横：本指横向，此处指因风雨，舟船在河面方向不定。韦应物《滁州西涧》："春潮带雨晚来急，野渡无人舟自横。"

[4] 霖：久下不停的雨。《左传·隐公九年》："凡雨自三日以往为霖。"瞑：本义为闭上眼睛，此处指天色幽暗。

[5] 际：分界。涛：波涛。

[6] 隅：角落。《诗·邶风·静女》："静女其姝，俟我于城隅。"撑：抵住，支撑。司马相如《长门赋》："离楼梧而相撑。"

[7] 舆：车。欹：斜，侧依。堦：同"阶"，石阶。

[8] 尚：同"上"，飞上。石鸾：石制的鸾鸟；鸾，上古传说中类似凤凰的一种神鸟。屈原《离骚》："鸾皇为余先戒兮，雷师告余以未具。"

愁：愁苦。黄莺：一种鸟。

[9] 乡邻：乡民。白眼：露出眼白的部分，表示厌恶的情感。吏胥：本指地方官府中负责书簿案牍的书记官，此处泛指小吏。散星：寥落的星辰，此处指驿馆人员稀少。

[10] 贳：赊买。《史记·高祖本纪》云："常从王媪、武负贳酒。"醑：本义为用茅草或器皿滤酒去渣滓。此处借指美酒。谢灵运《石门新营所住》："芳尘凝瑶席，清醑满金尊。"就：接近。熟：加热、做熟。青精：指青精饭。宋陆游《星坐道室有感》诗："一钵青精便有余，世间万事总成疎。"钱仲联注："青精，青精饭，道家所食。"

[11] 桂玉："桂薪玉粒"的简称。典出《战国策·楚策三》："苏秦之楚，三日乃得见乎王。谈卒，辞而行。楚王曰：寡人闻先生，若闻古人。今先生乃不远千里而临寡人，曾不肯留，愿闻其说。'对曰：'楚国之食贵於玉，薪贵於桂，谒者难得见如鬼，王难得见如天帝。今令臣食玉炊桂，因鬼见帝。'"后以"桂薪玉粒"指柴米昂贵。春盘：本指我国传统节日"立春"时所作的春饼和生菜。水晶：又称"水玉""水精"，本指透明的石英。此处借指晶莹透明的食物。

[12] 寂：寂寥。清：干净。

[13] 银汉：指银河。

[14] 良夜：长夜。《后汉书·祭遵传》："帝东归过汧，幸遵营，劳饗士卒，作黄门武乐，良夜乃罢。"李贤注："良犹深也。"生：起。

简析：

这首诗描写了诗人雨夜停宿驿馆所见所感。该诗可分为三部分。前八句为第一部分，诗人描写了暮雨滂沱之时的景象和情感。一、二句点明诗人此时的生活状态和心境。首句正面描写诗人作为客游之人，本已苦不堪言，奈何再次远涉异乡的生活状态。二句以拟人手法，描述了多情暑雨，也替诗人流下同情泪水。三、四句描绘了雨中山河之景。远山黑云密集，河上孤舟自横。五、六句则描绘了眼前近景。狂暴雨水卷起河浪，夜色与雨色交集，遮蔽了眼前旗幡。七、八句则是抒写了诗人面对黄昏暴雨的感受。天空、雨水、河水，无从分辨；只有风声和松涛声清晰可辨。中间八句为第二部分，诗人描写了驿馆情形和身在其中的感受。"官舍"句以下六句描绘了驿馆的破败景象。"官舍"句描写了驿馆的位置——处于道路的一隅，而非在通衢大道之要冲，暗示出其破败的原因；"撑柱"句则描绘驿馆的破败。驿馆的梁柱虽在，但屋檐和窗棂都徒有其形。"板舆"句描述诗人所乘车驾无法直入驿馆的情形，暗示驿馆内庭院久未平整、其路无法行车的现状；"堦水"句则以细节描写，点明台阶坑洼不平，驿馆久未修缮的情况。"群飞"二句，描绘了驿馆之中，群鸟或飞房顶石制鸢鸟之间，或如黄莺筑巢廊檐之下。"乡邻"二句则言馆舍附近居民对诗人一行的雨夜来临并不欢迎，而驿馆的官吏则不见所踪。此四句对举则见驿馆已然成为飞禽出没、人烟罕见的处所。诗篇后十句为第三部分描写诗人故作豁达的举动和复杂的心情。面对黄昏暴雨、破败驿馆等困境，诗人高呼童仆买酒，就灶熟"青精"。诗人感慨荒郊野外之店，柴米昂贵，如同"桂玉"；虽有春饼，但无晶莹之食物。此四句诗人呼童买酒、炊熟"青精"，还不时感慨"野店"米贵、食物欠佳，豁达举动之下深藏无奈、悲苦之情。"灯前"二句，描写出雨后寂寥的氛围。孤灯独照、四壁清冷、雨声停歇、庭树清晰可见，寒夜冷清、声响皆无、一片萧飒景象。"水气"二句，描写水气东来，银河西行的景象，暗示雨势可能再来。"良夜"二句，则以细节动作，表现了诗人长夜未眠，静坐床榻，悲苦心绪与寒风共生。

是夜五鼓复雨达旦不止独坐即事[1]

旅程不可计，明发气候殊[2]。金蛇烁窗牖，铁骑排空虚[3]。
石枕清有声，匡床忽若濡[4]。起视何晦冥，独坐良踟蹰[5]。
西墙挂河流，木杪浮菹茹[6]。榖洛斗咫尺，神灵意何如[7]。
商羊鸣前庭，车马洒长衢[8]。惊见竈有蛙，遑嗟食无鱼[9]。
芹心怜田野，豆粥嗟芜蒌[10]。殷勤更壶觞，擎跪称乡墟[11]。
潇潇对阿谁，渺渺翻愁予[12]。残杯杂屋溜，败舆当泥途[13]。
行吟皇华章，未敢言驰驱[14]。

注释：

[1] 五鼓：五更。相当于凌晨3点到5点。

[2] 计：估量。发：启程。殊：不同。

[3] 金蛇：此处指闪电。烁：闪烁。窗：同"窗"。牖：同"墉"，

墙。铁骑：本指披挂铁甲的战马。此处指雨势较大，雨点密集如同战马蹄声。排：消除。空虚：空旷的气氛。

[4] 石枕：石制的枕头。匡床：安适的床榻。濡：沾湿。

[5] 晦：光线不明。冥：昏暗。良：长久。踟蹰：徘徊。

[6] 挂：此处指雨水从屋顶直流到地面。杪：树梢，此处是小树枝。洰：本意指沼泽，此处指雨水带来大量小草而形成的湿地。茹：草根相牵连的样子。

[7] 穀洛斗：出自《国语·周语下》："灵王二十二年，穀、洛斗，将毁王宫。"三国吴韦昭注云："穀、洛，二水名也。洛，在王城之南；穀，在王城之北，东入于。斗者，两水激，有似于斗也。至灵王时，穀水盛，出于王城之西，而南流合于洛水，毁王城西南，将及王宫。"咫尺：距离很近。神灵：本指各类神仙，此处指上天。意：心志。何如：如何之意。

[8] 商羊：上古传说中的一种神鸟。据传说这种鸟在大雨之前，常屈一足起舞。车马洒长衢：语出王融《望城行》："车马若飞龙，长衢无极已。"

[9] 竈：同"灶"，炉灶。食无鱼：原指冯谖客孟尝君之事。典出《战国策·齐策四》："齐人有冯谖者，贫乏不能自存，使人属孟尝君，愿寄食门下……左右以君贱之也，食以草具。居有顷，倚柱弹其剑，歌曰：'长铗归来乎！食无鱼。'"后遂以"食无鱼"为待客不丰或不受重视、生活贫苦的之意。

[10] 芹心："芹献之心"的简称。谦称，赠与别人东西，自谦不好。芜萎："芜萎粥"的简称，是用赤豆煮粥。

[11] 殷勤：意气恳切。觞：古代的一种酒具。擎：举起。墟：村落。

[12] 潇潇：形容风雨骤急。阿谁：疑问代词，何人。渺渺：幽远的样子。予：诗人自谓。

[13] 残杯：破残的酒杯。杂：杂陈，没有规律。屋溜：应为"屋霤"，指屋檐下承接屋顶雨水的边槽。败舆：破败的车。当：阻挡。泥途：泥泞的路途。

[14] 皇华：原指《诗·小雅·皇皇者华》。《毛诗序》云："《皇皇者华》，君遣使臣也。送之以礼乐，言远而有光华也。"《国语·鲁语下》：

"《皇皇者华》，君教使臣曰：每怀靡及，诹、谋、度、询，必咨于周。"后世则以"皇华"为赞颂奉命出使或出使者的典故。驰驱：奔走、效力。

简析：

这首诗是诗人在五鼓时分被雨惊醒和清晨即将踏上路途之感触。与《雨渡胶莱河宿河东坏馆夜坐即食》创作于同一时间。

诗篇前十二句为第一部分，叙写诗人清晨时分被急雨惊醒的情形。"旅程"二句说明诗人本不愿被凄苦旅程所烦忧，然而五更时刻骤雨再来，定知清晨启程之时，天气与昨日不同。"金蛇"二句则以比拟的方式描写了暴雨来临之时，窗前出现的闪电如金蛇、空旷的驿馆中回响的雷声如铁骑的情形。"石枕"二句，描写了骤雨来临之时，诗人停宿破败驿馆屋舍的感受。空旷驿馆，石枕清净隐然与雷声呼应；破败屋舍，舒适的床榻忽然若有浸湿之感。"起视"二句叙写诗人被骤雨所扰，无法入眠，暂且起身排遣愁忧。起身举目所见，窗外一片昏暗；独坐床榻，愁思繁重。"西墙"二句，描写诗人独坐床榻所见驿馆屋舍的情形。西墙雨水如同小河般流淌而下，树梢、小草、杂物，杂糅其中。"榖洛"二句指出，面对骤雨再来，诗人不仅感慨是否是"榖洛相斗"而致雨水绵绵，而且还感叹"神灵"之意难以揣度。

"商羊"以下十四句为第二部分，叙写诗人晨起所见所感。"商羊"二句，描写诗人一行晨起之时，驿馆前庭商羊啼鸣，暗示雨势仍在继续，但人在旅途，又不得不发。车马排列，长街无极，暗示诗人前行之途，漫漫不可期。"惊见"二句，描写了诗人一行人清晨造饭，因昨夜雨势连绵，炉灶积水，发现有青蛙出没，只可惜无有鲜鱼。"遑嗟"句则化用战国冯谖之典，暗示出诗人屡受同僚排挤、不被重视的现状。在"芹心"二句中，诗人感慨荒郊野外田园之人的艰辛，只有赤豆粥果腹。"殷勤"二句表明，临别之时，乡邻意气恳切，换以壶酒以送别；举酒换盏之间，称谢乡邻淳朴之情。"潇潇"二句指出，面对风急雨骤，诗人不知面对何人；寥廓天地，倍增诗人愁绪。"残杯"二句，描写欢饮之后，残酒杂陈屋霤之下，破败的车阻挡在泥泞的前途之上。在"行吟"二句中，诗人借用《诗·小雅·皇皇者华》之典，表明自身时刻不忘效忠于帝，但自谦才干不足以为帝王所用。

七言排律

皇极门早朝[1]

长乐疎钟曙色分，禁城佳气郁氤氲。[2]
双鱼晓向铜龙启，五凤晴连赤羽曛。[3]
露重宫花千树润，风清仙乐九霄闻。[4]
鸣珂白暎螭头月，宝扇光摇雉尾云。[5]
烟傍衮衣常飘渺，草承委佩欲缤纷。[6]
蓬莱半落星河影，阊阖欢均燕雀群。[7]
就日圣颜看咫尺，临轩天语听殷勤。[8]
呼嵩自整南山意，拱极还瞻北斗文。[9]
几处讴吟争击壤，一时歌赋尽横汾。[10]
侍臣朝罢浑无争，虎观芸香散夕曛。[11]

注释：

[1] 皇极门：明代皇极门原名奉天门，是明朝宫殿主体皇极殿（即奉天殿，清太和殿）的正门。

[2] 长乐：即汉代长乐宫，意为"长久快乐"。它与未央宫、建章宫同为汉代三大宫。疎钟：指钟声稀疏。分：分明、清晰。禁城：宫城。佳气：祥瑞之气。郁：浓厚的形状。氤氲：古代指阴气、阳气合融一体的形状。《白虎通·嫁娶》引《易》："天地氤氲，万物化淳。"此外指烟、气弥漫的样子。此二句描述了清晨宫城祥瑞之景象。

[3] 双鱼：古代建筑中常用鱼形装饰门上，有消火避祸的寓意。铜龙：原指汉代太子宫门名。因其门楼之上装饰有铜制龙形，故名。其后借指帝王宫阙。启：开启。五凤：上古传说中五种神鸟，即朱雀、鹓雏、鸑鷟、青鸾、鸿鹄。赤羽：赤色羽毛的禽鸟。此二句描绘了宫城建筑和各类旗幡。

[4] 露：露水。润：滋润，有光泽。仙乐：本指仙界的乐曲，此处指皇家所演奏的乐曲。九霄：天之极高处。此二句描绘了宫城中植物和乐曲。

[5] 珂：玉石的一种。《说文》云："珂，玉也。"鸣珂：王族豪门所

乘用的马多以玉为装饰物，行而有声，故名。南朝梁何逊《车中见新林分别甚盛》云："隔林望行幰，下阪听鸣珂。"瑛：玉的光泽。《说文》云："瑛，玉光也。"螭头：古代彝器、碑额、庭柱、殿阶及印章等上面的螭龙头像。宝扇：此处指帝王、后宫使用的扇状依仗。雉尾：此处指"雉尾扇"，是古代帝王依仗用具。此二句描绘了帝王的仪仗。

[6] 衮衣：又称"衮服"。《诗·豳风·九罭》："我觏之子，衮衣绣裳。"《毛传》："衮衣，卷龙也。"朱熹集传："天子之龙一升一降，上公但有降龙。以龙首卷然，故谓之衮也。"是古代天子及王公的吉服，因其上有龙蜷曲的图案而得名。委佩：指下垂的佩玉。此二句描绘了帝王的服饰。

[7] 蓬莱：上古传说中的仙人居住的三座神山之一，三座神山即蓬莱、方丈和瀛洲。《史记·封禅书》："自威、宣、燕昭使人入海求蓬莱、方丈、瀛洲，此三神山者，其传在勃海中。"星河：指银河。阊阖：上古传说中的进入昆仑神山的天门。《说文》云："阊，天门也。楚人名门曰阊阖。"屈原《离骚》云："吾令帝阍开关兮，倚阊阖而望予。"欢：欣喜。均：同"韵"，和谐之声。燕雀：本指燕和雀，此处指群臣。此二句描写了帝王所居之处的高贵和群臣聚集宫门的情态。

[8] 就日：接近太阳，比况臣子对天子尊崇与敬仰。语出《史记·五帝本纪》："帝尧者，放勋。其仁如天，其知如神。就之如日，望之如云。"司马贞索隐："如日之照临，人咸依就之，若葵藿倾心以向日也。"圣颜：指帝王之面，即面圣。殷勤：情深意厚。此二句描写了君臣朝会时的情态。

[9] 呼嵩：据《汉书·武帝纪》记载，元封元年（前110）正月，"（武帝）亲登嵩高，御史乘属，在庙旁吏卒咸闻呼万岁者三。"嵩高山，即今嵩山。其后，以"呼嵩"指对君主的称颂。南山：指终南山。《诗·小雅·节南山》云："节彼南山，维石岩岩。"其后，"南山"多被用来形容高洁人格。拱极：犹言拱辰，即拱卫北辰。语出《论语·为政》："为政以德，譬如北辰，居其所，而众星拱之。"其后，以"拱辰"比喻拱卫君主或四方来归。北斗：即北斗星。此二句描写群臣颂赞帝王的场景。

[10] 击壤：此处指《击壤歌》。击壤，本为上古时期一种游戏。《太平御览》卷755引《释名》曰："击壤，野老之戏也。"又引晋周处《风

土记》云："击壤者，以木作之，前广后锐，长可尺三四寸，其形如履。腊节，僮少以为戏，分部如掷博也。"又引三国魏邯郸淳《艺经》云："壤以木为之，前广后锐，长尺四，阔三寸，其形如履。将戏，先侧一壤于地，遥于三四十步，以手中壤敲之，中者为上。"击壤歌，古歌名，相传为唐尧之时，野老击壤，歌而成之。汉王充《论衡·艺增》："传曰：有年五十击壤于路者，观者曰：'大哉，尧德乎！'击壤者曰：'吾日出而作，日入而息，凿井而饮，耕田而食；尧何等力！'"晋嵇康《逸士传》曰："尧时有壤父五十人击壤于康衢。或有观者曰：'大哉，尧之为君！'壤父作色曰：'吾日出而作，日入而息，凿井而饮，耕田而食，帝何力于我哉！'"击壤歌抒发了率性而为、无为而治的情感，代表政治昌明。横汾：据托名班固的《汉武故事》云："上幸河东，欣言中流，与群臣饮宴。顾视帝京，乃自作《秋风辞》。"其中有"泛楼船兮汾河，横中流兮扬素波"。其后以"横汾"之事，称颂帝王及其作品。此二句描写君臣创作诗赋言表心志。

[11] 虎观："白虎观"的简称，位于未央宫中。东汉章帝建初四年（79），汉章帝依议郎杨终奏议，召集大夫、博士、议郎、郎官和诸生在"白虎观"讲议"五经"异同，即白虎观会议。其后，汉章帝命班固将讨论结果编为《白虎通义》，作为官方对儒学的解释公布，产生了深远影响。南朝梁刘勰《文心雕龙·时序》："及明帝叠耀，崇爱儒术，肆礼璧堂，讲文虎观。"芸香：香草名。夏季为花季，花朵为黄色，花叶有香气。晋成公绥《芸香赋》："美芸香之修洁，禀阴阳之淑精。"曛：落日余晖。此二句描写朝会结束后的场景。

简析：

这是一首颂赞诗，描写早朝之时，君臣相得的情形，颂赞政通人和的政局。

这首诗可分为两大部分。前十二句为第一部分，诗人描写了清晨皇宫景物和君王仪仗。"长乐"二句以钟声起篇，描绘了皇宫清晨气象。长乐宫钟声渐疏，晨光微显；宫城烟气氤氲，气象万千。"双鱼"二句描写宫中建筑和旗幡。在晨曦中，铜龙装饰的宫楼逐渐清晰，双鱼装饰的宫门轻启关钥；五凤旗幡与赤色羽毛相辉映，醒目耀眼。"露重"二句描绘宫中花树姿颜与宫中乐曲美妙。晨露浓重，滋润宫中百花千树姿颜；晨风清扬, 宫乐美妙动听直上九霄。"鸣珂"二句描绘了君王车驾与仪仗。玉石相击、光泽白净, 宫殿之上螭头遥向明月; 宝扇互遮、珠光摇曳, 仪仗之中雉尾摇荡如云。"烟傍"二句描写了君王吉服和服佩。轻烟缠绕君王衮服, 常有缥缈仙界之感; 香草充盈君王委佩, 总生缤纷绚烂之采。"蓬莱"二句描写晨曦微露、宫城群燕飞舞的情形。明月半落、繁星渐隐、天河影消; 宫城欢悦、谐和之音、群臣毕集。"就日"以下八句为第二部分, 诗人描述了君臣相得、政通人和的情形。"就日"二句叙写诗人在临朝日面见君王的情形。尊崇天子之颜, 咫尺敬仰; 接近栏轩, 聆听天子发语, 情意恳切。"呼嵩"二句描写臣子高声颂赞君王的情形。臣子高呼万岁, 如瞻南山高洁义; 群臣敬拜圣君, 如群星拱卫北辰。"几处"二句描写群臣竞相赋诗颂赞盛世的情形。处处讴歌、吟咏, 争相赋写《击壤歌》; 时时高歌、敷陈, 竞相进献《横汾歌辞》。"侍臣"二句叙写早朝结束之后, 君臣相得的情境。君王、重臣早朝结束, 浑欲无争、竞相揖让, 白虎观内芸香映射落日余晖, 一片祥和景象。

七言绝句

咏史四首[1]

其一
商翼联翩下汉关, 一时决策动龙颜。[2]
谁怜翠羽金丸忌, 千古令人叹转圜。[3]

注释:

[1] 咏史: 古体诗题之一, 最早为东汉班固所创。班固《咏史》以西汉淳于缇萦救父之事为吟咏对象, 感喟"百男何愦愦, 不如一缇萦"。传统诗论评价该诗为"质木无文"(钟嵘《诗品》), 但其在十句之中高度凝练缇萦救父之事, 且不乏细节描摹, 是具有一定艺术价值的。东晋左思《咏史》八首继承班固《咏史》诗题, 以组诗形式开创了"借咏史事以抒己怀"的艺术精神。左思《咏史》八首借咏古人古事, 揭露了门阀制度之下, "英俊沉下僚, 世胄蹑高位; 地势使之然, 由来非一朝"(《咏史》其二)的社会不公现象。

[2]联翩：鸟飞翔的姿态。陆机《文赋》："浮藻联翩，若翰鸟缨缴而坠曾云之峻。"李周翰注："联翩，鸟飞貌。"汉关：亦泛指边关。唐严武《军城早秋》诗："昨夜秋风入汉关，朔云边雪满西山。"龙颜：帝王的容颜。

[3]翠羽：翠鸟的羽毛。古代多用作饰物。《逸周书·王会》："正南：瓯邓、桂国、损子、产里、百濮、九菌，请令以珠玑、瑇瑁、象齿、文犀、翠羽、菌鹤、短狗为献。"金丸：金制的弹丸。《西京杂记》卷四："韩嫣好弹，常以金为丸，所失者日有十余。长安为之语曰：'苦饥寒，逐金丸。'京师儿童每闻嫣出弹，辄随之，望丸之所落，辄拾焉。"韩嫣生平事迹见《史记·佞幸列传》。忌：妒忌。转圜：转动圆形的器物，此处指金丸。

简析：

《咏史》四首以汉文帝时贾谊献《治安策》、汉武帝时宠童韩嫣以金丸弹射为戏、董仲舒献《贤良文学对策》、李广命运不奇的史实为描写对象，诗人抒发了人世难料，盛衰无则的情感。

这首诗叙写西汉中期汉武帝宠童韩嫣以金丸为戏、骄奢淫逸之事。据《史记》卷125《佞幸列传》记载，汉武帝宠臣之中，士子身份的是韩嫣。该诗首句述写刘彻为胶东王时与韩嫣"学书相爱"，故曰"联翩"。二句则言刘彻即位之后，韩嫣的献策多能影响汉武帝的施政方针。据史载，韩嫣深得汉武帝之心，如武帝"欲事伐匈奴"，而"嫣先习胡兵，以故益尊贵"。三句，诗人感喟何人怜惜翠羽、金丸之精美，只增世人妒忌之心。四句则是诗人抚今谂昔，千古之前韩嫣的金丸，今时今刻尚能转动无碍，而尊宠一时的韩嫣今何在？

其二

汾水幽怀感壮图[1]，秋云千里黯江都[2]。
不知半夜轮台诏[3]，还忆当年三策无[4]？

注释：

[1]汾水幽怀：汾水，即汾河，在今天山西境内；幽怀，蕴藉内心的情志。董仲舒《春秋繁露》中曾言"雨不霁，祭女娲"。对于这种意识

的文化心理，东汉王充《论衡·顺鼓》解释道："仲舒之意，殆谓女娲古妇人帝王者也。男阳而女阴，阴气为害，故祭女娲求福祐也。"在汉代，"女娲"是"后土"的代表。据《汉书·武帝纪》云："（元鼎四年，前113年）立后土祠于汾阴脽上。"唐颜师古注云："脽者，以其形高如人尻脽。"北魏郦道元《水经注·汾水》："汾水历其（长阜）阴西入河。《汉书》谓之汾阴脽。应劭曰：脽，丘类也。"可见，汉代祭祀后土之地在汾水之南。壮图：雄心壮志。

[2] 江都：即今江苏省扬州市。此句用董仲舒为江都王刘非之相的史实。江都王刘非是汉景帝刘启的侄子，汉武帝刘彻的兄长。武帝即位后，因刘非是帝兄，素骄好勇。武帝派遣董仲舒做江都相，辅助江都王刘非，时加匡正。由于董仲舒常以礼义来规劝刘非，所以刘非也很敬重他。汉武帝建元六年（前135），董仲舒因以灾异学说批评汉武帝，罢江都王相。

[3] 轮台诏：指汉武帝征和四年（前89）颁布的《罪己诏》。汉武帝一生致力于建立大一统的汉帝国。对外，其多年用兵匈奴和西域诸国；对内，倡导儒学独尊地位、实行"推恩令"，加强中央集权。但多年对外战争，汉朝国力日渐衰弱。汉武帝征和三年（前90），贰师将军李广利兵败投降匈奴。征和四年（前89），桑弘羊等上书汉武帝，请求戍兵轮台（今新疆维吾尔自治区轮台县）以备匈奴。面对日渐凋敝的国力，汉武帝最终否决了奏议；且下诏反思自己，称"当今务在禁苛暴，止擅赋，力本农。修马政复令以补缺，毋乏武备而已"，史称"轮台罪己诏"。

[4] 三策：指汉武帝时期，董仲舒所上《举贤良对策》（又称《天人三策》）。董仲舒在《举贤良对策》中系统地提出了"天人感应""大一统"和"罢黜百家、表彰六经"的主张，故而又被称为"天人三策"。

简析：

这首诗叙写西汉董仲舒人生陟降之事。

首句描写董仲舒深味武帝祭祀后土之动机。据《史记·孝武本纪》记载，汉武帝元鼎四年（前113），汾阴有巫名锦，在战国魏后土营旧址得一鼎。其后，汉武帝派人将鼎迎至甘泉宫。与此同时，修后土祠于汾阴脽上，并多次巡幸后土祠。董仲舒认为汉武帝祭祀后土，是因为其德得于天地之景福。次句则言董仲舒在汉武帝元光元年（前134），上《举贤良对策》，深受武帝赏识。但不久即远离长安，出任江都王相，又因以灾异解说辽东高庙、长陵高园殿失火之事而触怒汉武帝，罢江都王相。三句言征和四年（前89），汉武帝"深陈既往之悔"，下诏"禁苛暴，止擅赋，力本农"之事。四句，诗人以反问句式，感喟当年《举贤良对策》中"天人感应""君权神授""德治"等观念，是否还能被铭记？

其三
玺书捧处主恩深，郡国争传有赐金[1]。
为问治平谁第一，河南名字已销沉[2]。

注释：

[1] 玺书：语出《国语·鲁语下》："襄公在楚，季武子取卞，使季冶逆，追而予之玺书。"三国韦昭注云："玺书，印封书也。"本指以泥封加印的文书。秦朝之后专指皇帝的诏书。《史记·秦始皇本纪》："上病益甚，乃为玺书赐公子扶苏曰：'与丧会咸阳而葬。'"郡国：郡县与封国的并称。西汉初期，郡县制与封建制并行，前者直属汉中央政府，后者分封同姓与异姓王侯。后世以"郡国"泛指王朝行政区域划分。

[2] 治平：指汉代贾谊向汉文帝所献《治安策》，又称《陈政事疏》。河南：指西汉河南郡，贾谊出生在洛阳（今河南省洛阳市），是河南郡治所。贾谊生平事迹见《史记·屈原贾生列传》。销沉：衰落、消失。

简析：

该诗叙写汉文帝时贾谊之事。诗篇前两句叙写贾谊曾经辉煌仕途，深得文帝赏识，并厘定藩国定例。据《史记·屈原贾生列传》记载，贾谊20多岁之时，汉文帝"每诏令天下，诸老先生不能言，贾生尽为之对，人人各如其意所欲出。诸生于是乃以为能，不及也。孝文帝说之，超迁，一岁中至太中大夫。"不仅如此，"诸律令所更定，及列侯悉就国，其说皆自贾生发之。于是天子议以为贾生任公卿之位。"但因触及保守势力的利益，贾谊终被疏。年仅33岁，死于长沙王太傅职任。后两句则是提及贾谊代表作——《治平策》的影响和身后寥落。据《汉书·贾谊传》记载，约在汉文帝前元八年（前172），"是时，匈奴强，侵边。天下初定，制度疏阔。诸侯王僭拟，地过古制，淮南、济北王皆为逆诛。谊数上疏陈政事，多所欲匡建，其大略曰。"其文即为《陈政事疏》（又名《治安策》）。该文涉及汉朝中央政府与地方诸侯间的关系、汉朝与北地匈奴的关系以及汉朝各阶层之间的矛盾等方面，并逐一提出了相应的对策，情感深切动人。清浦起龙《古文眉诠》就曾云："贾策断推西京文第一。"但是千年以降，《陈政事疏》虽仍为人所知，然而贾谊其人其事其志，已然沉寂。

其四

刁斗无声朔帐移，闾山春草自离离。[1]
于今塞下闻飞将，李广元来数不奇。[2]

注释

[1] 闾山："医巫闾山"的省称。古称于微闾、无虑山。《周礼·职方》称："东北曰幽州，其山镇曰医无闾。"今在辽宁省凌海市北镇县西，大凌河以东。离离：稀疏的样子。

[2] 李广：西汉著名将领，以善射著名，抗击匈奴四十余年，大小战斗七十余次，最终被迫自杀。其生平事迹见《史记·李将军列传》。数：命运。奇（jī）：不利。

简析：

这首诗叙写西汉武帝时期名将李广之事。据《史记·李将军列传》记载，李广一生与匈奴接战七十余次，前后达四十余年。其前后担任过上郡、陇西、北地、雁门、代郡、云中等地太守，"皆以力战为名"。但因其生不逢时，自负其能，故在汉武帝元狩四年（前119）从卫青北击匈奴中，不肯面对刀笔之吏，引刀自刭。该诗首句叙写李广戎马生涯的特征性内容，待士卒简易和声威远播匈奴。据《史记》卷109《李将军列传》记载，李广行军"无部伍行陈，就善水草屯，舍止，人人自便，不击刁斗以自卫，莫府省约文书籍事，然亦远斥候，未尝遇害。"不仅如此，"匈奴畏李广之略"，其为右北平太守（治所约在今天津市蓟县）之时，"号曰'汉之飞将军'，避之数岁，不敢入右北平。"二句描写汉匈曾经交战的右北平前线，今时只有离离春草，一岁一枯荣。三、四句描述今时边塞流传李广的故事，只是关注其命运多舛，而忽略了其长期抗击匈奴的行迹。

塞下曲四首[1]

其一
燕支叶落雁南飞，薄采秋山向夕归[2]。
何处葡萄酣夜月，一天霜露冷戎衣[3]。

注释：

[1]塞下曲：乐府诗题，入《乐府诗集·横吹曲辞》，是唐人新制乐府题。本自汉乐府旧题《出塞》，诗歌内容多与征战、边塞生活有关。《塞下曲》以描写边塞风光和战事为主，借以抒发征戍之苦、思乡之痛和报国之情。

[2]燕支：一种植物名，用作红色染料。晋崔豹《古今注·草木》："燕支，叶似蓟，花似蒲公，出西方。土人以染，名为燕支。中国人谓之红蓝。"一解"山名"。唐李白《王昭君》："燕支长寒雪作花，蛾眉憔悴没胡沙。"王琦注引《元和郡县志》云："燕支山，一名删丹山，在丹州删丹县南五十里。东西百余里，南北二十里，水草茂美，与祁连同。"薄采：薄，淡薄、少；采，色彩。此言塞外深秋山色单调，缺乏色彩变化。

[3]葡萄：指葡萄酒。唐王翰《凉州词》二首其一："葡萄美酒夜光杯，欲饮琵琶马上催。"戎衣：军士战衣。

简析：

《塞下曲》四首表达了诗人对中原汉族政权面对异族武力侵略的局面，采取以"和戎"为主政策的不满。

在这首诗中，诗人描摹边塞深秋，汉家将士悲苦的生活环境和思乡念归的心境。前二句描绘了一幅塞外深秋晚归图。"燕支"点明地域，"叶落"点明季节；"雁南飞"描写塞外之景，寄寓思乡之情；"薄采"描绘出塞外深秋山色的单调。萧瑟的塞外秋景、南归的群雁、夕阳西下，景物描写中蕴藉着边卒深切的思乡念归之情。三、四两句，进一步描述边卒令人同情的境遇。月夜，边卒虽有葡萄美酒，能借以排遣思乡之痛；但是，塞外深秋，露重霜严，戎衣难暖，映衬出边卒的艰难处境。

其二

龙沙枯骨委蒿蓬[1]，虏骑长驱太白东[2]。
暮角西风悲自语[3]，将军新策是和戎[4]。

注释：

[1] 龙沙：泛指西北边塞沙漠地区。南朝宋范晔《后汉书·班超传赞》云："定远慷慨，专功西遐。坦步葱、雪，咫尺龙沙。"李贤注："葱岭、雪山，白龙堆沙漠也。八寸为咫。""白龙堆"，沙漠名。在新疆天山以南，简称龙堆。《汉书·匈奴传下》："岂为康居、乌孙能逾白龙堆而寇西边哉，乃以制匈奴也。"颜师古注引孟康曰："龙堆形如土龙身，无头有尾，高大者二三丈，埤者丈余，皆东北向，相似也。在西域中。"蒿蓬：泛指杂草。

[2] 虏骑：泛指北地少数民族军事力量。太白：山名。在陕西省眉县东南。唐李白《蜀道难》："西当太白有鸟道，可以横绝峨眉巅。"王琦注引慎蒙《名山记》："太白山，在凤翔府郿县东南四十里，钟西方金宿之秀，关中诸山莫高于此。其山巅高寒，不生草木，常有积雪不消，盛夏视之犹烂然。故以'太白'名。"

[3] 暮角：暮色中的声角。

[4] 和戎：与少数民族政权缔结盟约。

简析：

该诗以同情笔触抒发了边塞将士为国戍边、捐躯委弃白草的命运，而以嘲讽口吻批评庙堂之士采用所谓"新策"，实为屈辱的"和亲"之策。

首句描写汉家将士身死塞外龙沙，无人拾收，白骨只能埋没随白草。二句描述异族骑兵长驱直入、横肆汉境，甚至进逼长安附近的太白山，威胁汉家京师。此二句，将边境汉家将士白骨委弃荒草之间的景象与异族骑兵横肆汉境的嚣张气焰相对举，暗示出汉家抗击异族入侵的困境。三句描摹边塞黄昏之时，鼓角声与西风相交织，汉家将士悲切心绪无处诉告，但为家园安宁，将士自话自语，聊以安慰。四句面对异族入侵，汉军抵抗无力的局面，汉家转而采取屈辱的"和亲"政策以换取边境安宁。此二句，将边境将士为保家园安宁，默默承受戍边之苦的情形与庙堂之上，只求苟且而采用所谓"新策"的尸位素餐之高官相对举，表现出诗人强烈的情感取向,对边境将士寄寓无比同情,而对朝堂之士则嘲讽其无能。

其三
城郭萧萧叹此离,隔河犹自见旌旗。[1]
天朝近有平胡颂,正是单于奏凯时。[2]

注释:

[1] 城郭:城,内城墙;郭,外城墙。这里泛指汉族政策下的统治地区。离:别离、隔离。旌旗:这里用以借代少数民族军队。

[2] 平胡颂:颂,一种文体,内容以颂赞、荣耀为主。平胡颂,大体是以平定少数民族入侵为主的颂赞文章或诗歌。单于:汉朝时,匈奴最高统治者称号。其后借指少数民族最高统治者。

简析:

该诗以辛辣笔触,讽刺了当权者自欺欺人之举。

首句描绘边境城郭萧条情形,诗人感慨由于民族冲突而造成的民族对立的现实。二句则言汉族与异族隔河对峙,旌旗时见,暗示双方冲突不断、关系紧张。此二句,诗人描述边境城郭萧杀与双方隔河对峙的情形,揭示了边境紧张的现状。三句叙写诗人听闻朝廷传诵平定异族颂歌。四句则是诗人辛辣的讽刺,正当朝廷沉浸歌功颂德之时,恰是单于凯旋之日。

其四
剑花十载拂征尘,赢得胡儿作比邻。[1]
从此未应愁野戍,大军不复度西秦。[2]

注释:

[1] 剑花:即"剑华",剑的光芒。唐李白《胡无人行》:"流星白羽腰间插,剑花秋莲光出匣。"拂:掸去。征尘:边塞激战时扬起的尘土。宋张孝祥《六州歌头》(长淮望断):"征尘暗,霜风劲,悄边声。"胡儿:对北方游牧民族的蔑称。比邻:友邻。

[2] 野戍:戍守荒野。西秦:指战国时期的秦国,因其地处西地,故有此称。

简析：

该诗以故作轻松的笔调，叙写汉家多年用兵边塞的结果，只换来胡族为近邻、西秦成为异族土地的现实。在轻松的笔调之下，诗人心绪实则沉痛无比。

首句叙说汉家十载用兵，试图彻底解决异族屡侵边塞的困境。二句则反话正说，汉家多年征战，却只"赢得"胡族成为近邻。这与汉家多年用兵边塞的初衷南辕北辙。三句诗人故作轻松语调，戏言汉家将士从此不再以戍守郊野、厮杀边塞为苦。四句，诗人更以汉家大军息兵西秦的现实，实则暗示西秦已然成为异族土地。

叹白二首[1]

其一

莫向人间悲墨丝，须知自有素丝时。[2]
丹阳洞里皤如缕，谁倩天工作染师。[3]

注释：

[1] 叹白：叹，感慨；白，白发，指年岁渐老。

[2] 墨丝：黑丝，指年少。素丝：白发，指年老。

[3] 丹阳洞：泛指道教修炼的处所。皤：白色。《说文》云："皤，老人白也。"《易·贲》云："贲如皤如。"唐李鼎祚《集解》云："皤，白素之貌。"缕：丝线。倩：请。汉扬雄《方言》云："凡假代及暂雇使令亦曰倩。"汉陈琳《为曹洪与魏文帝书》："怪乃轻其家丘，谓为倩人。是何言欤！"张铣注云："谓我文辞皆倩人所作，是何言欤！"

简析：

这两首诗借青丝渐白的人生变化，抒写人生哲思，并感慨壮志难再。第一首，第一、二句，面对世人悲慨青丝渐白，人生已晚的现实，诗人以轻快笔触，劝慰世人莫要悲慨青丝现白，因为黑发而成白发是自然而然的人生过程。三、四句，诗人则借道教修炼之士，白发如丝的道骨仙风之形，感慨不知是谁请来天工有意为之。面对同一事物——"白发"，世人悲慨自身年岁已晚，却又羡慕修道之人仙风之形。诗人借此抒发世人对同一事物会产生不同认知的哲思。

其二
似带西方白虎威，令人一见壮心微。[1]
分明我物难为主，昨日青青今已非。[2]

注释

[1] 白虎：上古传说中的神兽。《山海经》卷 12《海内北经》云："林氏国有珍兽，大若虎，五彩毕具，尾长于身，名曰驺虞，乘之日行千里。"《诗·召南·驺虞》："彼茁者葭，壹发五豝，于嗟乎驺虞。"《毛传》："驺虞，义兽也。白虎，黑文，不食生物，有至信之德则应之。"威：威风。壮心：壮志。微：消褪。

[2] 主：主宰。青青：黑发。

简析：

该诗首句描述满头白发，气势如同白虎临前，声威逼人。二句则谓近前细看，则容颜渐老、体态龙钟，已无力再展宏图。三句，诗人认为：在自然面前，万物与我都不可能成为主宰。四句则以昔日青丝今朝雪的变化，验证了"我"与"物"皆难成为命运和自然之主宰的事实。

《山左明诗抄》八首

蓟门行[1]

蓟门昨夜秋风生，萧条秋色横高城[2]。
古木千林半摇落，雄关百雉何峥嵘[3]。
塞月遥临青海迥，高天直接黄云平[4]。
野戍荒烟黯旧垒，龙沙朔气寒危旌[5]。
露下储胥寒雁度，楼隐粉堞悲笳鸣[6]。
忆昔汉家霍骠骑，连年征战经兹地[7]。
长缨系得左贤王，功勋照耀燕然石[8]。
玉关从此歇毡裘，甘泉十载销烽燧[9]。
宛马络绎长安来，将军日夜氍毹醉[10]。
太平不见用兵苦，魏绛自信和戎利[11]。
忽报天锋次渭桥，翩翩战马一何骄[12]。
关下羽书迸星火，长城白骨乱蓬蒿[13]。
昨日全军没青坂，复闻鼙鼓喧临洮[14]。
千里金汤此重镇，百年锁钥如函崤[15]。
太白旗高山云外，天王北顾心忉忉[16]。
诏书五道衔丹凤，渔阳老将周南仲[17]。
虎竹新分雪色明，龙泉试拂星文动[18]。
谋臣数上安边书，词人拟献平胡颂[19]。
先声知破阴山胆，月氏再入天闲贡[20]。
崆峒尘静金泉清，韬钤甲兵常下用[21]。

注释：

[1] 蓟门行：原为唐人高适所创乐府新题，共五首。《乐府诗集》归

入《杂曲歌辞》。这组诗以边塞生活为描写对象，反映了紧张的边疆态势和戍边士卒的凄苦遭遇。

［2］蓟门：见《蓟门早秋》释条［1］。生：起。萧条：凋零。横：充满、遮盖。高城：高高的城墙。

［3］摇落：凋零。百雉：雉，古代计算城墙面积的单位，长三丈高一丈为一雉。"百雉"是指城墙三百丈，是周天子国都的规制。《左传·隐公元年》："都城过百雉，国之害也。"杜预注："一雉之墙，长三丈，高一丈。"峥嵘：高耸、险峻的样子。

［4］塞月：边塞夜月。遥临：远来。青海：东方之海。《淮南子·墬形训》："青泉之埃，上为青云，阴阳相薄为雷，激扬为电，上者就下，流水就通，而合于青海。"高诱注："东方之海。"迥：远。高天：秋天高朗的天空。隋薛道衡《夏晚》："高天澄远色，秋气入蝉声。"直接：径直相连。黄云：边塞之云。塞外沙漠与戈壁地区，终年大风肆虐，黄沙漫天，天空常年呈现土黄色，故名。南朝梁简文帝《陇西行》之二："洗兵逢骤雨，送阵出黄云。"平：齐。

［5］野戍：戍守野外。荒烟：荒野的烟气。旧垒：陈旧或荒废的军营。龙沙：见《和渊明九日闲居》释条［7］。朔气：北方的寒气。《木兰诗》："朔气传金柝，寒光照铁衣。"危旌：高扬的旗帜。唐祖咏《望蓟门》："万里寒光生积雪，三边曙色动危旌。"

［6］露下：秋露初现。储胥：栅栏、藩篱之属。扬雄《长杨赋》："搤熊罴，拖豪猪，木拥枪累，以为储胥。"韦昭注："储胥，蕃落之类也。"寒雁：深秋的大雁。后世以之衬托凄凉的气氛。楼隐：城楼遮蔽。粉堞：用白垩涂饰的女墙。悲笳：悲凉的胡笳声。三国魏曹丕《与朝歌令吴质书》："清风夜起，悲笳微吟。"

［7］霍骠骑：指霍去病，因其官至大司马骠骑将军，故名。兹：此。

［8］长缨：本为古人系帽的长丝带。《韩非子·外储说左上》："邹君好服长缨，左右皆服长缨。"其后借指捆缚敌人的长绳。《汉书·终军传》："军自请：'愿受长缨，必羁南越王而致之阙下。'"左贤王：本为匈奴贵族的封号，在其大臣等级中最为尊贵。据《后汉书·南匈奴传》："其大臣贵者左贤王，次左谷蠡王，次右贤王，次右谷蠡王，谓之四角。"燕然石：典出《后汉书·窦宪列传》。汉和帝时期，车骑将军窦宪于稽落山（今蒙古人民共和国汗呼赫山脉）大败北匈奴，登燕然山（今蒙古人

民共和国杭爱山脉），刻石记功，纪汉威德。后世以"燕然石"指建立边功的记功碑。

[9] 玉关：指玉门关。欸：同"款"，款待。毡裘：以皮毛制成的服装，借指北方游牧民族。甘泉：秦宫室名。旧址在约在今陕西省淳化县西北甘泉山。汉武帝时期，该宫曾扩建，于此朝见诸侯王，宴飨外国使臣；夏日，君主于此宜能避暑。销：裁撤。烽燧：古代边境示警的信号。白昼举烟谓之"烽"，夜晚举火谓之"燧"。

[10] 宛马：自汉代始，中原对来自西域大宛名马的称谓。《史记·大宛列传》："大宛在匈奴西南……多善马，马汗血，其先天马子也。"后世泛指骏马。氍毹：用兽毛织成或与其他材质混织的毯子。

[11] 太平：称谓时世安宁和平。《吕氏春秋·大乐》："天下太平，万物安宁。"用兵：使用武力。魏绛：春秋时晋国人，姬姓，魏氏。其初任中军司马。据史载，晋悼公三年（前570），大会诸侯，公弟杨干乱阵次，绛戮其仆。后任下军主将，任以政事，力主和戎；辞受悼公以郑乐之半赐之的殊荣；率晋军多次出征，皆有得。晋复强。卒谥庄，史称魏庄子。

[12] 天锋：本为星名。《史记·天官书》："杓端有两星：一内为矛，招摇；一外为盾，天锋。"后世借指兵戎。次：进驻。渭桥：汉唐时期，流经长安的渭水上的桥梁，共有中、东、西三座。这三座桥梁不仅是沟通各方与长安交通的重要枢纽，更是长安城防的第一线。一何：何其，多么。

[13] 关下：边关外。羽书：即"羽檄"。《后汉书·西羌传论》："伤败踵系，羽书日闻。"李贤注："羽书即檄书也。"迸：冒出。星火：流星，比喻急切、快速。乱：遍见。

[14] 没：覆灭、败亡。青坂：古地名。在今陕西省武功县境内。唐肃宗至德元年（756），唐将房琯于此败于安史叛军，唐军几近全灭。杜甫《悲青坂》："我军青坂在东门，天寒饮马太白窟。"鼙鼓：鼙，小鼓；鼓，大鼓。二者皆为古代军队行军礼所用乐器。喧：鼓噪。临洮：即今甘肃省临洮县。自古为陇右重镇。唐时，该地处于唐朝与吐蕃争夺河湟地区的前线，常年被战争气氛所笼罩。

[15] 金汤：金，金属筑造的城墙；汤，沸水流淌的护城河。锁钥：原指用以紧固门户箱匣的器具。后世借指出入要道。函崤：函，函谷关，因关在深谷之中，深险如函，故名。在今河南省灵宝市北15千米处。崤，崤山，又名"郗山"，因古崤县而得名。在今河南省洛宁县西。二地处于关中地区

与中原地区的交通要冲，是重要的军事战略要地，古人多因此并称。

［16］太白：见《塞下曲四首》其二释条［2］。山云：高山与云端。天王：天子。忉忉：忧思的样子。《诗·齐风·甫田》："无思远人，劳心忉忉。"《毛传》："忉忉，忧劳也。"孔颖达疏："忧也，以言劳心，故云忧劳也。"

［17］丹凤：凤鸟的一种。晋张华云："首翼赤曰丹凤。"渔阳：古地名，约今北京市密云县西南一带。周南仲：指周宣王时期大夫南仲。据《诗·小雅·出车》所载，南仲曾奉周宣王之命，出兵朔方，征讨猃狁，凯旋而归。

［18］虎竹：虎，铜虎符；竹，竹使符。前者用以发兵出征，后者用以征调。《后汉书·杜诗传》："旧制发兵，皆用虎符，其余征调，竹使而已。"新分：新治。雪色：如雪之白色。龙泉：古剑名，即"龙渊剑"，唐避唐高祖李渊之讳而改。试拂：试图掸去。星文：星象。

［19］数：屡次。安边书：指靖边的奏章。平胡颂：颂赞平定异族的诗赋。

［20］先声：使人震慑而先发的名头和威望。阴山：山脉名。即今横亘内蒙古自治区中部和河北省北部地区的阴山山脉。汉武帝元朔二年（前127），卫青击溃匈奴楼烦王等部，收复河南地（指河套以南之地，即今内蒙古伊克昭盟一带）；元朔五年（前124），卫青突袭右贤王王庭（今蒙古人民共和国南戈壁省），匈奴部夜惊，大溃。这两次都发生在阴山南北地区。月氏：古族名。其族最早在河西走廊西端和祁连山南麓游牧。公元前二世纪前后，匈奴击溃月氏。其西迁至伊犁河、楚河一带；后又败于乌孙，遂西击大夏，占领今阿姆河两岸，建立大月氏国。西汉武帝时期，汉朝欲与月氏勾连，共击匈奴，未果。东汉和帝时期，月氏曾举兵攻击西域诸国，西域长史班超击败之。从此，月氏向汉朝称臣纳贡。天闲：皇帝养马的处所。因西域出产大马，故云。

［21］崆峒：山名，又名"空同""空桐"。位于今甘肃省平凉市西。相传是黄帝曾问道广成子的处所。《史记·五帝本纪》："（黄帝）西至于空桐，登鸡头。"金泉：对"酒泉"的别称。《汉书·地理志下》"酒泉郡"唐颜师古注："旧俗传云：城下有金泉，泉味如酒。"韬：熟牛皮制成的剑套或弓套。卻：同"却"，止。

简析：

这是一首乐府诗。该诗借唐人高适《蓟门行》诗题，在描写蓟门秋景与人文典故的基础上，追忆汉唐边塞的不同态势，表达了忘战必危的思想。

"蓟门"以下十句为第一部分。诗人描绘了以蓟门为中心的边塞秋色之景，营造出萧飒和悲凉的气氛。"蓟门"二句点明地点、季节和环境。昨夜秋风起，蓟门景色异；萧条秋色满，高城横凉气。"古木"二句是蓟门近景描绘。古树深林，秋气摇动半零落；雄关百雉，高耸险固峥嵘貌。"塞月"二句则是远景想象。边塞夜月遥接东海远，高朗晴空径接黄沙云。"野戍"以下四句句则转入描述广阔边塞的景象。野外戍营，荒烟黯淡年久军垒；龙沙要塞，朔气寒侵高扬旗帜；藩篱初现寒露迹，北地频见雁南归；寒气遮掩城楼貌，女墙时有悲笳鸣。

"忆昔"以下十句为第二部分，诗人颂赞汉时霍去病北击匈奴之事，委婉地告诫世人忘战必危。"忆昔"四句追忆霍去病之功绩：连年征战边塞地、长缨曾系左贤王、功勋可比燕然勒。"玉关"四句描述诸族臣服、四方来贡的情形。昔日拒敌玉门关，今时款待毡裘君；甘泉曾见匈奴骑，十载息兵飨外臣；宛马万里来长安，万国朝贡满直道；临边将军远甲兵，日夜醉饮氍毹上。"太平"二句则是诗人居安思危，委婉表达了和平年代也不应一味息兵停戈。时世平静祥和态，世人不堪用兵苦；魏绛问对《和戎利》，一时朝堂弃甲兵。

"忽报"以下二十句为第三部分，诗人叙写外敌突临、边警再起、起复老将、再建新功。"忽报"以下六句，叙写军情紧张的态势。忽闻汉家兵士驻守渭桥，翩翩战马何其骄纵；边关羽檄急如流星传递，长城脚下白骨蓬蒿杂见。昨日全军覆败青坂地，今日又闻战鼓喧临洮。六句高度概括了汉家边地烽火连塞的现状。"千里"四句叙写汉塞雄风依在、天子烦忧良将难求。千里金城汤池、重镇要塞相连，百年修建深塞如同崤函险固；太白山颠军旗高扬云天外，天子北望烦愁重。"诏书"以下六句则是文武一心、驱除外辱。五道诏书，相见其急；丹凤纹饰，可见其荣。渔阳老将，深谙边塞；名比南仲，标明其功。虎符竹节新制成，龙渊宝剑拂星辰。谋臣殚精竭虑献策计，词人驰才骋情赋新辞。"先声"二句则以无比自傲的语气颂赞汉家武功。汉家威名早已远播宇内，震慑阴山匈奴胆、月氏来臣天马贡。"崆峒"二句抒发了宇内清明也应不忘武备的思想。烽燧已灭、崆峒尘世平静；干戈已息、酒泉再现清冽。然后，剑应出鞘、甲兵应常效用沙场（才能威慑异域诸族）。

送冯仲好侍御[1]

忆昔奏赋明光宫，卿云五色惊重瞳[2]。
东观图书启秘府，晴窗宝幌相雍容[3]。
冰壶一片贮秋月，珠玑万斛随天风[4]。
得君宁羡佩韦好，论心雅与投胶同[5]。
圣主勤思补衮才，忽骑骢马辞蓬莱[6]。
揽辔四顾豺狼走，叩关大呼阊阖开[7]。
白简铁冠看意气，太山乔岳争崔嵬[8]。
赤忠已寝淮南计，霜旌更指单于台[9]。
上谷由来股肱郡，雁门双翼蔽全晋[10]。
雄镇咫尺大荒隔，天险东控神京近[11]。
戍垒年深有荆棘，承平日久销锋刃[12]。
燕颔谁当虎豹关，鹭羽新发云霄轫[13]。
酒入燕市几追欢，高歌况复对离筵[14]。
御苑莺花媚骊曲，斗闲忘采生龙泉[15]。
瀚海遥献澄清色，狼山总断霏征烟[16]。
单车就道何慷慨，三杯把袂非留连[17]。
平生倾倒真莫逆，临岐思赠翻无策[18]。
绕朝直是太迂疏，魏绛谁信操石书[19]。
樽俎须知在朝堂，忠信耐可行蛮貊[20]。
从此新诗堪自勒，青青入望燕然碧[21]。

注释：

[1] 冯仲好：即冯从吾（1557—1627），字仲好，号少墟，长安（今陕西省西安市）人。万历十七年（1589）己丑科进士，选庶吉士，授御史。万历二十年（1592）上疏批评明神宗朱翊钧"郊庙不亲，朝讲不御，章奏留中不发"（《明史》卷131《冯从吾传》），触怒明神宗，被贬为长芦盐政（衙所在今河北省沧州市）。其后被黜归乡，家居二十五年。明光宗朱常洛即位，冯仲好起复尚宝卿，进太仆少卿，因兄丧未赴。明熹宗朱由校天启二年（1622），冯氏擢左佥都御史、左副都御史，后遭谗归乡；

天启四年（1624），起复为南京右都御使，后拜工部尚书，力辞，致仕；天启五年（1625），因东林党案，牵拖冯氏主持的关中书院，愤悒获疾而卒。崇祯初年，赠太子少保，谥恭定。冯从吾是明代关学代表人物，著有《冯少墟集》（22卷）、《元儒考略》《古文辑选》等。侍御：见《春日送李百原侍御阅关》释条［1］。

［2］明光宫：西汉宫殿名。据《三辅黄图·甘泉宫》："武帝求仙起明光宫，发燕赵美女二千人充之。"后世泛指皇宫宫殿群。卿云：一种彩云，古人视之为祥瑞之兆。据《史记·天官书》："若烟非烟，若云非云，郁郁纷纷，萧索轮囷，是谓卿云。卿云见，喜气也。"重瞳：即"重瞳子"，指眼珠上有两个瞳孔。据《史记·项羽本纪论》："吾闻之周生曰'舜目盖重瞳子'，又闻项羽亦重瞳子。"裴骃集解引《尸子》："舜两眸子，是谓重瞳。"后世借指帝王。

［3］东观：东汉都城洛阳南宫内宫殿名。汉明帝曾命班固于此修撰《汉记》，书成，名为《东观汉记》。汉章帝、汉和帝时期，此处为皇家藏书之地。后世以"东观"称谓国史修撰的处所。秘府：古代皇家藏书秘籍处所。《汉书·艺文志》："于是建藏书之策，置写书之官，下及诸子传说，皆充祕府。"颜师古注引如淳曰："外则有太常太史博士之藏，内则有延阁广内祕室之府。"晴窗：明净的窗户。宝幌：珍宝装饰的书帷。雍容：华贵。

［4］冰壶：盛放寒冰的玉壶。语出南朝宋鲍照《白头吟》："直如朱丝绳，清如玉壶冰。"唐李周翰注："玉壶冰，取其洁净也。"秋月：秋夜的月亮，比况孤独之情。珠玑：本指珠玉。后世借指优秀的诗文绘画作品等。天风：即"风"。汉无名氏《饮马长城窟行》："枯桑知天风，海水知天寒。"

［5］得君：获得（您）的认同。宁羡：不羡。佩韦：典出《韩非子·观行》："西门豹急，佩韦以自缓。"韦：熟牛皮。古人认为韦皮质地柔韧，性情急躁者，服佩之，以警诫。论心：谈论心性。雅与：素来。投胶：犹言"投漆"，喻情志相和。语出"古诗十九首"之《客从远方来》："以胶投漆中，谁能别离此。"

［6］圣主：泛指英明的君主。勤思：时时思索、常常思怀生民。《孔丛子·居卫》："禹、汤、文、武及周公，勤思劳体，或折臂望规，或秃骭背偻，亦圣。"补衮：典出《诗·大雅·烝民》："衮职有阙，维仲山甫

补之。"后世指查遗补阙、规谏补救帝王品行。才：才俊。骢马：青白色相杂的马。蓬莱：见《送傅汤铭之南都司业兼怀焦漪园》释条[4]。

[7]揽辔：挽住马缰，指驻马不前。四顾：环顾四周。豺狼：豺狗与狼，二者皆为凶残猛兽。后世借指凶残之徒。走：狂奔。叩关：叩击城门以求进入城国。叫：同"叫"，叫喊。阊阖：见《过东阿为于毂峰老师祝寿四首其三》释条[3]。

[8]白简：见《春日送李百原侍御阅关》释条[2]。铁冠：古代御史大夫所戴的冠帽，以铁为柱卷，故名。太山：即泰山。乔岳：本指泰山。《诗·周颂·时迈》："怀柔百神，及河乔岳。"《毛传》："乔，高也。高岳，岱宗也。"后世泛指高山。崔嵬：高耸的样子。

[9]赤忠：赤胆忠心。寝：停止。淮南计：典出《史记·汲黯列传》："淮南王谋反，惮黯，曰：'好直谏，守节死义，难惑以非。至如说丞相弘，如发蒙振落耳。'"汲黯（？—前112），西汉濮阳（今河南省濮阳市）人，字长孺。世为卿大夫。汲黯以父之举，汉景帝时任太子洗马，"以庄见惮"。汉武帝时，其初任谒者，后任中大夫，"以数切谏"，武帝不耐，迁为东海郡太守，终为主爵都尉。为人性倨少礼，好直谏廷诤，是汉代著名的直谏之臣。霜旌：寒霜浸打旌旗，喻不畏艰险。指：指向。单于台：汉武帝元封元年所建，故址在今内蒙古杭锦后旗北乌加河北岸一带。

[10]上谷：古郡名，始建于战国燕昭王时期，治所位于今河北省张家口市怀来县一带。其为中原诸汉政权抵御北方诸民族的重要关隘。股肱：股，大腿；肱，胳膊。后世引申为辅佐、捍卫之义。如《左传·僖公二十六年》："昔周公、大公股肱周室，夹辅成王。"雁门：古郡名。战国时赵武灵王始置，治所在今山西省忻州市宁武县一带。此处指雁门关，其为屏护三晋地区的重要关隘之一。双翼：指雁门关高距勾注山脊之上。其东为隆岭、雁门山，西靠隆山，两侧山脉延伸，其上长城东走平型关（今山西省繁峙县与灵丘县交界处）等地，西去轩岗口（今山西省原平市轩岗镇），"天下九塞，勾注为首"（《吕氏春秋·有始》）。蔽：屏护。全晋：三晋之地，指今山西省中南部地区。

[11]雄镇：犹言重镇，指在军事意义上重要的地区或城市。大荒：边远之地。《山海经·大荒东经》："东海之外，大荒之中，有山名曰大言，日月所出。"天险：指地势高耸且险要的地方。神京：帝都。

［12］戍垒：边境驻军的军营或堡垒。年深、日久：皆言时间长。承平：社会稳定，相续有年。《汉书·食货志上》："今累世承平，豪富吏民訾数钜万，而贫弱俞困。"销：融化。锋刃：本指武器锋利的一面，此处借指武器。

［13］燕颔：指人的长相，下巴细小而内收。《后汉书·班超传》："（超）久劳苦，尝辍业投笔叹曰：'大丈夫无它志略，犹当效傅介子、张骞立功异域，以取封侯，安能久事笔研闲乎？'左右皆笑之。超曰：'小子安知壮士志哉！'其后行诣相者，曰：'祭酒，布衣诸生耳，而当封侯万里之外。'超问其状。相者指曰：'生燕颔虎颈，飞而食肉，此万里侯相也。'"后世以此面相为封侯之相。当：戍守。虎豹关：指天子宫门戍守森严。鹭羽：见《送王念夔按楚》释条［4］。云霄：高空、天界。

［14］燕市：本指战国时期燕国的国都，此处指明都城燕京（今北京市）。几：几乎、快要。追欢：寻欢作乐。况：况且。离筵：饯别的筵席。

［15］莺花：莺，黄莺鸟，借指百鸟；花，百花。媚：取媚。骊曲：亦曰"骊歌"，告别的歌调。斗闲：斗，斗拱；闲，栏杆，借指宫中建筑群。忘：同"亡"，无。采：光彩。龙泉：即"龙渊"，宝剑名。汉王充《论衡·率性》："棠溪鱼肠之属，龙泉太阿之辈，其本铤山中之恒铁也。"

［16］瀚海：见《击剑篇》释条［9］。澄：涤荡。清色：洁净的色彩。狼山：今南通狼山。北宋之前，其位于长江水道中心；北宋才与陆地接。断：熄灭。霏：飘扬。征烟：犹言"烽火"，泛指战争。

［17］单车：驾驭一辆车，形容轻车简从。就道：上路，谓开始征程。三杯：典出唐李白《月下独酌》："贤圣既已饮，何必求神仙；三杯通大道，一斗合自然。"此谓痛饮酒以通达超脱尘世之道。把袂：拉扯衣袖，表示挽留和亲昵。留连：留恋。

［18］倾倒：从内心折服。莫逆：指志同道合、矢志不渝的友情。语出《庄子·大宗师》："（子祀、子舆、子犁、子来）四人相视而笑，莫逆于心，遂相与为友。"临岐：应为"临歧"，指面临歧路，无所适从。后世借指送别友人。思赠：赋诗作文以表心志。翻：反复思量。无策：亦作"无筴"，没有相对应的计谋。语出《管子·揆度》："国之财物，尽在贾人，而君无策焉。"一本作"无筴"。

［19］绕朝：秦康公（？—前609）时，秦国大夫。其时，晋大夫士会因事奔秦，为秦所用。晋人患之，以魏寿余伪以魏归于秦而诱士会归晋。士会将行，绕朝以策赠之曰："子无谓秦无人，吾谋适不用也"。其后，士会施反间计使秦杀绕朝。事见《左传·文公十三年》。直是："是直"的倒装。直，耿直。是，指示代词，表示强调。迂疏：迂远疏阔。魏绛：见《蓟门行》释条［11］。谁信："信谁"的倒装。操：拥有。石书：即"黄石公书"，指黄石公授予张良的典策，后世称为《黄石公三略》。事见《史记·留侯世家》。

［20］樽俎：古代饮酒盛食的青铜器皿。樽，酒器；俎，盛放肉食的器皿。《庄子·逍遥游》："庖人虽不治庖，尸祝不越樽俎而代之矣。"须知：应知。耐可：愿得。行蛮貊：典出《论语·卫灵公》："言忠信，行笃敬，虽蛮貊之邦，行矣。言不忠信，行不笃敬，虽州里，行乎哉"。蛮，古代对南方诸民族的称谓；貊，古代对北方诸民族的称谓，二者连用泛指四方诸民族。

［21］堪：可。勒：雕刻。青青：形容颜色深青。入望：进入视野。燕然：见《蓟门行》释条［8］。

简析：

这是一首赠别诗。"忆昔"以下八句为第一部分，诗人描述了冯氏朝堂壮举和归家生活以及与诗人情志相投的情形。昔时明光宫中献奏章，曾引五色卿云动君王。此指冯氏进奏神宗之事。"东观"二句，诗人以汉代东观和秘府之典，比况冯氏读书、编史和授徒的家居生活。冯氏家居二十载，览观藏书、编撰史籍、宝庆寺（今陕西省西安市书院门小学）讲学、主持关中书院，明净窗户、珍宝书帷、雍容华贵。"冰壶"二句则描述冯氏身处无虞生活中却保有孤洁精神和笔耕不辍的情志。心似冰壶之秋月，纯净高洁；文似万斛之珠玑，逐风播扬。"得君"二句则是抒写诗人与冯氏相互认同、心志沟通的情谊。得君青睐，不羡佩韦蕴意好；深论心志，素与先生似投胶。

"圣主"以下十六句为第二部分，叙写冯氏选庶吉士，任御史一职之事。"圣主"四句描写明神宗忧思国事，重理朝政之举。圣君忧思国事，增补新进才俊；突驱骢马快驰，辞却蓬莱仙事。驻马四观，群凶肆虐；叩关大叫，阊阖重开。这四句运用讳饰的写作手法。据史载，明神宗从未放弃寻仙问道的主张。与此同时，明神宗多次将章奏留中不发以及缺席经筵讲读，有荒怠朝政之态。不仅如此，万历年间曾有蒙古鞑靼哱拜之叛、日本丰臣秀吉入侵朝鲜之役、苗疆土司杨应龙之叛等战乱，持续时间久、影响广泛。"白简"四句描写冯氏身为御史的志向。奏章铁冠发意气，誓与岱岳高山较峥嵘；赤胆忠心，欲息淮南贰心行；霜侵军旗，兵指漠北单于台。"上谷"四句叙写明朝北疆情形。上谷郡县拱卫京师安，雁门雄关庇护三晋全；雄伟关隘与黄沙远漠咫尺隔，天险要冲与京师大都东控近。这是总括明朝与北疆蒙古、辽东女真的边境冲突。"戍垒"四句描述明朝边备荒废、良将难觅的现状。戍垒年久失修，已然生荆棘；安平相承年长，兵戈锋刃钝。良将何人可当宫门守，鹭羽车驾新启云霄程。

"酒入"以下十六句为第三部分，叙写诗人送别冯氏的赠语。"酒入"四句叙写送别冯氏宴席的情形。纵酒燕市，几人寻欢作乐？高声狂歌，何况面对离筵！御苑黄莺百花与骊歌共争媚，斗拱栏杆无颜色皆因龙泉出。虽在离筵，但有豪情；虽有佳景，更喜龙泉。"瀚海"四句则是叙写对冯氏任御史的期冀。瀚海之地，遥献方物，涤清宇内；狼山前塞，征烟飘荡，永久熄灭。单车就道，无惧前途，意气慷慨；三杯饮罢，把袂言语，豪语相寄。"平生"四句则叙写诗人与冯氏的情谊和寄语。平生倾心莫逆交，歧路赋诗思无绪；绕朝耿直迁阔招祸端，魏绛未信有人受黄石。在这四句中，诗人一方面叙写临别之际，思绪无端，唯有情谊莫逆；另一方面，委婉提醒冯氏莫学绕朝之迂阔，莫信魏绛和戎之策，而应寻觅良将谋臣，安定边事。在"樽俎"四句，诗人希冀冯氏能建立燕然功。樽俎礼乐不仅应现朝堂，忠心诚信亦可形诸蛮貊；由此镌刻铭记新功之作，碧草青青远眺见燕然。

送冯琢菴学士归省[1]

鲈鲙书来忆闭关，采衣亲乞五云闲[2]。
一林烟月韦贤老，千里干旄司马还[3]。
天上恩纶荣鹤发，海边清梦远龙颜[4]。
春明二月遥相待，为领青宫侍从班[5]。

注释：

[1] 冯琢菴：即冯琦（1558—1604），见《冯宫詹邀同焦漪园夜饮遇雨呈谢四首其一》释条[1]。

[2] 鲈鳜：见《送许相公归田四首其二》释条[3]。闭关：闭门谢客，辞绝尘事烦扰。采衣：指男子行冠礼仪式之前的着服。《仪礼·士冠礼》："将冠者，采衣，纷。"郑玄注："采衣，未冠者所服。"五云：本指青、白、赤、黑、黄五种云色，是为吉瑞之兆。后世也用来借指帝王居住的地方。如唐王建《赠郭将军》："承恩新拜上将军，当直巡更近五云。"见《送乔裕吾给谏二首其一》释条[3]。

[3] 烟月：云气笼罩的月亮。韦贤（约前148—前67）：西汉鲁国邹（今山东省邹城市）人，字长孺。为人质朴少欲，笃志于学。其精通《礼》《尚书》，以《诗》教授，号称邹鲁大儒。武帝时，征为博士，给事中。汉昭帝时期，进宫授汉昭帝《诗》，迁光禄大夫詹事，至大鸿胪。曾与霍光等共议立宣帝，赐爵关内侯。宣帝本始中为丞相，封扶阳侯。为相五年，以老病乞休。卒谥节。干旄：一种旌旗，以牦牛尾装饰旗杆，作为仪仗。司马：指司马相如（约前179—前118），字长卿。蜀郡成都（今四川省成都市）人。汉武帝建元年间，司马相如拜中郎将，持节出使西南夷（秦汉时对居住在蜀郡西北、西南一带诸族的统称），安抚其诸部，勾通了西汉与西南夷。

[4] 恩纶：犹言"恩诏"，指帝王降恩的诏书。典出《礼记·缁衣》："王言如丝，其出如纶。"鹤发：白发。清梦：美梦。龙颜：见《孟夏，陪祀太庙，恭述二首；时上从在静摄，天仗一出，群情忭舞》释条[3]。

[5] 春明：春光明媚。青宫．见《送董思白谪楚学宪》释条[9]。班：序列。

简析：

这是诗人送别友人冯琦归省之作。首联描述冯氏家居读书情形。家书远来，触及冯氏追忆往昔闭门读书的时光；身着五彩官服、亲自往求帝王、希冀能获身闲归乡恩。颔联描述了冯氏文坛盛名和荣耀归乡的情形。诗人以西汉韦贤以《诗》授汉昭帝之典，比况冯氏为少詹事兼掌翰林院事；以司马相如持节平复西南夷之典，比况冯氏奉君命归乡省亲的荣耀。颈联描写了冯氏深感君恩、心系帝王的心境。冯氏感怀君王恩诏荣耀白发之臣，然身处故乡，帝王容颜只能梦中依稀可见。尾联抒写冯氏希冀侍从君王之心。冬去春来，二月时光，虽日久，却可期待；愿做引导东宫侍从之人，竭忠尽智。

再过含风岭[1]

万山重叠翠微连，秀色时时带远烟[2]。
巘外天低无鸟度，潭中水黑有龙眠[3]。
涧泉曲抱云根涌，风磴高從树杪悬[4]。
坐久不知归路断，依稀犹似烂柯年[5]。

注释：

[1] 再：第二次。过：经过。

[2] 翠微：见《早登望岱》释条[4]。时时：总是。远烟：远山云烟。

[3] 巘：大山上的小山。

[4] 曲抱：弯曲环绕。云根：山石。风磴：磴，石阶。此指开凿在山岩之上的石阶。因其多风而名。從：同"聳"，高耸。杪：树枝的细梢。

[5] 坐久：犹言"久坐"。烂柯：见《春日偕江健吾孙肖溪游含风岭》释条[19]。

简析：

这是一首闲适诗。诗人曾与友人登览含风岭，此为再次登览之作。首联描绘含风岭秀美景色。山峦叠嶂青翠掩映，秀色可见时带远烟。颔联则描写山高水深之妙境。仰首遥望，巘高天低难见飞鸟影；俯首细察，山潭渊深似有潜龙眠。颈联则描写诗人攀登所见。山间清泉婉曲环绕山石涌现，山岩石阶高耸入云直悬树梢。尾联抒写诗人流连含风岭而忘归的情形。久坐望观含风岭，犹未知晓归路断；此景此情人恍惚，仿佛身在烂柯山。

送袁玉蟠册封楚府便归省亲[1]

南极星高动使槎，词林声价重皇华[2]。
春风帆逐潇湘远，楚国城连翼轸斜[3]。
江汉诸姬原裂土，山川信美况归家[4]。
趋庭乡里看生色，采服雍容笑语哗[5]。

注释：

[1] 袁玉蟠：即袁宗道（1560—1600），字伯修，一字无修，号玉蟠，又号石浦。湖广公安（今湖北省荆州市公安县）人。万历三年（1575），中秀才；七年（1579），乡试中举；万历十四年（1586）礼部会试第一，殿试二甲第一名进士。万历十八年（1590），任翰林院编修，授庶吉士，官至右庶子。卒后赠礼部右侍郎。袁宗道为官"省交游，简应酬"，不妄取钱财，克己奉公，"竟以惫极而卒"。在文学上，袁宗道推崇白居易和苏轼的创作精神和风格，反对"前、后七子"的拟古风气，与其弟袁宏道、袁中道主张"独抒性灵，不拘格套"的"性灵派"，开创"公安派"。其著有《白苏斋集》。册封楚府：指袁宗道任春坊中允、东宫讲官一职。省亲：归乡探访父母。

[2] 南极：星宿名。使：使者。槎：木筏。词林：本指词坛。后世借指翰林或翰林院的别称。声价：美誉与身价。皇华：本为《诗·小雅·皇华》。《毛诗序》云："《皇皇者华》，君遣使臣也。送之以礼乐，言远而有光华也。"后世以"皇华"借指奉帝王之命出使或出行。

[3] 潇湘：潇水与湘江的合称。潇水，古称"营水"，是湘江的支流，发源于湖南省蓝山县，于永州频岛汇入湘江；湘江，古称"湘水"，是长江的支流，发源于广西壮族自治区兴安县海洋山脉的近峰岭，往北流经湖南大部，于湖南省湘阴县注入洞庭湖。两条河流主要流经今湖南一带，因此以"潇湘"指代湖南一带。楚国：周朝时期分封国之一，芈姓熊氏。周成王时期，楚国先祖熊绎曾被子爵，地五十里，都丹阳（今江苏省丹阳市一带）；至战国时期，楚国已经占有长江中下游、淮河流域一带的广大地区。此处指湖南、湖北一带。翼轸：二十八星宿中翼宿和轸宿的合称。古为楚之分野。《史记·天官书》："翼轸，荆州。"

[4] 江汉：长江与汉水的合称。长江，古称"江水"，发源于青藏高原唐古拉山脉各拉丹冬峰西南侧，流经青海等 11 个省、自治区和直辖市。汉江，古称"汉水"，发源于陕西省宁强县秦岭南麓，流经陕西、湖北两省，在武汉市汉口龙王庙汇入长江，是长江最大支流。两条河流都流经湖北一带。诸姬：姬姓诸国，此处指楚地原为姬姓诸国的封地。《左传·僖公二十八年》："汉阳诸姬，楚实尽之。"晋杜预注："姬姓之国在汉北者，楚尽灭之。"裂土：分封土地。信美：典出三国王粲《登楼赋》："虽信美而非吾土兮，曾何足以少留？"王粲身处东汉汉献帝年间，董卓兵乱中原和关中地区。王粲曾南下依附汉荆州刺史刘表，但抑郁不得志。

[5] 趋庭：见《赠周用修》释条 [13]。生色：增添光彩。采服：本指色彩华丽的衣服。此处指袁宗道身着之官服光彩映丽。哗：欢乐。

简析：

这是一首赠别诗。首联描写友人袁宗道奉帝王之命，归乡省亲的起因。帝宫遣使宣君命，翰林美誉身价高；奉君之命归乡省，万千恩宠令人美。颔联叙写袁氏省亲之地的自然风貌和人文历史。一路春风、千帆相逐，潇湘流远；千里楚国、百城相连、翼轸斜照。颈联则叙写袁氏眷恋南土的原因。江汉本为先周诸姬分封地，山川秀美，更值锦衣归家刻。尾联想象袁氏归家的情景。慈父在庭、乡邻来聚，喜看家宅生新色；华美官服、仪态华贵，笑颜言语情欢娱。

击剑篇

我有欧冶剑，昔磨若水溪，十年未曾试，出匣风凄凄。
铁英金款何奇特，绿龟文绕青蛇色。
宝锷直冲牛斗寒，神光响兴秋霜逼。
长安击剑多侠斜，相看瑞气生明霞。
万道虹霓忽舒卷，缤纷乱落芙蓉花。
还如飒杳奔流星，晴空隐隐来风霆。
荆玉骊珠自掩暎，晦冥上下迷苍青。
鼓橐当年亦自劳，勾践目动荆卿游。
何当抵掌向伊吾，断蛟瀚海澄波涛。

盛世由来重干羽，萧曹带剑揖明主。
我亦于中悟草书，不羡区区浑脱舞。

蓟门早秋

凉气蓟门早，萧条忽已秋。遥天鸿欲度，落日火初流。
野旷悲清角，烟寒幕戍楼。风霜自臣节，肯为叹淹留。

黄平倩病起，偕区用孺林咨伯过访留饮，时食蜀鱼

入牖芸香细，开樽竹叶新。
宁须投辖欤，转为闭关亲。
妙辨闻非马，嘉餐出素鳞。
寒蛩秋草里，似我和歌频。

附录一　周如砥年谱简编[①]

明世宗嘉靖二十九年庚戌（1550）生

周如砥出生。其父周赋、其母于氏。

据《山东即墨周氏族谱》记载，周如砥祖父周尚美，有四子：周国、周邦、周民、周赋。

据《明史·本纪第十八·世宗二》载，三月庚戌科进士考。六月至八月，蒙古俺答汗率兵寇侵山西中北部、河北北部一带，一度兵临北京城下，史称"庚戌之变"。

庚戌科进士有吕调阳、姜金和、林烃章、李春芳、徐中行等。

据《世宗实录》"世宗二十九年"载，十月，刑部郎中徐学诗弹劾严嵩"奸贪异常，纵子世蕃"，明世宗令镇抚司拷讯。

是年，赵志皋（1524—1601），26岁。许国（1527—1596），23岁。沈一贯（1531—1615），19岁。王一鹗（1535—1591），15岁。焦竑（1540—1620），10岁。于慎行（1545—1607），5岁。

孙继皋（1550—1610），生。

嘉靖三十年辛亥（1551）一岁

邢侗（1551—1612），生。

[①] 本年谱简编基于以下几个原则编写：第一，政治事件以明神宗万历年间为主，兼及明世宗、明穆宗两个时期的重要政治事件。第二，边境战争主要以万历年为主，因某些边患贯穿明朝始终，如倭寇之患，年谱也对其前因后果有所涉及。第三，政治人物主要以周如砥诗文提及为主，兼及同年之人。第四，年谱提及人物亦包括万历年间有重要影响的人物。第五，年谱主要材料来自《明史》《世宗实录》《穆宗实录》《神宗实录》和《青藜馆集》。

嘉靖三十一年壬子（1552）二岁

据《明史·本纪第十八·世宗二》载，其年，俺答四犯大同、三犯辽阳、一犯宁夏。四月，海盗徐海引倭寇万余人侵扰浙东沿海一带。

据《世宗实录》"世宗三十一年"记载，六月，礼科给事中王鸣臣上《禁宗室侵占税粮》。十月，南京御史王宗茂弹劾严嵩"久叨国柄，檀作威福"。

周如纶（1552—1601），生。

嘉靖三十二年癸丑（1553）三岁

据《明史·本纪第十八·世宗二》载，二月，倭寇流袭温州。闰三月，王直引倭寇大举入侵东南各省。至六月始去。七月，俺答大举入寇，侵扰灵丘、广昌。

据《世宗实录》"世宗三十二年"载，正月，杨继盛弹劾严嵩，上《嵩之专政误国十罪》；三月，因之而系狱。六月，礼部议定王府庶人口粮。

三月，癸丑科进士考举行。其中有曹大章、孙铤、张四维、吴时来、王一鹗、黄作孚等人。

乔允升（1553—1631），生。

嘉靖三十三年甲寅（1554）四岁

据《明史·本纪第十八·世宗二》载，三月，倭寇大肆侵扰东南沿海，最北寇侵青州、徐州等地。四月，倭寇于孟宗堰（今浙江省嘉兴市东南）败明军，丧1475人。五月十八日，张经总督东南六省军务，专事剿倭。八月，倭寇于采淘港（今上海市宝山区一带）败明军。

李化龙（1554—1611）生。

嘉靖三十四年乙卯（1555）五岁

据《明史·本纪第十八·世宗二》载，正月、四月，倭寇大肆侵略东南浙江一带，围攻杭州。五月，张经于王江泾（今浙江省嘉兴市王江泾）大败倭寇。七月，小股倭寇侵扰安徽诸县。八月，明军于杨林桥（今江苏省苏州市浒墅关镇附近）歼灭流窜于此的小股倭寇。十月，杨继盛、张经、李天宠被杀。十一月，倭寇入侵福建。十二月十二日，陕西华州（今陕西省华县）、山西蒲州（今山西省永济县）发生八级大地震，死亡人数可知姓名者达82万人，不知姓名者未可计数。

据《世宗实录》"世宗三十四年"记载，五月，南京御史屠仲律上《御倭五事》。九月，兵科给事中杨允绳上疏言倭寇事。

董其昌（1555—1636）生。

嘉靖三十五年丙辰（1556）六岁

据《明史·本纪第十八·世宗二》载，正月二十二日，明军追击倭寇，兵败松江四桥。四月，倭寇入侵南直隶镇江（今江苏省镇江市）、浙江慈溪（今浙江省慈溪市）。同月二十三日，明军与海盗徐海及其倭寇战于浙江崇德三里桥（今浙江省桐乡县崇福镇一带）。七月，明军于乍浦（今浙江省平湖县东南）击倭寇，大胜。八月，余大猷攻破沈家庄（今浙江省嘉兴一带），徐海投水死。之后，明军又将其海盗头目陈东、叶麻及倭寇头目辛五郎枭首。两浙倭患渐平。

三月，丙辰科进士考举行。其中有诸大绶、陶大临、孙鑨、胡应嘉、孙丕扬、邹应龙等人。

嘉靖三十六年丁巳（1557）七岁

据《明史·本纪第十八·世宗二》载，四月至五月，倭寇侵南直隶诸地。六月，明军于安东（今江苏省涟水县）斩倭100余人，寇始平。十一月，胡宗宪诱擒王直。

冯从吾（1557—1627）生。

嘉靖三十七年戊午（1558）八岁

据《明史·本纪第十八·世宗二》载，正月至四月，倭寇进犯浙江温州、福建泉州一带。十一月，余大猷于浙江舟山岛海面击溃倭寇，倭寇逐渐退出浙江沿海一带。

据《世宗实录》"世宗三十七年"载，三月刑科给事中吴时来、主事张翀、董传策，交章上疏弹劾严嵩贪财纳贿。三人被严嵩诬陷，发烟瘴卫（今云南一带）充军。

冯琦（1558—1604）生。朱国桢（1558—1632）生。公鼐（1558—

1626）生。

嘉靖三十八年己未（1559）九岁

周如砥父周赋去世，其母于氏十日之后见背。其兄妹四人归养伯父周民、伯母孙氏；周如砥身体羸弱，三年饮食异常，全赖伯母孙氏精心照顾。

据《明史·本纪第十八·世宗二》载，三月，余大猷被时任浙直总督胡宗宪陷害，被捕押解进京论罪。五月，明军于庙湾（今江苏省阜宁）大败倭寇，江北倭患渐平。辽东大旱。鞑靼辛爱寇侵京师蓟州一带。

三月，己未科进士考。其中有丁士美、吴兑、徐卿龙、叶宪、王世懋等人。

周如砥《壬辰祭张阜先壟》云："父母没时，汝（指周如纶）六我九。"该年七月，周赋辞世。九月入葬。其妻于氏，是年29岁。周赋大殓之时，于氏欲触圹殉葬。被周如砥众伯母救扶，过十日，亦去世。其后，周如砥兄弟四人皆由其伯父周民、伯母孙氏抚养。周民、孙氏夫妻共抚养八个孩子，即周赋三子一女，周如珠、周如砥、周如京及一女；两人的二子二女，即周如纶、周如绵及二女。

周民（1523—1579），字振卿，号陵东，隆庆元年（1567）岁贡。孙氏（1520—1593），邑名家女。

黄辉（1559—1621），生。

嘉靖三十九年庚申（1560）十岁

周如砥身体羸弱，幸得伯母孙氏精心照顾。

《祭伯母》云："儿幼婴重疾，淡食竟三岁，麦菽米肉醯盐之属，一入口辄犯。而母时时市他甘美，藏以啖儿，助之，无犯医禁……三年如一日焉。"

据《世宗实录》"世宗三十九年"载，正月，淮扬巡抚唐顺之上《条上海防善后事宜》。四月，唐氏卒。

二月，倭寇攻劫潮州（今福建省潮州市一带）。十月，戚继光《纪效新书》成。

嘉靖四十年辛酉（1561）十一岁

在伯母精心照料下，周如砥身体逐渐好转。

据《明史·本纪第十八·世宗二》载，七月至十一月，鞑靼俺答攻扰宣府（今河北宣化县），又犯居庸关。鞑靼别部攻扰宁夏，进逼固原（今宁夏回族自治区固原市）。另一部攻扰辽东，陷盖州（今辽宁省营口市）。

三月，刑部左侍郎赵大佑奏报伊王朱典楧违制。

嘉靖四十一年壬戌（1562）十二岁

周如砥离家六十里求学。五兄弟同馆读书。

《祭伯母》云："儿即就外傅，去母六十里而遥。"《伯弟工部主事叔音暨配张孺人行状》云："（叔音）十余岁，与从兄、今中允君，从弟春元君，去所居村落读书。"又"其读书于邑，邑之人有相处数年不知其为从兄弟者。"

据《明史·本纪第十八·世宗二》载，三月，赐申时行等进士及第、出身有差。夏五月，御史严嵩罢。十一月，逮胡宗宪，寻释之。十一月二十九日，倭寇攻陷兴化府（今福建莆田市）。福建为之震怖。

据《世宗实录》"世宗四十一年"载，五月，御史邹应龙弹劾严嵩子严世蕃"凭借父势，专利无厌，私擅爵赏，广致赂遗。"世宗下旨，严世蕃充军烟瘴卫，令严嵩致仕归乡。

壬戌科进士尚有王锡爵等。

陶望龄（1562—1609）生。高攀龙（1562—1626）生。

嘉靖四十二年癸亥（1563）十三岁

倭寇多次侵扰福建、广东沿海一带。

据《明史·本纪第十八·世宗二》载，四月，倭寇进犯福清（今福建福清市），明军合歼之；戚继光于平海卫（今福省建莆田市东南一带）攻倭寇。

据《世宗实录》"世宗四十二年"载，正月，广东倭寇进犯潮州（今广东省潮州市）、惠州（今广东省惠州市）等地。

嘉靖四十三年甲子（1564）十四岁

伊王朱典楧废为庶人。韩王宗室作乱。明军大败侵扰福建倭寇。广东沿海倭寇多警。

据《明史·本纪第十八·世宗二》载："二月己酉，伊王典楧有罪，废为庶人。戊午，倭犯仙游（今福建省仙游县），总兵官戚继光大败之，福建倭平。……三月己未，官军击潮州倭，破之。……六月辛卯，倭犯海丰（今广东海丰县），俞大猷破之。"

据《世宗实录》"世宗四十三年"载："二月丁巳，韩王府宗室一百四十余人，越关至狭西会城，索通禄巡抚都御史陈其学。"

嘉靖四十四年乙丑（1565）十五岁

乙丑科进士考。明世宗朱厚熜求仙日炽。

据《明史·本纪第十八·世宗二》载："四十四年春三月丁巳，赐范应期等进士及第、出身有差。"据《世宗实录》："三月丁巳，赐廷试贡士范应期等三百九十四人，进士及第、出身有差。"二月颁行《宗藩条例》。

许国中进士，三甲第108名。是年38岁。同年尚有顾养谦、王弘海、归有光等人。

据《明史·本纪第十八·世宗二》载："六月甲戌，芝生睿宗原庙柱，告庙受贺，遂建玉芝宫。秋八月壬午，获仙药于御座，告庙。冬十一月戊申，奉安献皇帝、后神主于玉芝宫。"

嘉靖四十五年丙寅（1566）十六岁

海瑞上《治安疏》。明世宗朱厚熜去世。

据《明史·本纪第十八·世宗二》载："四十五年春二月癸亥，户部主事海瑞上疏，下锦衣卫狱。"又"十一月己未，帝不豫。十二月庚子，大渐，自西苑还乾清宫。是日崩，年六十"。

朱厚熜二子朱载垕继位，是为穆宗皇帝。以翌年（1567）为隆庆元年。

据《世宗实录》"世宗四十五年"载，该年二月户部主事海瑞上疏批评世宗"二十余年不视朝，纲纪驰矣。"

明穆宗隆庆元年丁卯（1567）十七岁

周如砥补弟子员。学业优异。

董其昌《周如砥本传》云："公少起孤，露力学，自奋。每试必压其曹。"

张居正入阁理政。经讲重开。鞑靼俺答兵陷石州（今山西省离石市）。

据《明史·本纪第十九·穆宗》载："二月乙未，礼部侍郎张居正为吏部左侍郎兼东阁大学士，预机务。……夏四月丁未，御经筵。……九月乙卯，俺答寇大同，诏严战守。癸亥，俺答陷石州，杀知州王亮采，掠交城、文水。……冬十月丙戌，寇退，京师解严。"

是岁，俺答侵扰山西中北部、京师一带，凸显明朝大同军镇防线的朽溃。五月初十，俺答汗引兵寇侵大同。参将刘国率部抗御，俺答汗北还。九月十二日，俺答汗攻陷石州城（今山西省离石），屠男女五万余口，焚烧房舍三日不绝。其后，俺答汗又寇侵涞水、交城、平阳、介休，并肆掠孝义、平遥、太谷、隰州等地，攻破卫堡十七所。俺答汗率部将所掠财货，尽载而徐归。时值秋雨连旬，其部马匹损失惨重，兼之泥途，皆仗马箠步行。然太原、大同明军，无一出击。其后，明官兵斩杀避难民众，充冒敌首报捷邀功。十月初五，俺答汗再次寇边。残破大同、石州、文水、交城、清源、祁州、霍州、灵石、汾州、孝义、介休、平遥，以及榆次、太谷、徐沟、太原、阳曲、寿阳、孟平、平乐等州县。劫掠将千里，中间攻陷烧毁杀掳者计损人畜数十万，所过一空，死者枕藉。而官军七日内不发一卒。

据《穆宗实录》"穆宗元年"载，正月，张居正由翰林院侍读学士先为礼部右侍郎兼翰林院学士；二月，再由现职转为吏部左侍郎兼东阁大学士。

隆庆二年戊辰（1568）十八岁

周如砥于县学就读。

据《明史·本纪第十九·穆宗》载："二年春正月己卯，给事中石星疏陈六事，杖阙下，斥为民。……三月辛酉，立皇子翊钧为皇太子，诏赦天下。乙丑，广西总兵官俞大猷讨广东贼。戊辰，赐罗万化等进士及第、出身有差。丙子，幸南海子。戊寅，京师地震，命百官修省。夏六月己丑，广东贼曾一本寇广州，杀知县刘师颜。秋七月己酉，贼入廉州。十一月壬子，宣府总兵官马芳袭俺答于长水海子，又败之鞍子山。十二月丁酉，限勋戚庄田。"是年，琉球入贡。

赵志皋中进士，一甲第3名；于慎行中进士，二甲第61名；沈一贯中进士，三甲第56名。同年之中，颇多名士，如罗万化、王家屏、王鼎爵、李维桢、沈懋孝、王用汲、杨时宁等人。

隆庆三年己巳（1569）十九岁

周如砥于县学就读。

三月，广东海盗曾一本陷碣石卫（今广东省陆丰市碣石镇附近）；五月，明军平之；八月，曾一本伏诛。九月，俺答掳掠山西北部。

据《明史·本纪第十九·穆宗》载："三月戊辰，曾一本陷碣石卫，裨将周云翔杀参将耿宗元叛，附于贼。……五月庚戌，总兵官郭成等破贼于平山，周云翔伏诛。……八月癸丑，广东贼平，曾一本伏诛。……九月丙子，俺答犯大同，掠山阴、应州、怀仁、浑源。"

隆庆四年庚午（1570）二十岁

周如砥于县学就读。

正月，倭寇入侵广海卫（今广东省江门市台山广海镇）。四月至九月，俺答屡犯明塞。十月，俺答孙把汉那吉来降。十二月，俺答执白莲教主赵全来献。

据《明史·本纪第十九·穆宗》载："正月，倭入广海卫城。……夏四月丙午，俺答寇大同、宣府，官兵拒却之。……八月庚戌，宣、大告警，敕边备。九月癸未，寇犯大同，副总兵钱栋战死。戊子，犯锦州，总兵官王治道等战死。……冬十月癸卯，俺答孙把汉那吉来降。丁未，以把汉那吉为指挥使。……十一月丁丑，俺答乞封。……十二月丁酉，俺答执叛人赵全等九人来献，诏遣把汉那吉归，厚赐之。乙卯，受俘，磔赵全等于市。"

李攀龙去世。

隆庆五年辛未（1571）二十一岁

周如砥于县学就读。

三月，辛未科进士考。三月，封俺答为顺义王。六月，礼部议宗藩廪禄。六月，俺答执赵全余党来献。

据《明史·本纪第十九·穆宗》载："三月己卯，赐张元忭等进士及第、出身有差。己丑，封俺答为顺义王。……六月甲寅，顺义王俺答贡马，告庙受贺。丙辰，俺答执赵全余党十三人来献。秋八月癸卯，许河套部互市。"

辛未科进士尚有周嘉谟、邢玠、詹沂、赵耀、朱鸿谟、赵世卿等人。

据《穆宗实录》"隆庆五年"条："六月丁未，礼部覆河南抚按栗永禄、杨家相，礼科都给中张国彦等奏"议"宗藩廪禄"。其中，称言"国初亲郡王将军才四十九位，今则玉牒内见存者共二万八千九百二十四位，岁支禄粮八百七十万石有奇。"

归有光去世。

隆庆六年壬申（1572）二十二岁

周如砥于县学就读。

二月，倭寇进击广东沿海，陷神电卫（今广东省电白县电城镇）；闰二月，倭寇侵扰高（今广东省高州市）、雷（今广东省雷州市），明军击溃之。五月，大学士高拱、张居正、高仪受命为辅政大臣。同月，穆宗去世。

据《明史·本纪第十九·穆宗》载："二月丙申，倭寇广东，陷神电卫，大掠。山寇复起。闰月乙亥，倭寇高、雷，官军击败之。……五月己酉，大渐，召大学士高拱、张居正、高仪受顾命。庚戌，崩于乾清宫，年三十有六。七月丙戌，上尊谥，庙号穆宗，葬昭陵。"

二月，王崇古上言奉贡互市事。三月，王献上修胶莱运河。

据《穆宗实录》"隆庆六年"条载："二月，总督尚书王崇古等奏上庬酋乞封贡便宜。"又"三月丁卯，初嘉靖间山东按察司副使王献建议请循元人海运遗迹于胶莱间开河渠一道。"

万历元年癸酉（1573）二十三岁

周如砥于县学就读。

二月，重开经筵，上御文华殿讲读。是年，神宗多次参加经筵讲读。三月，诏令举将材。十一月，张居正上请行新政。

据《明史·本纪第二十·神宗一》载："万历元年春二月癸丑，御经筵。三月丙申，诏内外官举将材。……五月甲申，诏内外官慎刑狱。"

据《神宗实录》"万历元年"条载："正月乙卯，礼部上经筵仪注。"又"二月己未，上御文华殿讲读。"又"三月壬午，上御经筵。"又"四月辛亥，上御经筵。"又"五月辛巳，上御经筵。"

据《神宗实录》"万历元年"条载:"十一月庚辰,张居正等题天下之事,不难于立法,而难于法之必行;不难于听言,而难于言之必效。"

诸大绶去世。

曹邦辅、杨博致仕。

万历二年己丑(1574) 二十四岁

周如砥于县学就读。

癸巳进士考。是年,神宗多次参加经筵讲读;皇极门听政。十月,明军大败建州女真王杲。十二月乙卯,倭寇陷铜鼓(今广东省梅州市丰顺县沙田镇一带)、石双(今广东省高州市荷花镇一带)等地,明军击溃之。

据《明史·本纪第二十·神宗一》载:"三月癸巳,赐孙继皋等进士及第、出身有差。"

邢桐中进士,三甲第 182 名;李化龙中进士,三甲第 82 名。同年之人,有孙继皋、余孟麟、王应选、沈璟、杨廷相等人。

是年,神宗多次参加讲读、经筵。仅二月一月内,就有十次之多。《神宗实录》"万历二年"条:"正月己亥,上御皇极门。"又"庚子,上御文华殿讲读。"又"二月庚戌,上御文华殿讲读。丁巳,上御经筵。乙丑,上御文华殿讲读。丙寅,上御文华殿讲读。丁卯,上御经筵。己巳,上御文华殿讲读。壬申,上御文华殿讲读。癸酉,上御文华殿讲读。乙亥,上御文华殿讲读。"

《神宗实录》"万历二年"条载:"十月丙子,蓟辽总督杨兆奏:'总兵李成梁攻剿建州卫酋首王杲,斩获甚众,即王杲死生未的。然兵出不过八日之间,功成迫逾十捷之外。王台部落,以唇亡而丧胆,环辽诸酋,以观衅而寝谋,请叙录文武官员。'上命择日宣捷人庙。"又"十二月,倭贼陷广东铜鼓、石双、鱼城,督抚殷正茂督率总兵官张元勋追剿。"

陶大临去世。

万历三年乙亥(1575) 二十五岁

周如砥于县学就读。

正月,亲享太庙。流倭陷双鱼所(今广东省肇庆市附近)。二月,复起居注。四月,神宗刻铭自警。

据《明史·本纪第二十·神宗一》载:"正月丁未,享太庙。二月丙申，始命日讲官分直记注起居，纂辑章奏，临朝侍班。夏四月壬申，书谨天戒、任贤能、亲贤臣、远嬖佞、明赏罚、谨出入、慎起居、节饮食、收放心、存敬畏、纳忠言、节财用十二事于座右，以自警。"

《神宗实录》"万历三年"条："正月庚戌，流倭攻陷双鱼所。"

万历四年丙子（1576）二十六岁

周如砥于县学就读。

正月，刘台弹劾张居正。九月，张居正"夺情"之争。

据《明史·本纪第二十·神宗一》载："四年春正月丁巳，辽东巡按御史刘台以论张居正逮下狱，削籍。"

据《神宗实录》"万历四年"条："正月丁巳，巡按辽东御史刘台论劾大学士张居正擅作威福蔑。"

万历五年丁丑（1577）二十七岁

周如砥于县学就读。

三月，丁丑进士考。九月至十月，张居正"夺情"之争。

据《神宗实录》"万历五年"条载："三月乙巳，赐沈懋学等进士及第、出身有差。……九月己卯，起复张居正。冬十月乙巳，以论张居正夺情，杖编修吴中行、检讨赵用贤、员外郎艾穆、主事沈思孝，罢黜谪戍有差。丁未，杖进士邹元标，戍边。"

丁丑科进士尚有曾朝节、冯梦祯、冯琦、周汝登、李楠、黄嘉善、屠隆、李贽等人。

据《神宗实录》"万历五年"条载："九月乙卯，张居正初闻父丧。次辅吕调阳、张四维疏引杨溥、李幼孜、李贤，夺情起复故事。"又"谕留居正，得旨元辅张元生亲受。"又"十月丙戌，张居正疏乞回籍守制。戊子，张居正再疏乞归守制。辛卯，张居正三疏乞归守制。"又"乙卯，先是翰林院编修吴中行、简讨赵用贤、刑部员外郎艾穆、主事沈思孝，各上疏论辅臣张居正夺情事。"

据《明史·列传第一百一·张居正传》载："户部侍郎李幼孜欲媚居正，倡夺情议，居正惑之。冯保亦固留居正。诸翰林王锡爵、张位、赵志皋、吴中行、赵用贤、习孔教、沈懋学辈皆以为不可，弗听。吏部尚书张瀚以持慰留旨，被逐去。御史曾士楚、给事中陈三谟等遂交章请留。中行、用贤及员外郎艾穆、主事沈思孝、进士邹元标相继争之。皆坐廷杖，谪斥有差。"

万历六年戊寅（1578）二十八岁

周如砥于县学就读。

三月，张居正归乡葬父；六月，回京。

据《明史·本纪第二十·神宗一》载："三月甲子，张居正葬父归。……六月乙未，张居正还京师。"据《神宗实录》"万历六年"条："二月甲子，是日大学生张居正出京。"又"六月乙未，大学士张居正抵京。"

万历七年己卯（1579）二十九岁

周如砥与弟周如京同中举人试。周民辞世。周如砥与弟周如京、堂弟周如纶归家为伯父守葬。

董其昌《周如砥本传》云："己卯举于乡。又十年成进士。"

周如砥《壬辰祭张阜先垄》云："己卯之役，伯父遄归。"又"吁嗟！季皇，贤弟良友。父母没时，汝六我九。疾痛痾瘵，相依为命。学舍齑盐，廿年与共。乡书偕领，孰而坎坷。"

正月，下谕毁天下书院。三月，于慎行因与张居正抵牾，以病乞归。

据《明史·本纪第二十·神宗一》载："七年春正月戊辰，诏毁天下书院。"

据《神宗实录》"万历七年"条载："正月戊辰，命毁天下书院。原任常州知府施观民，科敛民财，私创书院，坐罪，着革职闲住。并其所创书院及各省私建者，俱改为公廨衙门。粮田，查归里甲，不许聚集游食扰害地方。仍敕各巡按御史提学官查访奏闻。"

据《神宗实录》"万历七年"条载："三月戊辰，翰林院侍讲于慎行，以病乞回籍调理。许之。赐驰驿并路费银二十两，纻丝二表里。"

万历八年庚辰（1580）三十岁

周如砥、周如纶居家读书备考。周如京去世。

庚辰进士考。

据《明史·本纪第二十·神宗一》载："三月丁卯，赐张懋修等进士及第、出身有差。"

庚辰进士尚有萧良有、顾宪成、魏允中等人。

余大猷去世。

万历九年辛巳（1581）三十一岁

周如砥、周如纶居家读书备考。

是年，裁省京师、南京和各省冗官。

据《明史·本纪第二十·神宗一》载："九年春正月辛未，裁诸司冗官。……辛巳，裁南京冗官。……是年，裁各省冗官，核徭赋，汰诸司冒滥冗费。"

万历十年壬午（1582）三十二岁

周如砥、周如纶居家读书备考。

二月，俺答去世。三月，倭寇侵扰温州一带。六月，张居正去世。

据《明史·本纪第二十·神宗一》载："十年春二月癸巳，顺义王俺答卒。……三月己卯，倭寇温州。……六月丁亥丙午，张居正卒。"

据《神宗实录》"万历十年"条载："二月癸巳，北虏顺义王俺答卒。"又"六月丙午，太师兼太子太师吏部尚书中极殿大学士张居正卒。"

万历十一年癸未（1583）三十三岁

周如砥居家读书备考。周如纶守孝三年制满，准备进士考。

闰二月，乞庆哈袭俺答顺义王位。三月，褫夺张居正爵号。三月，癸未进士考。四月，许国任礼部尚书兼东阁大学士。五月，为复父仇，努尔哈赤讨尼堪外兰。建州女真兴起。

据《明史·本纪第二十·神宗一》载："闰二月甲子，俺答子乞庆哈袭封顺义王。……三月甲申，追夺张居正官阶。庚子，赐朱国祚等进士及第、出身有差。夏四月己未，吏部侍郎许国为礼部尚书兼东阁大学士，预机务。……五月，我大清太祖高皇帝起兵征尼堪外兰，克图伦城。"

据《神宗实录》"万历十一年"条载："闰二月甲子，封虏酋黄台吉为顺义王。"又"（三月）甲辰，赐状元朱国祚朝服、冠带，诸进士宝钞。"

据《明史·列传第一百一·张居正传》载："诏夺上柱国、太师，再夺谥。"

癸未科进士尚有李廷机、叶向高、方从哲、孟养浩等人。

于慎行起复。

据《神宗实录》"万历十一年"条载："正月甲子，起原侍读于慎行仍充日讲官。"

万历十二年甲申（1584）三十四岁

周如砥居家读书备考。周如纶守孝三年制满，准备进士考。

籍没张居正家。

据《明史·本纪第二十·神宗一》载："夏四月乙卯，籍张居正家。……秋八月丙辰，榜张居正罪于天下，家属戍边。"

万历十三年乙酉（1585）三十五岁

周如砥居家读书备考。周如纶守孝三年制满，准备进士考。

三月，李成梁大破蒙古泰宁部落酋长把兔儿等。七月，谪御史龚仲庆上疏论李植、吴中行等"操行易变"。万历廷臣党争始。

据《明史·本纪第二十·神宗一》载："三月己丑，李成梁出塞袭把兔儿、炒花，大破之。"又据《神宗实录》"万历十三年"条："三月己丑，巡抚辽东兵部侍郎李松总兵官，宁远伯李成梁，帅师大破虏于边外。"

据《神宗实录》"万历十三年"条载："七月甲戌，谪御史龚仲庆外任，仲庆疏论李植、吴中行、沉思孝。"认为其"操执之难，而始终易变也。"

万历十四年丙戌（1586）三十六岁

周如砥丙戌科不中。周如纶中进士。三甲第80名。

周如砥《伯弟工部主事叔音暨配张孺人行状》云："公（周如纶）率先一鞭登第之年，是为万历丙戌。"

二月，申时行上疏立太子；姜应麟上疏请立太子及郑贵妃之事；沈璟上疏立储及册封恭妃之事。科道交章论救姜应麟、沈璟。"国本之争"始现。同月，神宗下旨谪之。三月，下谕廷臣陈时政；禁六部司官言事。丙戌科进士考。

据《神宗实录》"万历十四年"条载："二月戊辰，大学士申时行等题，恳乞宸断册立东宫，以重国本事。"又"庚午，大学士申时行等题，为再乞宸断册立东宫，以重国本事。"又"癸酉，户科给事中姜应麟题正名、定分国本。"又"甲戌，吏部验封司员外郎沈璟亦疏请立储，而并及议封皇贵妃，并封恭妃。"又"丁丑，上谕：内阁言，科道救姜应麟、沈璟朕之降处。非为册封，恶其疑朕立幼废长，揣摩上意。"又"丁丑，科道交章论救姜应麟、沈璟。"

据《明史·本纪第二十·神宗一》载："三月戊戌，以旱霾，谕廷臣陈时政。癸卯，禁部曹言事，……癸丑，赐唐文献等进士及第、出身有差。"

丙戌科进士尚有袁宗道、王孟熙、罗大纮等人。

万历十五年丁亥（1587）三十七岁

周如砥居家备考。

六月，诏禁廷臣奢侈、僭越。十月，申时行上疏言神宗"留章奏不发"。

据《明史·本纪第二十·神宗一》载："六月戊辰，禁廷臣奢僭。……冬十月庚申，大学士申时行请发留中章奏。"

据《神宗实录》"万历十五年"条载："（十月）庚申，大学士申时行等题，近日，诸司章奏，间有停留，近者踰旬，远者经月，亦有二三月未发者。"

海瑞、戚继光去世。

万历十六年戊子（1588）三十八岁

周如砥居家备考。

据《明史·本纪第二十·神宗一》载："冬十一月辛酉，禁章奏浮冗。"

神宗殆政初显。三月，申时行上疏进谏。十月，申时行谏复朝讲。十二月，因申时行奏问起居录，神宗停朝。

《神宗实录》"万历十六年"载："三月丁酉，大学士申时行等奏，数日以来，不奉天颜，殊切驰恋。正欲具题，恭候。适文书房宫李兴传：圣体尚未即安，暂免朝讲。……皇上珍调饮膳，慎节起居，以凝宇宙之和，防阴阳之沴，犬马下情，不胜瞻仰恳祈之至。"又"十月癸卯，大学士申时行等题近日朝讲久废臣等不胜恋恋。"又"十二月庚寅，大学士申时行奏问起居以李沂一事，上怒甚连日称疾，不视朝也。"

万历十七年己丑（1589）三十九岁

三月，周如砥中进士；六月，选为庶吉士。

据《明史·本纪第二十·神宗一》载，三月初九，明神宗下《免升授官面谢令》，"自是临御遂简。"明神宗殆政日显。三月乙丑，"赐焦竑等进士及第、出身有差。"

周如砥中进士。三甲第223名，赐同进士出身。同年有焦竑（一甲第1名）、陶望龄（一甲第3名）、董其昌（二甲第1名）、蔡献臣（二甲第6名）、包见捷（二甲第22名）、徐维新（二甲第23名）、黄辉（二甲第24名）、朱国桢（三甲第4名）、区大相（三甲第160名）、傅新德（三甲183名）、冯从吾（三甲第226名）、高攀龙（三甲第279名）等。

据《神宗实录》记载，正月，因顺天科场案，大学士王锡爵连上两次疏表，乞归。二月，"以少傅兼太子太傅、礼部尚书、建极殿大学士许国，太子宾客、吏部左侍郎兼翰林院侍读学士、掌詹事府事王弘海，为会试主考官。"二月，时任礼部左侍郎于慎行，因工部主事饶伸以"党蔽之罪，攻吴时来言阅卷之事"上疏陈情。二月，"礼部取中会试举人陶望龄等三百五十名"。三月，诏命申时行、许国、王锡爵、杨巍、宋纁、王一鹗、李世达、石星、吴时来、王弘海、徐显卿、张孟男、刘虞夔为充读卷官。三月乙丑，"赐贡士焦竑、吴道南、陶望龄，进士及第，其余出身有差。"六月，王弘海为南京礼部尚书。六月癸巳，改进士王肯堂等为庶吉士。同日，于慎行由吏部左侍郎兼翰林院侍读学士转任吏部左侍郎兼官如故，掌詹事府事。十二月二十一日，大理寺左评事雒于仁上《论神宗酒色财气疏》。

周如砥同年进士二十二人选为庶吉士：王肯堂（三甲第184名）、刘曰宁（二甲第40名）、顾际明（二甲第35名）、庄天合（二甲第41名）、董其昌、蒋孟育（三甲第45名）、区大相、黄辉、冯有经（二甲第51名）、傅新德、周如砥、朱国桢、乔胤（二甲第25名）、唐傚纯（二甲第7名）、林尧俞（三甲第25名）、孙羽侯（三甲第51名）、徐彦登（二甲第13名）、包见捷、罗栋（三甲第118名）、吴鸿功（三甲第11名）、冯从吾、郭士吉（二甲第67名）。

万历十八年庚寅（1590） 四十岁

周如砥为庶吉士，处翰林院。

正月甲辰，神宗不朝。二月，"永罢日讲"；王锡爵上疏请立储。六月，更定《宗藩条例》。

据《明史·本纪第二十·神宗一》载："六月乙酉，更定宗藩事例，始听无爵者得自便。"

《神宗实录》"万历十八年"条载："正月甲辰，上不御殿。"又"二月甲申，大学士申时行等以上暂免日讲经筵。请进所撰讲章，以备省览。从之。"又"二月戊戌，大学士王锡爵言，臣见近日以来，外廷纷然，或露章显诤，或屏立私语，不曰册立豫教之旨，何故不行？"

王世贞去世。

万历十九年辛卯（1591） 四十一岁

周如砥为庶吉士。

据《神宗实录》载："（八月）甲辰，试庶吉士十五名。上卷八名：黄辉、庄天合、王肯堂、刘曰宁、区大相、周如砥、林尧俞、冯有经，铨注翰林院编修简讨；中卷七名：吴鸿功、罗栋、郭士吉、乔溎、徐彦登、冯从吾、顾际明，授科道等官。"

闰三月，明诏夺给事中、御史年俸。七月，"国本之争"始炽，致使诸大臣竞相上疏乞归。九月，许国、申时行致仕。

据《明史·本纪第二十·神宗一》载："闰三月己卯，责给事中、御史风闻讪上，各夺俸一年。……秋七月癸未，谕廷臣，国是纷纭，致大臣争欲乞身，此后有肆行诬蔑者重治。……九月壬申，许国致仕。甲戌，申时行致仕。"

据《神宗实录》载，"（九月）礼部尚书于慎行，以老病求致仕。许之。"

身为礼部尚书，于慎行在"国本之争"因反对明神宗欲"废长立幼"的主张，被黜归乡。其后十七年，在其家乡（东阿），于氏以著述为事。

万历二十年壬辰（1592） 四十二岁

正月，周如砥任简讨；三月，任纂修官。周如砥出使河南道。归乡探望伯母。并作《壬辰祭张阜先垄》。

周如砥任简讨（翰林院史官），与董其昌等人编撰《六曹章奏》。据《神宗实录》云："（正月）丙午。命编修董其昌，简讨区大相、周如砥、林尧俞，编纂六曹章奏。"

董其昌《周如砥本传》云："壬辰，奉使荣藩。"

周如砥《壬辰祭张阜先垄》云："顷者，徼惠持节河南，得以其暇，汛扫荒阡，敢告新荣，敢荐。"

正月，给事中孟养浩上疏立储，廷杖。冯从吾上《请修朝政疏》。三月至九月，宁夏原副总兵哱拜叛明；十一月献宁夏俘。三月，壬辰进士考。五月，日倭进犯朝鲜。明朝援朝抗倭战争开始。

据《明史·本纪第二十·神宗一》载："二十年春正月丙戌，给事中孟养浩以言建储杖阙下，削籍。三月戊辰，宁夏致仕副总兵哱拜杀巡抚都御史党馨、副使石继芳，据城反。……壬申，总督军务兵部尚书魏学曾讨宁夏贼。戊寅，赐翁正春等进士及第、出身有差。夏四月甲辰，总兵官李如松提督陕西讨贼军务。甲寅，甘肃巡抚都御史叶梦熊帅师会魏学曾讨贼。撺力克擒贼，叩关献俘，复还二年市赏。五月，倭犯朝鲜，陷王京，朝鲜王李昖奔义州求救。六月丁未，诸军进次宁夏，贼诱河套部入犯，官军击却之。……甲戌，副总兵祖承训帅师援朝鲜，与倭战于平壤，败绩。……八月乙巳，兵部右侍郎宋应昌经略备倭军务。……九月壬申，宁夏贼平。冬十月壬寅，李如松提督蓟、辽、保定、山东军务，充防海御倭总兵官，救朝鲜。……十一月戊辰，御午门，受宁夏俘。十二月甲午，以宁夏贼平，告天下。"

乔允升中进士，三甲第136名。壬辰科进士有翁正春、朱燮元、袁宏道、吴十奇等人。

据《明史·列传第一百三十一·冯从吾传》载，万历二十年正月，冯氏上《请修朝政疏》，云："陛下郊庙不亲，朝讲不御，章奏留中不发。试观戊子以前，四裔效顺，海不扬波；己丑以后，南倭告警，北寇渝盟，天变人妖，叠出累告。励精之效如彼，怠斁之患如此。近颂敕谕，谓圣体违和，欲借此自掩，不知鼓钟于宫，声闻于外。陛下每夕必饮，每饮必醉，每醉必怒。左右一言稍违，辄毙杖下，外庭无不知者。天下后世，其可欺乎！愿陛下勿以天变为不足畏，勿以人言为不足恤，勿以目前晏安为可恃，勿以将来危乱为可忽，宗社幸甚。"明神宗大怒，欲廷杖冯从吾；

幸得赵志皋等人力求，又逢仁圣太后寿诞；冯氏被免归家。是年35岁。

万历二十一年癸巳（1593）四十三岁

周如砥任翰林院简讨。上疏申其母于氏、伯母孙氏贞节。乞假归葬伯母。

正月，李如松攻克平壤；七月，下诏撤援朝明军归国。正月辛巳，诏封三皇子同为王。后文臣反对，停发诏令。

据《明史·本纪第二十·神宗一》载："二十一年春正月甲戌，李如松攻倭于平壤，克之。……辛巳，诏并封三皇子为王，廷臣力争，寻报罢。壬午，李如松进攻王京，遇倭于碧蹄馆，败绩。二月甲寅，敕劳东征将士。夏四月癸卯，倭弃王京遁。……秋七月癸丑，召援朝鲜诸边镇兵还。"

据《神宗实录》载："九月，翰林院简讨周如砥，以母于氏殉父死节，未获表扬。乞付史局收采入传；伯母孙氏，抚养恩深，乞假归葬。许之。"

清同治《即墨县志》卷九《人物志·列女》云："于氏，赠中允周赋妻。夫卒，泣涕治丧。不半铺者，两月余。及穴，亲厝夫柩，自触于圹。姊姒掖出，蓬跣归，遂绝粒，逾旬而殁，年二十九。时嘉靖三十七年十月初一日。后次子如砥成进士，官检讨，疏与朝得旌焉。"又其伯母孙氏"岁贡生周民妻，事舅姑孝谨，睦诸娣姒，与季妇最善。季殁，妇殉节，当绝粒时，托孤于氏。是时，氏二子二女，季妇三子一女。长者，髫；次者，龇；幼者，襁褓。啼号左右，悉身提携之。家素贫，凡衣乌巾帨澣濯缝纫，无一不出其手，五子三女，一体视之，不知有出于季也。闾里见之，亦不知其有出于季也；即季之子女，亦不自知其非所出也。其仁慈均一如此，以养以教，悉臻成立。厥后，氏字如纶、季子如砥、如京，相继掇巍科，有闻于世。氏七十四而卒。时如砥官检讨，疏请归葬伯母，并祭以文。读者泣下。至今，人犹仰氏之高义云"。

万历二十二年甲午（1594）四十四岁

二月，周如砥为经筵展书官；三月，周如砥为正史纂修官。归家葬伯母，且请守孝三年。

据《神宗实录》"万历二十二年"条载："（二月）辛亥，以礼部左侍郎刘元震，右侍郎孙继皋，祭酒陆可教，洗马李廷机，编修吴道南，简讨王图，充经筵讲官；编修庄天合、董其昌；简讨区大相、周如砥、林尧俞，充展书官。"

与区大相等人为纂修官，编撰正史。据《神宗实录》载："（三月）甲辰，纂修正史……简讨王图、萧云举、区大相、周如砥、林尧俞，充纂修官。"

十月，诏令邢玠讨杨应龙。据《明史·本纪第二十·神宗一》载："冬十月己未，南京兵部右侍郎邢玠总督川、贵军务，讨播州宣慰使杨应龙。丁卯，诏倭使入朝。"据《神宗实录》"万历二十二年"条："（十月）己未，以南京兵部右侍郎邢玠，为左侍郎兼右佥都御史，总督川贵军务。着依限前去，事完回京。"

万历二十三年乙未（1595）四十五岁

周如砥参与会试阅卷。周如砥归家为伯母守孝三年。

正月，遣李宗城等赴日册封平秀吉为日本王。三月，乙未科进士考。章奏久留不报。

据《明史·本纪第二十·神宗一》载："二十三年春正月癸卯，遣都督佥事李宗城、指挥杨方亨封平秀吉为日本国王。三月乙未，赐朱之蕃等进士及第、出身有差。……十二月辛丑，大学士赵志皋等请发留中章奏，不报。"

据《神宗实录》"万历二十三年"条载："正月庚辰，礼部范谦请给丰臣平秀吉，皮弁、冠服、纻丝等项，及诰命、诏敕、印章。……从之。"又"十二月辛丑，大学士赵志皋等奏：皇上神明，天纵威断，独持。虽五位尊居，无一念不在于吏治民生，虽大廷稀御，无一事不关于圣衷宸虑……（神宗）不报。"

乙未科进士尚有孙慎行、汤宾尹、吴道行、顾秉谦、孙大壮等人。

董其昌《周如砥传》："乙未，分较礼闱。旋移疾归里。"

万历二十四年丙申（1596）四十六岁

周如砥归家为伯母守孝三年。

四月，李宗城于釜山易服逃归王京（今韩国首尔市）；五月，遣杨方亨往奉倭。七月，孙丕扬疏请章奏，不报。同月，遣中官开矿。神宗拒群臣进谏。闰八月，赵志皋章奏不报。九月，日本侵朝。万历抗倭援朝战争始。

据《明史·本纪第二十·神宗一》载："夏四月己亥，李宗城自倭营奔还王京。五月庚午，复议封倭，命都督佥事杨方亨、游击沈惟敬往。……秋七月丁卯，吏部尚书孙丕扬请发推补官员章疏，不报。……乙酉，始遣中官开矿于畿内。未几，河南、山东、山西、浙江、陕西悉令开采，以中官领之。群臣屡谏不听。闰八月丁卯，大学士赵志皋请视朝，发章奏，罢采矿，不报。九月乙未，杨方亨至日本，平秀吉不受封，复侵朝鲜。……是后，各省皆设税使。群臣屡谏不听。"

万历二十五年丁酉（1597）四十七岁

周如砥归家为伯母守孝三年。

正月，朝鲜遣使求救。二月，明朝任命麻贵为总兵；三月，任命杨镐为佥都御史，经略朝鲜军务。七月，播州杨应龙叛。八月，日本攻破朝鲜闲山（今韩国庆尚南道巨济岛西南）、进逼南源（今韩国全罗北道南原市），威逼王京（今韩国首尔市）。

据《明史·本纪第二十一·神宗二》载："二十五年春正月丙辰，朝鲜使来请援。二月丙寅，复议征倭。丙子，前都督同知麻贵为备倭总兵官，统南北诸军。三月乙巳，山东右参政杨镐为佥都御史，经略朝鲜军务。己未，兵部侍郎邢玠为尚书，总督蓟、辽、保定军务，经略御倭。……秋七月，杨应龙叛，掠合江、綦江。八月丁丑，倭破朝鲜闲山，遂薄南原，副总兵杨元弃城走，倭逼王京。"

万历二十六年戊戌（1598）四十八岁

周如砥为伯母孙氏服孝期满，复朝。

周如砥作《即墨重修先师殿碑》云："盖起于丙申夏，讫丁酉秋而庙成。弘敞壮丽，几倍畴昔，肖貌俨然矣。戊戌二月，侯既释奠……时予将由家居北上，会未即发，因得以受其说而识之。"

正月，明军于蔚山（今韩国蔚山市）进击日倭，战事不利。三月，戊戌科进士考举行。十一月十七日，日倭因该年七月丰臣秀吉死亡导致军心动荡，弃蔚山南串。明军追至釜山露梁（今韩国釜山西南海面一带），大败日倭。十二月，明总兵陈璘于乙山歼灭残敌。"明抗倭援朝战争"至此结束。明军入朝作战，前后历时七年。

据《明史·本纪第二十一·神宗二》载："二十六年春正月，官军攻倭于蔚山，不克，杨镐、麻贵奔王京。三月癸卯，赐赵秉忠等进士及第、出身有差。……六月丙子，巡抚天津佥都御史万世德经略朝鲜。……冬十月乙卯，总兵官刘綎、麻贵分道击倭，败之。董一元攻倭新寨，败绩。十一月戊戌，倭弃蔚山遁，官军分道进击。十二月，总兵官陈璘破倭于乙山，朝鲜平。"

戊戌科进士考举行。此科进士有赵秉忠、顾起元、周道登等人。

万历二十七年己亥（1599）四十九岁

周如砥居京师，等待起复。

正月，蒙古把都儿寇侵广宁卫；八月与九月，俺答汗寇侵大同、宣府等地。是年，日本贡献方物。

据《明史·本纪第二十一·神宗二》载："春正月，把都儿寇广宁，参将阎振战死。……八月丁巳，俺答犯大同，指挥顾相等战死，周尚文追败之于次野口。九月壬午，犯宣府，深入永宁、怀来、隆庆，守备鲁承恩等战死。……是年，日本入贡。"

十月，周如砥座师王弘诲致仕。

据《神宗实录》载："（万历二十七年）十月甲申，南京礼部尚书王弘诲引疾乞休，许之。以弘诲先任秩满，给恩如例。"

万历二十八年庚子（1600）五十岁

周如砥任左赞善庶子，兼侍读谕德、侍讲中允、编修赞善、翰林院简讨。

据《神宗实录》载："（万历二十八年）四月癸巳，周如砥升左赞善庶子，俱兼侍读谕德，俱兼侍讲中允，兼编修赞善，兼简讨，不妨原格。"

二月，李化龙讨播州。六月，杨应龙自缢。八月，罢朝鲜戍兵。

据《明史·本纪第二十一·神宗二》载："二月丙戌，李化龙帅师分八路进讨播州。夏六月丁丑，克海龙囤，杨应龙自缢死，播州平。……八月丙子，罢朝鲜戍兵。……十二月乙未，御午门，受播州俘。"

万历二十九年辛丑（1601）五十一岁

周如砥初为经筵讲官、国子监司业、分较应天府礼闱，任东宫侍讲。

周如纶去世。周如砥作《苦旱》。

据《神宗实录》载："（二月）左赞善周如砥，俱经筵讲官。"又"（九月）庚子，升左赞善兼翰林院简讨周如砥为右中允，管国子监司业事。"又"（七月）命左春坊左谕德兼翰林院侍读陶望龄，左春坊左中允管国子监司业事周如砥，往应天。"又"（十二月）以掌司经局事左谕德全天叙，为左庶子兼侍读，掌左春坊印；右中允王图，为右庶子兼侍读，掌右春坊印。左中允吴道南，为左谕德兼侍讲，掌司经局印；升右中允冯有经、周如砥、翁正春，为右谕德俱兼侍讲；左赞善陈懿典，为右中允兼编修。"

周如砥《伯弟工部主事叔音暨配张孺人行状》云："公生于嘉靖壬子，卒于万历辛丑，得年五十。"

正月，播州苗疆土司杨应龙叛平。三月，辛丑科进士考。六月，京师年余未雨，山东等地亢旱。赵志皋去世。十月，朱常洛为太子，历时十六年之久的"国本"之争暂息。

据《明史·本纪第二十一·神宗二》载："二十九年春正月壬子，以播州平，诏天下，蠲四川、贵州、湖广、云南加派田租逋赋，除官民讹误罪。……三月乙卯，赐张以诚等进士及第、出身有差。……六月，京师自去年六月不雨，至是月乙亥始雨。山东、山西、河南皆大旱。……九月丁未，赵志皋卒。……冬十月己卯，立皇长子常洛为皇太子，封诸子常洵福王，常浩瑞王，常润惠王，常瀛桂王。"

公鼎中进士，二甲第35名；曾六德中进士，三甲第63名。同科进士尚有张以诚、周起元等。

董其昌《周如砥传》："辛丑，复入闱。"

万历三十年壬寅（1602）五十二岁

周如砥任国子监司业，詹事府右谕德，兼翰林院侍讲。

张一桂、万世德、胡应麟去世。

张养蒙致仕。

万历三十一年癸卯（1603）五十三岁

周如砥任国子监司业，詹事府右谕德，兼翰林院侍讲。与唐文献等人往见内阁首辅沈一贯，义救郭正域。任南京会试副主考。

据《明史·列传第一百四·唐文献传》载："沈一贯以'妖书'事倾尚书郭正域，持之急。文献偕其僚杨道宾、周如砥、陶望龄往见一贯曰：'郭公将不免，人谓公实有意杀之。'一贯踧踖艴，酹地若为誓者。文献曰：'亦知公无意杀之也，第台省承风下石，而公不早讫此狱，何辞以谢天下。'一贯敛容谢之。望龄见朱赓不为救，亦正色责以大义，愿弃官与正域同死。狱得稍解。"

官员严重缺编。十一月，"妖书"案发，党争激烈。

据《明史·本纪第二十一·神宗二》载："春三月戊午，吏部奏天下郡守阙员，不报。……十一月甲子，获妖书，言帝欲易太子，诏五城大索。"

董其昌《周如砥传》："癸卯，副考南畿。"

万历三十二年甲辰（1604）五十四岁

周如砥任国子监司业，詹事府右谕德，兼翰林院侍讲。作《即墨重修城隍庙记》。

《即墨重修城隍庙记》云："是役也，起庚子春三月，讫甲辰夏五月"，即从万历二十八年（1600）三月至万历三十二年（1604）五月。

二月，内阁请补郡守、御史等职，神宗不报。三月，甲辰科进士考。八月，群臣伏阙。九月，楚王府宗人作乱。十月，叙论平播州功。

据《明史·本纪第二十一·神宗二》载："三十二年春二月壬寅，阁臣请补司道郡守及遣巡方御史，不报。三月乙丑，赐杨守勤等进士及第、出身有差。……八月辛丑，群臣伏文华门，疏请修举实政，降旨切责。丙午，分水河工成。九月戊申，振畿南六府饥。闰月辛丑，武昌宗人蕴钤等作乱，杀巡抚都御史赵可怀。冬十月甲寅，始叙平播州功。"

甲辰科进士尚有孙承宗、吴宗达、徐光启等人。

曾朝节去世。

冯琦去世。

万历三十三年乙巳（1605）五十五岁

周如砥任左谕德。十二月，捧诏往山东诸地王府。

据《神宗实录》载："（十二月）命少詹事全天叙，左谕德周如砥，编修顾秉谦、温体仁，简讨刘一燝、王毓宗，礼部主事王三才、陈德元，赉御书往各王府。"

唐文献去世。杨时宁致仕。

万历三十四年丙午（1606）五十六岁

周如砥任右庶子，兼翰林院侍读。

据《神宗实录》载："（十一月）壬子。升谕德冯有经，周如砥为右庶子，兼翰林院侍读。"

二月，大学士沈鲤请补六部大员。不报。七月，沈一贯致仕。

据《明史·本纪第二十一·神宗二》载："春二月辛亥，大学士沈鲤、朱赓请补六部大僚，不报。……秋七月癸未，沈一贯、沈鲤致仕。"

万历三十五年丁未（1607）五十七岁

正月，周如砥由右庶子转任右春坊左谕德；七月，升任国子监祭酒。

据《神宗实录》载："正月丙子，右庶子冯有经，改左掌左春坊事；右庶子周如砥，掌右春坊左谕德；翁正春，升右庶子兼侍读管司经局事；右谕德顾天竣、李腾芳，俱改左春坊。"又"七月丁酉，升左庶子周如砥为国子监祭酒。"

正月，给事中翁宪祥上疏"抚、按官解任宜候命，不宜听其自去"。不报。三月，辛巳科进士考。五月，于慎行入阁。十一月，于慎行卒。

据《明史·本纪第二十一·神宗二》载："三十五年春正月辛未，给事中翁宪祥言，抚、按官解任宜候命，不宜听其自去，不报。……三月辛巳，赐黄士俊等进士及第、出身有差。……五月戊子，前礼部尚书于慎行及礼部侍郎李廷机、南京吏部侍郎叶向高并礼部尚书兼东阁大学士，预机务。……十一月壬子，于慎行卒。"

辛巳科进士尚有张瑞图、余大成、左光斗等人。

据《明史·列传第一百五·于慎行传》载："三十三年，始起掌詹事府。疏辞，复留不下。居二年，廷推阁臣七人，首慎行。诏加太子少保兼东阁大学士，入参机务。再辞不允，乃就道。时慎行已得疾。及廷谢，拜起不如仪，上疏请罪。归卧于家，遂草遗疏，请帝亲大臣、录遗逸、补言官。数日卒，年六十三。赠太子太保，谥文定。"

万历三十六年戊申（1608）五十八岁

五月，周如砥以病乞归。神宗允之。

据《神宗实录》载:"(五月)甲寅,国子监祭酒周如砥,以病乞归。允之。"

万历三十七年己酉（1609）五十九岁

九月,周如砥上疏请辞归乡。当月,与子周燝居即墨城。但因未获明旨,诏令其居家自省。作《奉诏修省》诗。

据《神宗实录》载:"(九月)己亥,国子监祭酒周如砥拜疏出城。"又"(九月)丙午,以国子监祭酒周如砥不候明旨,擅自出城,着冠带闲住。"

言官相互攻讦。倭寇侵扰浙江沿海。日本侵占琉球。

据《明史·本纪第二十一·神宗二》载:"三月己酉,大学士叶向高请发群臣相攻诸疏,公论是非,以肃人心,不报。夏四月,倭寇温州。……是年,日本入琉球,执其国王尚宁。"

陶望龄去世。

万历三十八年庚戌（1610）六十岁

周如砥家居。三月,庚戌进士考。长子周士皋中进士,三甲第68名。同月,下旨禁群臣攻讦。

据《明史·本纪第二十一·神宗二》载"春三月癸巳,赐韩敬等进士及第、出身有差。……辛卯,以旱灾异常,谕群臣各修职业,勿彼此攻讦。"

庚戌科进士尚有钱谦益、钟惺等人。

齐、楚、浙三党攻击"东林"。

袁宏道逝世。

万历三十九年辛亥（1611）六十一岁

周如砥家居。长子周士皋去世。

党争日显。赵世卿拜疏自去。叶向高上疏请添内阁。

据《明史·本纪第二十一·神宗二》载:"五月壬寅,御史徐兆魁疏劾东林讲学诸人阴持计典,自是诸臣益相攻击……冬十月丁卯,户部尚书赵世卿拜疏自去。"

据《明史·列传第一百二十八·叶向高传》载,六月,叶向高上疏批评明神宗殆政，其云："自阁臣至九卿台省，曹署皆空，南都九卿亦止存其二。天下方面大吏，去秋至今，未尝用一人。陛下万事不理，以为天下长如此，臣恐祸端一发，不可收也。"明神宗不听。

万历四十年壬子（1612）六十二岁

周如砥家居。刑科给事中郭尚宾议罪荆養乔擅自离任之事。以周如砥之事为例。

据《神宗实录》载："（十二月）刑科给事中郭尚宾奏，按臣荆養乔擅自离任。都御史许弘纲，引前御史乔应甲例，议降俸二级。以为视，应甲止降一级，重矣。视史记事：郑继芳之免处又重矣。弘纲之意，是或一道也！顾臣以为径行显失也，降俸虚罚也。……弘纲不以……祭酒周如砥、尚书李桢，不间住乎？……大臣镌官小臣减禄，岂王政公平之体耶？"

孙丕扬、李廷机拜疏请去，未有明旨，自归乡。南京各道御史上言请理政。神宗不报。

据《明史·本纪第二十一·神宗二》载："春二月癸未，吏部尚书孙丕扬拜疏自去……夏四月丙寅，南京各道御史言：'台省空虚，诸务废堕，上深居二十余年，未尝一接见大臣，天下将有陆沈之忧。'不报。……九月庚戌，李廷机拜疏自去。"

据《神宗实录》载："（四月）丙寅，南京河南等道御史等官奏言：臣等历观祖宗朝二百余年以来，未有皇太子六七年不开讲而满朝催请置之不理，未有两都六部尚书、侍郎缺乏至一二人者，未有台、省空虚而长期不补者，以致诸多废堕。皇上深居二十余年，不见大臣一面，不议国家一事。长此不变，不知数年之后，有谁与皇上共治多事之天下。"

顾宪成、黄辉、邢侗、刘曰宁去世。

李庭机致仕。周如砥有《报李九我座师》文。

万历四十一年癸丑（1613）六十三岁

周如砥家居。

诏朝鲜自练兵。癸酉科进士考。因党争激烈，多位大臣自请归乡。下旨禁百官攻讦。

据《明史·本纪第二十一·神宗二》载："春正月庚申，谕朝鲜练兵防倭。三月癸酉，赐周延儒等进士及第、出身有差。夏五月己巳，谕吏部都察院：'年来议论混淆，朝廷优容不问，遂益妄言排陷，致大臣疑畏，皆欲求去，甚伤国体。自今仍有结党乱政者，罪不宥。'……九月壬申，吏部左侍郎方从哲、前吏部左侍郎吴道南并礼部尚书兼东阁大学士，预机务。庚辰，吏部尚书赵焕拜疏自去。"

二月初五，神宗任命内阁大学士叶向高为会试主考。因内阁只留叶氏一人，其上疏陈述票拟不便。神宗允许有关科举"章奏可俱送闱中票拟"。因神宗久未有此举，故文臣"以为异事"。

癸丑科进士尚有周廷儒、庄奇显、周京、徐道登等人。

万历四十二年甲寅（1614）六十四岁

周如砥家居。二月，周如砥亲家同郡黄嘉善升任兵部尚书。

据《神宗实录》载："（二月）甲申，总督陕西三边军务兼理粮饷都察院右副都御史兼兵部右侍郎黄嘉善，升兵部尚书协理京营戎政。"

正月，大学士方从哲上疏请复朝、复经讲。神宗不报。二月，明神宗朱翊钧生母李太后去世。八月，内阁首辅叶向高致仕。

据《神宗实录》载："正月庚申，大学士方从哲疏言岁序更新人心望治敬陈紧要诸务以助圣化。其略曰……。"神宗不报。

据《明史·本纪第二十一·神宗二》载："二月辛卯，慈圣皇太后崩……秋八月癸卯，叶向高致仕。"

万历四十三年乙卯（1615）卒六十五岁

十二月二十一日，周如砥于家端坐，辞世。周如砥生平仅有一妻，张氏，其册封为安人。别无姬媵。有三子，长子周士皋，次子周燨、三子周熠。

据《明史·本纪第二十一·神宗二》载，五月四日，张差"梃击案"。因此案涉及神宗宠妃郑贵妃和太子；在慈宁宫，神宗始召见廷臣。闰八月，山东大旱。

据《神宗实录》载，正月，"上不视朝"。大学士方从哲上"起复科道官即都察院所题漕盐各差允用"，神宗不报。方从哲上"请开东宫经讲"，神宗不报。吏科给事中李瑾上"请上御朝"，神宗不报。二月，群臣上言福王"清丈田地""开店货盐"皆违制，宜急停。神宗不报。四月至八月，山东大旱。七月，升翰林院编修公鼐为国子监司业。

赵世卿去世。

附录二　周如砥诗作所见人名索引

（按拼音字母顺序排列）

B
包大瀛，即包见捷。《送包大瀛还贵州时省疏公为首云》。p. 121.

C
重华，即帝舜。《河间孝子歌》。《孟夏，陪祀太庙，恭述二首；时上从在静摄，天仗一出，群情忭舞》。p. 43；p. 113.
崔昌平。《崔昌平公精医善诗胶东之世族也；谢政东归后，复归道京，叙别。因感旧雅得诗四首赠焉》。p. 67.
巢由，即巢父与许由的并称。《送许相公归田四首其四》。p. 85.

D
董思白，即董其昌。《送董思白谪楚学宪》。p. 34.
董生，即董仲舒。《送董思白谪楚学宪》。p. 34.

F
傅汤铭，即傅新德。《送傅汤铭之南都司业兼怀焦漪园》。p. 36.
冯宫詹，即冯琦。《冯宫詹邀同焦漪园夜饮遇雨呈谢四首》。p. 51.
冯仲好，即冯从吾。《送冯仲好侍御》。p. 161.

G
勾践。《击剑篇》。p. 39.
皋夔：皋陶与夔的合称。《黄金台怀古》。p. 87.

H

河汾子，即王通。《清秋瀛洲亭讲业作》。p. 25.

黄平倩，即黄辉。《黄平倩病起，偕区用孺林咨伯过访留饮四首，时食蜀鱼》。p. 61.

霍骠骑，即霍去病。《蓟门行》。p. 156.

J

蹇修。《代凛凛岁云暮》。p. 21.

济南生，即伏生。《清秋瀛洲亭讲业作》。p. 25.

焦漪园，即焦竑。《送傅汤铭之南都司业兼怀焦漪园》《冯宫詹邀同焦漪园夜饮遇雨呈谢四首》。p. 36；p. 51.

荆卿，即荆轲。《击剑篇》。p. 39.

江犍吾。《春日偕江犍吾孙肖溪游含风岭》。p. 46.

江淹。《春日偕江犍吾孙肖溪游含风岭》。p. 47.

姜蒲翁，即姜璧。《文安姜蒲翁中丞，余弟叔音座师也。中丞抚楚，值余弟令襄。乃兹相继二年，俱作异物矣。中丞讣来，余南向望哭之。乃余之泫然，则又不独为中丞也》。p. 123.

L

罗龙皋，即罗大纮。《送罗龙皋给谏被谪》。p. 41.

林咨伯，即林尧俞。《黄平倩病起，偕区用孺林咨伯过访留饮四首，时食蜀鱼》。p. 61.

李母。《李母慈节》。p. 115.

李百原，即李楠。《春日送李百原侍御阅关》。p. 118.

李霖寰，即李化龙。《送李霖寰辽东开府二首》。p. 128.

李广。《咏史四首》。p. 150.

O

区冶，即欧冶子。《击剑篇》。p. 38.

区用孺，即区大用。《黄平倩病起，偕区用孺林咨伯过访留饮四首，时食蜀鱼》。p. 61.

区林二丈，即区姓与林姓两位老丈。《得区林二丈邻居诗，独恨敝居之远，奉和自慰》。p. 65.

Q
乔裕吾，即乔允升。《送乔裕吾给谏二首》。p. 131.

R
阮步兵，即阮籍。《尉氏怀古》。p. 91.
绕朝。《送冯仲好侍御》。p. 161.

S
孙登。《春日偕江健吾孙肖溪游含风岭》。p. 47.
司马，即司马相如。《送冯琢菴学士归省》。p. 166
三邹：即邹忌、邹衍、邹奭。《于毂峰老师赠诗四首和韵称谢其四》。p. 80.
史迁，即司马迁。《渡黄河》。p. 89.
叔音，即周如纶。《文安姜蒲翁中丞，余弟叔音座师也。中丞抚楚，值余弟令襄。乃兹相继二年，俱作异物矣。中丞讣来，余南向望哭之。乃余之泫然，则又不独为中丞也》。p. 123.
孙却浮，即孙继皋。《朝之前一日宿孙却浮给谏宅作》。p. 125.

T
田单。《赠周用修》。p. 15.
陶谢，即陶渊明与谢灵运。《冯宫詹邀同焦漪园夜饮遇雨呈谢四首其一》。p. 51.
陶唐，即帝尧。《游仙人洞二首其二》。p. 76

W
王念野，即王孟煦。《题王念野云耕山房二首》。p. 110.
王明吾，即王一鹗。《王明吾使辽过里，诗以讯之》。p. 112.
王念夔。《送王念夔按楚》。p. 120.
韦贤。《送冯琢菴学士归省》。p. 166.
魏绛。《蓟门行》《送冯仲好侍御》。p. 156；p. 161.

Y

渊明，即陶渊明。《和渊明九日闲居》。p. 23.

延寿，即焦延寿。《送董思白谪楚学宪》。p. 34.

袁玉蟠，即袁宗道。《送袁玉蟠册封楚府便归省亲》。p. 169.

于毂峰，即于慎行。《于毂峰老师赠诗四首和韵称谢》《过东阿为于毂峰老师祝寿四首》。p. 77；p. 93.

伊莱：伊尹与莱朱的合称。《过东阿为于毂峰老师祝寿四首其一》。p. 93.

X

萧曹，即萧何与曹参。《击剑篇》。p. 39.

许相公，即许国。《送许相公归田四首》。p. 81.

邢水部，即邢侗。《送邢水部迎养之南都二首》。p. 135.

宣宗，即明宣宗朱瞻基。《庄诵 宣宗御制翰林院箴有述馆课》。p. 10.

Z

周用修。《赠周用修》。p. 15.

周太霞。《赠周用修》。p. 15.

子渊，即张仲深。《送董思白谪楚学宪》。p. 34.

烛武，即烛之武。《河间孝子歌》。p. 43.

周荇浦。《山行拟访周荇浦不果。已而，过其先中宪廉宪二公所建塔庙，读遗碑及荇浦所撰新碑有感却寄二首》。p. 55.

中宪、廉宪，即周中宪、周廉宪。《山行拟访荇浦不果。已而，过其先中宪廉宪二公所建塔庙，读遗碑及荇浦所撰新碑有感却寄二首》。p. 55.

张怀海。《喜张怀海山人造访瓦庄四首》。p. 56.

朱海曙。《淄川月夜朱海曙邀饮王氏图亭四首》。p. 71.

赵相国，即赵志皋。《题赵相国灵洞山房古洞栖霞》。p. 98.

曾石甫，即曾六德。《送曾石甫》。p. 117.

郑公，即郑玄。《题郑公招隐图》。p. 134.

周南仲，即西周大夫南仲。《蓟门行》。p. 156.

参考文献

1. 周如砥：《青藜馆集》，明崇祯十五年周燝刻本。齐鲁书社影印本，1997年7月。

2. 清宋弼选：《山左明诗抄》，清乾隆三十六年李文藻刻本。齐鲁书社影印本，1997年7月。

3. 清张廷玉等：《明史》，中华书局，1977年12月第1版。

4. 《明世宗实录》《明穆宗实录》《明神宗实录》，台湾"中央研究院"历史语言研究所校印本，1963年。

5. 清林溥、周翕鐄纂修：《清同治即墨县志》，清同治十二年刻本。"中国地方志集成"丛书，凤凰出版社、上海书店、巴蜀书社，1991年。

后　　记

　　经过一年多的紧张写作，《〈青藜馆集〉诗校释》终于完稿。

　　该书的写作源自对胶东半岛地区家族文化的研讨。明清两代，胶东半岛地区出现了很多诗书传家的家族，涌现出一批代表性人物，如明代日照焦氏家族焦竑、即墨周氏家族周如砥、黄氏家族黄嘉善、胶州高氏家族高宏图、张氏家族张谦宜以及清代日照刘氏家族刘墉等。

　　自明高祖洪武年间起，这些家族起于阡陌之中，多为耕种之家。随着政局的稳定、经济的发展，家族子弟逐渐开始参加科举考试。经过几代人的努力，这些家族渐成地方望族。这种转变，不仅改变了家族和子弟的命运，而且在一定程度上影响了当地民风。在这一渐进过程中，家族中涌现出很多代表性人物。他们的成长，离不开家族的抚育和资助；他们的成功，更为家族的子弟树立了榜样。

　　这些人物都留下了丰富的著述，不仅总结了家族的传统，更是以自身的成长，将为人、处世、治学等融贯其中。不可否认，随着时代进步，其中的某些思想早已不适合今日时代。但是，孝老助幼、谨身从学、高张公义等内涵，在今天仍值得重视和继承。

　　纵观周如砥的成长，其家族明初为军籍，世为耕种之家。周氏四祖、周如砥祖父周尚美培育子女从学，其伯父周民始为岁贡生。如果不是周民的抚养和教育，少失双亲、身患疾病的周如砥就不可能取得日后的成绩。进一步而言，如果不是周如砥的教抚和影响，周如纶、周如京的子女以及周如砥后代的成长和发展就存在很大的不确定性。

　　近十年来，家族文化的研究方兴未艾。但是，相关文献的整理与研究存在严重不足的现象。《〈青藜馆集〉诗校释》一书希冀能填补周如砥诗歌文献研究的空白。

　　在写作过程中，著者曾得到很多热心人士的帮助。在梳理周氏著作时，青岛大学《东方论坛》编辑潘文竹老师提供了部分著作存佚资料。在调研周氏族谱和文稿时，周如砥第十六世孙、81岁的周正臻先生无偿提供了民国十三年（1924）周氏族谱和《周太史文集》石印本供著者翻检和复印。不仅如此，周正臻先生还带领著者参观了民国十四年所立周祭酒、周工部兄弟故里碑以及1994年重立盛氏祖母碑。中国社会科学出版社任明编辑为本书的出版倾注了大量心血。在此一并表示诚挚谢意。

限于著者学识水平，错讹之处在所难免，敬希方家多所指正。

张晓明

2016年4月23日